청소년을 위한 체홉 단편문학선

연극이 끝난 후

После театра

Антон Чехов

청소년을 위한 체홉단편문학선

연극이 끝난 후

안톤 체홉 지음

문석우 옮김

이 책은 러시아의 산문소설가이자 희곡작가인 안톤 체홉(1860~1904)이 어린이에서부터 10대 청소년까지의 아동들을 주인공으로 등장시켜 창작한 이야기 29편을 번역한 것이다. 작가는 어린이만을 독자의 대상으로 삼지 않고, 성장통을 겪고 있는 청소년이나 그것을 이미 치른 성인들을 모두 독자의 대상으로 생각하면서 글을 썼다. 체홉의 글 속에 등장하는 청소년들은 남다른 모습을 특징적으로 보여주며 성인들과 밀접한 인간 관계를 갖는 경우도 많다. 체홉은 별도로 어린이와 청소년들을 어른들과 분리시키지 않기 때문에 그들은 이야기 속에서 어른들과 자연스럽게 어울리면서 등장한다. 물론 어른들도 체홉의 이야기를 읽다보면 자신이 오래전에 상실해버린 순수한 동심의 세계를 다시 찾게 되면서 어린 시절을 회상할 수 있을 것이다. 어렸을 때 어른들과 소통이 단절되어 당황하며 혼란스러워했던 난처한 경험들, 그 때문에 일어난 사건들을 기억하고 회상하면서 주변의 어린이와 청소년들에게 더욱 관심을 갖고 따뜻한 마음으로 대하게 될 것이라는 기대를 해 본다.

체홉은 1880년대 후반에 이르러 아동에 관한 이야기를 집중적으로 쓰기 시작하였고, 러시아의 아동문학 발전에 새로운 장을 열었다. 이 시기에 출판인 수보린의 강력한 요청에 따라 체홉은 어린이와 청소년을 위한 이야기를 모은 선집《아동들》(1889)을 발간한다. 선집에는 〈반카〉, 〈식모가 시집간다네〉, 〈도망자〉와 우리에게 잘 알려진 〈사건〉과 〈집에서〉라는 이야기도 실려 있다. 이 선집은 당시에 러시아 교사들로부터 높은 평가를 받았는데, "체홉이 쓴 어린이와 청소년들을 위한 이야기는 그들에게 매우 좋은 감정을 불러일으키기 때문에 모든 연령층의 어린이와 청소년들에게 강력히 권장한다"고 교사들은 앞을 다투어 추천했다.

분명히 몇 편의 단편들(〈집에서〉, 〈식모가 시집간다네〉)은 어린 나이의 독자층을 겨냥하고 쓴 것은 아니었다. 따라서 작가가 고백한 다음과 같은 말은 이해하기가 쉽지 않다. "일반적으로 어린이와 청소년을 위해 글을 쓰진 않습니다. …… 소위 아동문학이란 것을 난 좋아하지도 인정하지도 않아요." 체홉은 당시의 아동들에게 있어서 소위 '아동문학'이란 비예술적이고 감상적이며 도덕적인 것일 뿐이라고 말했다. 그는 자신의 입장을 설명하면서 "아동을 위해 쓸 필요는 없고, 이미 어른을 위해 써 놓은 것 중에서, 말하자면, 진정한 예술작품들에서 선택하면 되는 것이지요"라고 말을 이었다. 마치 그것은 "단지 병자가 어린애라면 아이를 위해 어떤 특별한 약을 조제할" 필요는 없으며, "어린이에게 적당량의 약을 먹이는 것만"으로도 충분하다는 이치와 같은 것이었다.

체홉이 어린이와 청소년을 위해서만 글을 쓰지는 않았지만, 그가 창작한 여러 이야기들은 '어린이와 청소년을 위한 이야기' 분야에서 독보적인 자리를 차지했고, 어린 나이의 독자들로 하여금 체홉의 독창적인 언어에 친숙하도록 만들었다.

'어린이와 청소년을 위한 이야기'의 범주에 속하는 약 30편의 이야기들은 평범한 어린이와 청소년이 주인공으로 등장한다. 작가는 이야기 속에서 그들이 저지르는 본능적이고 무의식적인 행동에도 불구하고 동심세계의 순수하고 깨끗한 삶을 솜씨 있게 다루고 있으며, 청소년 세대가 무얼 생각하는지를 보여주고, 청소년 교육을 걱정하는 작가의 심정도 잘 반영되어 있다. 작가가 묘사하는 주변상황은 청소년의 성격을 현실감 있게 보여줄 뿐만 아니라 그들의 성격을 만들어낸 사회적 조건도 함께 보여주면서 독자들에게 교육의 문제점을 지적하였다.

여기에서 '아동문학'이란 용어와 '아동을 위한 이야기'라는 용어를 구분할 필요가 있다. '아동문학'이란 어린이들을 독자로 생각하고 창작한 문학을 뜻하는 용어이다. 아동문학은 정치적으로 어른과 아동의 경계를 설정한 이후에 등장한다. 아동문학은 어른들이 아동들에게 삶에 대한 충고를 할 필요를 느끼면서 시작되었다. 아동의 개념을 살펴보면, 성인이 되기 전의 십대 청소년까지를 말한다. 아동은 특별한 요구와 보호를 받아야할 대상으로 인식된 반면, 교육시켜야 할 대상으로도 규정되어 어른들의 시선을 통해 근대적인 아동으로 타자화된다. 이렇게 근대적 아동이 성장하는 과정에서 중요한 역할을 한 것은 가정과 학교이며 사회적 규율을 강요하는 교육이었다.

이 글에서는 작가 체홉이 어린이 및 청소년과 함께 성인 독자층까지도 염두에 두고 창작한 텍스트를 '청소년을 위한 이야기'라는 용어로 사용하였다. 청소년을 위해 쓴 이야기에서 어른은 관찰자일 뿐 결코 아동 자신이 될 수는 없다. 그래서 화자(서술자)를 내세워 그들의 생활을 묘사하는 방법을 사용하기도 한다. 이야기에서 묘사되는 일상이란 이젠 어른이 된 작가가 자기 관점에 따라 필요한 장면만을 선택해서 재구성한 일상이라고 보면 된다.

청소년을 위한 체홉의 이야기에서 서사 전략으로 사용된 꿈들은 청소년의 소원을 실현하는 장소이며, 부재하는 것들과 만나고, 소망하는 것들을 이루는 계기로 작용한다. 말하자면, 이것은 '꿈을 통해서 내면으로의 전환을 시도하여 순수성으로 돌아가서 간절하게 바래온 의미의 세계로 나아가고자 하는 창조적 충동'이라는 의미를 지니고 있다. 물론 이러한 꿈의 기능은 체홉이 유년시절에 겪었던 자신의 체험과 관련이 있다. 체홉은 꿈의 세계를 통해 소원을 성취하거나 순수한 동심을 표출하고 인간성을 지각하게 되는데, 이것은 분명 청소년을 위한 체홉의 이야기가 보여주는 긍정적인 힘일 것이다.

체홉의 청소년을 위한 이야기에서 발견되는 또 다른 서사 전략은 의인화 기법이다. 예를 들면 〈카쉬탄카〉와 〈흰 눈 점박이강아지〉에서 그것을 찾아볼 수 있다. 카쉬탄카는 어느 날 주인을 따라가다가 길을 잃고 한동안 실종된 후에 다시 옛 주인에게 돌아온 의리 있는 개이다. 판단력과 예능을 갖춘 평범한 잡종견 카쉬탄카는 주인을 잃고 헤매는 자신을 구해준 새 주인과 함께 서커스무대에서 계속 재주를 배우며 살 수도 있었다. 동물조련사인 새 주인은 항상 카쉬탄카를 친절하게 돌봐주며 먹을 것과 따뜻한 잠자리를 제공해 주었기 때문이다. 반면에 옛 주인인 소목수장이 집에서는 늘 배가 고팠고 잠자리도 주인이 대패질을 해대는 작업대 밑의 지저분한 바닥에서 잠들곤 했었다. 게다가 목수의 아들 페듀쉬카는 가끔 그를 괴롭히기 일쑤였다. 하지만 공연 중에 옛 주인과 주인아들의 목소리를 듣자 카쉬탄카는 주저 없이 탈출하여 옛 가족에게 돌아와 자신의 충성심과 의리를 보여준다. 이 이야기에서 체홉은 사랑과 애정은 배부름과 편안함보다 더 강하다는 것을 보여준다. 이렇게 의인화 수법은 어린 시절을 생각나게 하는 청소년들의 일상생활이나 동심을 순수하게 보여주는 우화의 서사 전략으로서 의미를 갖고 있다. 따라서 체홉의 우화세계는 다른 우화보다 더 이상적이거나 바람직하여 청소년이나 일반인 독자층이 본받아야 할 대상이라기보다는 동심의 순수한 세계를 그대로 반영하듯 보여주려는 경향이 강하다.

모든 서사 이야기에는 결말의 구조가 있기 마련이다. 이것은 어떤 서사 이야기이든 결말을 이해해야 그 이야기를 올바르게 이해할 수 있다는 것을 의미한다. 서사 구조에서 이야기의 결말은 '시간의 원리에 의한 시간 이야기와 공간의 원리에 의한 공간 이야기'로 나누어 볼 수 있다. 대부분의 서사 이야기는 이 두 축을 중심으로 이야기 체계를 구성하면서도 어느 한 축을 중심으로 이야기가 전개되고 이에 따라 결말 구조가 결정되는 것이 대부분이다.

시간 이야기의 결말 구조는 앞에서 일어난 사건들의 관계가 순차적이거나 인과적으로 나눠져 시간의 변화에 따라 의미를 만들어낸다. 이에 비해 공간 이야기의 결말 구조는 앞에서 일어난 사건들의 관계가 병렬적이거나 등가적으로 나눠지고 공간의 변화에 따라 의미를 만들어낸다. 그러므로 시간 이야기에서 결말은 원인과 결과라는 인식에 따르기 때문에 작가의 관념에 따라 갈등이나 대립이 해결된다. 이것은 소위 '닫힌 결말'로써 전망을 분명히 제시하는데 유리하다.

반면에 공간 이야기에서의 결말은 병치하거나 병렬하면서 가치를 유보하기 때문에 갈등과 대립이 해결되기보다는 그것이 미치는 영향이나 유사한 사례에 대한 문제에 관심이 모아진다. 따라서 '열린 결말'로써 작가는 개입할 여지가 없어지고 독자가 참여할 여지를 열어놓는다.

그런데 체홉의 청소년을 위한 이야기들에서는 공간적 결말 구조로 끝나는 것들이 더 많다. 그러므로 이야기 속의 갈등이나 대립 양상이 독자들의 자발적인 관점에서 해결된다. 열린 구조(공간적 결말)는 대화를 통해 상대를 이해하고 받아들이기 때문에 독자에게 상대방을 자유롭게 이해하려는 정신을 보여준다.

또한 체홉은 청소년을 위한 이야기에서 청소년의 눈에 어른들이 어떻게 비치는지 알려주고 싶어 하는 것 같다. 어린 시절에 경험한 불행한 일이나 실수, 또는 유년기의 암울한 시기를 벗어나 이젠 행복하게 살게 된 성인독자들에게 현재의 생활을 신선하게 느끼도록 해준다. 작가는 일상적인 생활을 보여주면서 동심이 간직해야 할 진실성을 어린이와 청소년들이 발견하도록 하거나 동심을 어지럽힐 수 있는 기성세대의 그릇된 행동을 암시적으로 지적한 것도 그가 거둔 문학적 성과이다. 이런 성과는 어느 정도 단순하지만 분명한 줄거리와 공간 이야기의 결말 구조에서 나온다.

그 밖에도 체홉은 청소년을 위한 이야기에서 독자와 직접 소통하려는 의도를 갖고서 대화체라는 서술 태도를 취한다. 이는 자신의 관념을 청소년과 성인 독자들에게 직접 전달하려는 작가의 욕망에서 비롯된 것으로 보인다. 자신의 이야기에서 청소년의 세계를 순수하게 보여주고 어른들이 청소년에게 좀 더 세심한 관심을 갖도록 하는 작가의 의도에 따른 서사 전략인 것이다. 체홉의 이야기에는 청소년들에게 사회적인 관심과 보호가 필요하다는 것, 청소년 교육 문제를 모두 함께 진지하게 생각해보자는 작가의 치열한 주제의식이 담겨져 있다. 하지만 작가는 이런 문제들을 제기하면서도 그 문제의 해결을 독자와 사회의 몫으로 돌려놓았는데, 이것은 체홉의 작품에서 흔히 볼 수 있는 문학적 특징이며, 그의 청소년을 위한 이야기들에서도 마찬가지이다.

이 번역서는 모스크바에서 출판된 12권으로 된 체홉 전집 (А.П. Чехов, Собрание Сочинений, Государственное издательство художественной литературы, Москва, 1954, Том 1-12.)에서 어린이와 청소년을 위한 체홉의 이야기 29편을 우리말로 옮긴 것이다. 이번에 우리나라 어린이와 청소년들이 체홉의 문학세계를 만날 수 있도록 역자의 더딘 번역작업을 말없이 지켜보며 기다려준 강완구 대표에게 고마운 마음을 전하고 싶다. 그리고 그리 녹녹치 않은 러시아 언어권 작품들과 비평서들을 출판하는데 깊은 애정을 갖고 도와주시는 편집진에게도 감사의 말씀을 드린다.

2015. 12
옮긴이 문석우

| 차례 |

● **옮긴이의 말** ·· 4

• 연극이 끝난 후 ··· 12
• 소년들 ··· 17
• 3등 문관 ·· 26
• 사건 ··· 50
• 굴 ·· 58
• 고전어시험에서 생긴 일 ··· 64
• 교활한 소년 ·· 69
• 가정교사 ·· 73
• 드라마(劇)에 대하여 ·· 78
• 제 정신이 아니야! ··· 83
• 노인들과 불치병환자를 위한 안식처에서 ····································· 86
• 식모가 시집간다네! ·· 92
• 집안의 가장 ··· 100
• 아이들 ··· 106

- 반카 ⋯⋯⋯⋯⋯⋯⋯⋯⋯⋯⋯⋯⋯⋯⋯ 114
- 그리샤 ⋯⋯⋯⋯⋯⋯⋯⋯⋯⋯⋯⋯⋯⋯ 120
- 이반 마트베이치 ⋯⋯⋯⋯⋯⋯⋯⋯⋯ 125
- 도시근교에서의 하루 ⋯⋯⋯⋯⋯⋯⋯ 133
- 하찮은 일 ⋯⋯⋯⋯⋯⋯⋯⋯⋯⋯⋯⋯ 142
- 성주간 전날 밤 ⋯⋯⋯⋯⋯⋯⋯⋯⋯⋯ 151
- 고난 주일에 ⋯⋯⋯⋯⋯⋯⋯⋯⋯⋯⋯ 158
- 발로샤 ⋯⋯⋯⋯⋯⋯⋯⋯⋯⋯⋯⋯⋯⋯ 165
- 지노츠카 ⋯⋯⋯⋯⋯⋯⋯⋯⋯⋯⋯⋯⋯ 183
- 카쉬탄카 ⋯⋯⋯⋯⋯⋯⋯⋯⋯⋯⋯⋯⋯ 192
- 도망자 ⋯⋯⋯⋯⋯⋯⋯⋯⋯⋯⋯⋯⋯⋯ 219
- 집에서 ⋯⋯⋯⋯⋯⋯⋯⋯⋯⋯⋯⋯⋯⋯ 229
- 자고 싶다! ⋯⋯⋯⋯⋯⋯⋯⋯⋯⋯⋯⋯ 243
- 흰 눈 점박이강아지 ⋯⋯⋯⋯⋯⋯⋯⋯ 252
- 기숙여학교 학생 나젠카 N의 방학숙제 ⋯⋯⋯⋯ 260

연극이 끝난 후

나쟈* 젤레니나는 엄마와 함께 극장에서 〈예브게니 오네긴〉이라는 공연을 보고 집으로 돌아오자마자, 자기 방으로 들어가 서둘러 원피스를 벗었다. 그리고 머리를 풀어헤친 후 스커트에 흰 상의로 갈아입고 급히 책상에 앉았다. 극중 여주인공이었던 타치아나처럼 편지를 쓰기 위해서였다.

'전 당신을 사랑합니다.' 라고 그녀는 쓴다.

'그런데 당신은 저를 사랑하지 않는군요. 사랑하지 않아요!' 그녀는 이렇게 쓰고 나서 웃음을 짓는다.

겨우 열여섯 살인 그녀는 아직 누군가를 사랑해본 적이 없다. 그녀는 장교인 고르니와 대학생 그루즈예프가 자신을 사랑한다는 사실을 알고 있었지만, 오페라를 보고 난 지금은 그들의 사랑을 의심하고 싶어졌다. 사랑을 받지 못한 불행한 여인이라! 아, 얼마나 흥미진진한 이야기인가! 어떤 사람이 자신에게 무심하기만 한 다른 사람을 개의치 않고 열렬히 사랑한다는 것에 무언가 아름답고 감동적이며 시적인 느낌이 들었다. 오네긴이 상대방을 전혀 사랑하지 않는다는 점이 흥미를 끌었고, 타치아나는 상대방을 열렬하게 사랑하기 때문에 매혹적이었다. 만약 그들이 서로를 똑같이 사랑해서 행복해졌다면, 아마 지루해졌을지도 모를 일이다.

---

* 나제쥐다의 애칭으로 '희망'을 뜻한다.

당신이 날 사랑한다는 걸 확신하시진 마세요.

나쟈는 장교 고르니에 대해 생각하면서 편지를 쓴다.

전 당신을 믿지 않아요. 당신은 매우 현명하고, 교육도 잘 받으신 분이고, 진지하고, 뛰어난 재능도 갖추셨지요? 아마도 찬란한 미래가 당신을 기다리고 있을지 몰라요. 하지만 전 흥미를 끌지 못하는 평범하기만 한 숙녀잖아요. 당신 스스로도 아주 잘 아시겠지만, 당신의 인생에서 저라는 존재는 방해만 될 뿐이에요. 당신은 저에게 마음이 끌리신 게 틀림없어요. 당신은 자신의 이상형을 만났다고 생각하실 테죠. 하지만 그건 실수하신 거예요! 어쩌면 당신은 지금 이미 절망하면서 '무엇 때문에 내가 이 처녀를 만났지?' 하며 자신에게 묻고 있겠지요. 당신의 착한 마음씨 때문에 이 물음에 고백하지 못하는 것일 뿐이에요.

나쟈는 자신이 처량하게 여겨져서 한동안 계속 흐느꼈다.

저는 엄마와 형제를 놔두고 떠나기가 힘들어요. 떠나야만 한다면 저는 수녀 복을 입고 정처 없이 떠돌아다니겠어요. 그러면 당신도 자유로운 몸이 되어 다른 여인을 사랑할 수 있겠지요. 아, 차라리 죽어버렸으면!

프리즘을 통해 보는 것처럼 짧은 무지개가 탁자와 마루천장에서 어른거리고 있는 동안, 두 눈에 글썽이는 눈물 때문에 써놓은 편지를 읽기가 힘들었다. 편지를 더 이상 쓰기 어렵자, 그녀는 안락의자에 몸을 푹 파묻고는 고르니에 대해 생각하기 시작했다.

정말, 너무나 재미있고 매력이 넘치는 남자야! 나쟈는 고르니의 표정이 얼마나 아름다운지 회상하면서 장교의 집을 자주 드나들 때 그가 짓던 아첨하는 듯하지만, 악마적이면서도 부드러운 표정을 떠올렸다. 그리고 음악에 대해 남들과 토론할 때, 자기 목소리가 열정적으로 들뜨지 않도록 자기 스스로를 진정시키려고 얼마나 노력하는지 기억을 떠올렸다.

냉정하면서도 거만하며, 무심한 표정으로 명문자제 특유의 성격을 보여주는, 그리고 훌륭한 교육을 받은 표식으로 생각하는 사회에서는 자신의 열정을 숨겨야만 했다. 그래서 그도 그 열정을 숨기려했지만 성공하지는 못했다. 그러나 그가 음악을 열정적으로 사랑한다는 것은 사람들이 모두 아주 잘 알고 있었다. 음악에 대한 끝없는 논쟁과 음악을 이해하지 못하는 사람들의 경솔한 판단 때문에 그는 항상 긴장하고 놀라기도 했으며, 소심해지고 말이 없었다. 그는 진짜 피아니스트처럼 피아노를 훌륭하게 연주했는데, 만약 장교가 되지 않았다면, 어쩌면 유명한 음악가가 되었을 것이다.

눈에서는 눈물이 말라 버렸다. 나쟈는 고르니가 교향곡 연주회장에서, 그리고 사방에서 바람이 휘몰아칠 때, 극장 아래층 탈의실 옆에서 자기에게 사랑을 고백하던 모습을 떠올렸다.

당신이, 드디어 대학생 그루즈예프와 인사를 나누었다니 매우 반갑군요.

그녀는 편지쓰기를 계속했다.

그는 아주 지적인 분입니다. 당신도, 아마, 그를 좋아하시게 될 거예요. 어제는 그가 우리 집에 오셔서 오후 두 시까지 머물다 가셨어요. 우리는 모두 몹시 즐거웠어요. 하지만 당신이 오시지 않아서 아쉬웠어요. 그가 귀담아들을 만한 말을 많이 했거든요.

나쟈는 탁자 위에 두 손을 얹고 그 위에 머리를 기대었는데, 그녀의 머리칼이 편지를 뒤덮었다. 그녀는 대학생 그루즈예프 역시 자신을 사랑한다는 생각이 떠오르자, 그도 고르니처럼 그녀의 편지를 받을 자격이 있다고 생각했다. 실제로, 그루즈예프에게 편지를 쓰는 것이 더 낫지 않을까? 하는 생각이 들자, 아무런 이유도 없이 그녀의 가슴속에서는 즐거운 감정이 솟아나기 시작했다. 처음엔 가슴에서 작은 고무공처럼 조용히 구르던 그 기쁜 감정은 점차 커다랗게 부풀어 오르더니 나중에는 거센 파도처럼 출렁거리기 시작했다. 나쟈는 이미 고르니도 그루즈예프의 존재도 잊어버린 채, 그녀의 생각은 뒤죽박죽이 되어버렸다. 하지만 기쁜 감정은 더욱더 부풀어 올라 가슴에서부터 팔과 다리로 퍼져 나갔고, 마치 가볍고 상쾌한 바람이 그녀의 머리칼을 살랑살랑 건들면서, 머리로 불어오는 것처럼 느껴졌다. 조용히 웃으니까 그녀의 어깨가 흔들리고 탁자도 램프의 유리도 흔들거렸다. 눈에서 흐르는 눈물이 편지지 위로 한 방울씩 떨어졌다. 그녀는 이 웃음을 자신의 힘으로 멈출 수 없게 되자, 아무런 이유도 없이 웃고 있는 게 아니라는 걸 스스로 보여주기라도 하려는 듯 무언가 우스운 일을 서둘러 머리에 떠올리려고 했다.

　　"정말 웃기는 애완용 푸들이었어!" 웃음으로 질식해 버릴지도 모르겠다고 느끼면서, 그녀가 말했다. "정말 웃기는 애완용 푸들이었다고!"

　　그루즈예프가 어제 차를 마시고 난 후 맥심이라고 부르는 푸들 강아지와 장난치며 놀다가, 마당에서 까마귀를 쫓던 매우 영리한 이 애완용 푸들에 대해 이야기하던 모습이 떠올랐다. 그는 까마귀가 애완용 푸들을 돌아보며 이렇게 말했다고 전했다.

　　"아유, 이 사기꾼아!"

　　그러자 그루즈예프가 재주부리는 까마귀의 말투를 흉내 낸 것이라는 걸 알 리가 없던 애완용 푸들은 공포에 놀라서 어찌할 바를 몰라 주춤거리다가 짖어대기 시작했다고 한다.

'그루즈예프를 사랑하는 것이 더 나을 것 같아.' 나쟈는 쓰던 편지를 찢으면서 결심했다.

나쟈는 대학생 그루즈예프에 대해, 그의 사랑과 자신의 사랑에 대해 생각하기 시작했는데, 그럴수록 머릿속에서는 그런 생각들이 희미해져갈 뿐이었다. 왜냐하면 모든 것을 한꺼번에 생각하려고 했기 때문이었다. 말하자면, 엄마에 대해서도 생각하고 거리, 연필, 피아노에 대해서도 동시에 생각을 하느라고 말이다⋯⋯.

그녀가 기쁨에 넘쳐 다시 실마리를 잡기 시작하자, 모든 것들이 멋지고 훌륭하게 느껴졌다. 기쁨이 그녀에게 속삭였다. 이것이 전부가 아니며, 조금만 지나면 모든 것들이 더 좋아질 거라고. 곧 봄이 되고, 여름이 오면, 엄마와 함께 고르비끼에 갈 것이고, 고르니도 휴가를 얻어 찾아와서 그녀와 함께 정원을 산책하며 사랑을 구애하게 될 거라고. 게다가 그루즈예프도 찾아올 것이다. 그는 그녀와 함께 크로케*를 하거나, 나인핀즈**를 할 거야. 그리고 그녀에게 우스운 이야기나 신기한 것들에 대한 이야기를 들려줄 것이다. 나쟈는 정원과 어둠, 맑은 하늘과 별들을 열정적으로 원하게 될 것이다. 또 다시 웃느라고 나쟈의 어깨는 들썩거렸고, 방에서는 쑥 냄새가 풍겨왔으며, 창문에는 나뭇가지가 부딪치는 것 같았다.

그녀는 침대로 다가가 침대 위에 앉아서 그녀를 내리누르는 엄청난 기쁨에 어찌할 바를 모르는 채, 침대의 등받이 부분에 걸려 있는 성화를 바라보면서 중얼거렸다.

"하느님! 하느님! 하느님!"

---

* 현재의 게이트 볼의 원형으로 유럽에서 시작된 경기.

** 9개의 핀을 사용하는 현대의 볼링과 비슷한 경기.

소년들

"발로쟈님이 도착했습니다!" 뜰에서 누군가가 소리쳤다.

"발로쟈 도련님이 도착하셨네요!" 나탈리야가 식당으로 달려 들어가며 외치기 시작했다. "아아, 맙소사!"

시시각각 그들의 발로쟈를 기다리던 까랄례프 집안 식구들은 모두 창가로 달려갔다. 현관에는 의자가 달려있지 않은 널찍한 썰매가 서 있었고, 썰매를 끄는 흰색 말 세 마리의 몸에선 김이 모락모락 피어오르고 있었다. 발로쟈는 벌써 현관에 서서 꽁꽁 얼어 빨개진 손으로 후드를 풀고 있었기 때문에 썰매는 빈 채로 였다. 발로쟈의 학생코트와 모자, 오버슈즈, 드러난 관자놀이 가의 머리털에는 서리가 덮여서 머리부터 발끝까지 온통 써늘하고 향긋한 냄새를 풍기고 있었다. 그를 보고 있자니 꽁꽁 언 다음에 이렇게 말해주고 싶을 정도였다. "우으으!" 어머니와 큰어머니가 그를 안아주고 입맞춰주려고 뛰쳐나왔고, 나탈리야는 그의 발치 앞에 몸을 숙이고 두터운 펠트 장화를 벗겨주기 시작했다. 자매들의 새된 소리가 높아지고 방문들은 삐걱거리며 둔탁한 소리들을 냈다. 발로쟈의 아버지는 조끼 하나 어깨에 걸친 것 없이 손에는 가위를 든 채로 현관방으로 뛰어오더니 놀라서 소리치기 시작했다.

"우린 널 어제부터 기다렸는데! 잘 도착한 거냐? 별 일 없었고? 세상에, 맙소사, 아버지하고 인사 좀 하게 애를 놔주지 않겠소? 난 뭐 아버지도 아닌가?"

"멍! 멍!"하고 덩치가 큰 검정개 밀로르드는 꼬리로 벽이나 가구들을 쳐대며 굵직한 목소리로 짖어댔다.

모든 것들이 하나같이 온전한 기쁨의 소리로 뒤섞인 채 2분 정도 계속되었다. 기쁨의 열기가 한 차례 지나가자 까랄례프 집안사람들은 현관방에 발로쟈 외에도 서리에 덮인 손수건과 숄, 후드를 두른 키가 작은 사람이 있다는 걸 알아 차렸다. 그는 커다란 여우털 코트를 걸친 채 구석에 꼼짝도 않고 서 있었다.

"사랑하는 발로쟈야, 저 사람은 대체 누구니?" 어머니가 귀엣말로 물었다.

"아!" 발로쟈는 이제야 생각해내고는 "소개하게 되어서 영광이에요. 그는 내 동지인 체체비쫀입니다.   2학년 학생으로…… 우리 집에 초대하고 싶어 같이 왔어요."

"정말로 반갑네, 어서 오게나." 아버지는 기쁘게 말했다. "코트도 걸치지 않고 집안에 있는 옷차림으로 나온 걸 이해해주게! 나탈리야, 체체비쫀 군의 옷을 받아 드려요! 세상에 맙소사, 이 개 좀 쫓아내! 완전히 고문당하는 기분이군!"

아직까지 추위 때문에 온몸이 온통 붉은 채로 소란스러운 접견에 아연해진 발로쟈와 그의 친구 체체비쫀은 시간이 얼마 지나지 않아 탁자에 앉아서 차를 마시고 있었다. 겨울 햇살은 눈과 창문의 당초무늬를 파고들어와 사모바르에서 일렁거렸고, 그 투명한 빛을 핑거볼에 내던졌다. 방 안은 따뜻했고, 소년들은 자신의 꽁꽁 언 몸에서 온기와 냉기가 한 치의 양보 없이 서로 다투며 간질거리는 것을 느끼고 있었다.

"자, 봐라. 금방 또 성탄절이구나!" 아버지는 어두운 홍색 빛의 담뱃잎으로 궐련을 말며 물 흐르듯 말했다. "너를 배웅하면서 엄마가 울던 때, 그리고 여름이 오래된 것 같으냐? 금방 넌 또 와 있잖니…… 시간이란 건, 애야, 쏜 살 같은 것이란다. 어떻게 늙어 가는지, 넌 탄식도 못 해볼 거다. 치비소프군, 들게나, 사양하지 말아주게! 차린 건 없지만 말일세.”

　발로쟈의 세 자매들, 까쨔, 소냐 그리고 마샤(이들 중 가장 나이가 많은 아이는 11살이었다)는 탁자에 앉아서 새로 온 손님에게서 눈을 떼지 않았다. 체체비쯘은 발로쟈와 나이와 키가 똑같았지만 포동포동하거나 피부가 하얗지는 않았다. 체체비쯘은 마른 체구에 까무잡잡했으며 주근깨가 있었다. 머리카락이 뻣뻣하고 눈이 좁으며 입술은 두터웠는데, 평균적으로 보면 그는 굉장히 못생겨서, 외모로 보았을 때 중학교의 외투만 입고 있지 않았다면 하녀의 아들로 여겨졌을 정도였다. 그는 무뚝뚝하고 종일 입을 다문 채 한 번도 미소를 짓지 않았다. 소녀들은 그를 보면서 굉장히 똑똑하고 박식한 사람임에 틀림없다고 곧바로 판단을 내렸다. 그는 무언가에 대해 계속 생각하고 있었는데, 사람들이 무언가를 물어보면 그는 화들짝 놀라며 고개를 흔들고는 다시 말해달라고 할 정도로 자신의 상념에 빠져 있곤 했다.

　소녀들은 항상 쾌활하고 떠들썩한 발로쟈도 이번에는 말수가 없고 전혀 미소를 짓지도 않으며, 심지어 마치 집에 돌아온 것을 내키지 않는 것처럼 보인다고 생각했다. 딱 한번 차를 마시며 앉아있을 때 발로쟈는 그녀들에게 말을 걸었는데, 그것도 무언가 이상한 말이었다. 그는 손가락으로 사모바르를 가리키며 이렇게 이야기했다.

　“캘리포니아에서는 차(茶)가 아니고 진을 마시지.”

　발로쟈 역시 무슨 생각에 골똘히 빠져있었고, 이따금 자기 친구 체체비쯘과 주고받는 그 시선들로 보아서 소년들이 생각하는 것은 공통된 것이었다.

　차를 마신 후에 모두들 놀이방으로 갔다. 아빠와 소녀들은 테이블에 앉아서 소년들이 도착해 수선을 떤 일로 중단되었던 작업을 하기 시작했다. 그들은 색종이로 트리를 장식할 꽃과 술 장식을 만들고 있었다. 이 일은 매력적이고 소란스러운 작업으로, 소녀들은 매번 새 꽃이 만들어질 때마다 환호성을 올리며, 심지어는 비명까지 질러댔다. 이 꽃은 정말로 하늘에서 떨어져 내린 것만 같았다. 아빠도 역시 들떠 있었으며, 이따금 무딘 가위에 짜증을 내며 집어 던지기도 했다. 엄마는 근심스러운 얼굴로 놀이방에 들어와 묻고는 했다.

"누가 가위 가져갔니? 또 당신이죠. 이반 니콜라이치, 가위 가져갔어요?"

"세상에 맙소사, 이젠 가위를 안 주겠어!" 이반 니콜라이치는 울먹이는 목소리로 대답하고는 의자 등받이에 몸을 젖히며 화난 태도를 취했지만 일 분 후에는 마음이 다시 유쾌해져 있었다.

이전에 왔을 때에는 발로쟈도 트리 장식준비를 돕거나 혹은 마부와 목동이 어떻게 눈 미끄럼틀을 만드는지 보려고 뜰로 나오곤 했다.

하지만 지금 발로쟈와 체체비쯘은 색종이에 아무런 관심도 두지 않고, 마구간에는 숫제 가볼 생각도 않은 채 창가에 앉아 무슨 말인가를 소곤대기 시작했다. 그리고 나서 두 사람은 함께 지도첩을 펼치더니 어떤 지도를 자세히 들여다보기 시작했다.

"먼저 페름으로……." 체체비쯘이 조용히 말했다. "거기에서 튜멘으로……. 다음은 톰스크……. 그리고…… 다음은…… 캄차트카로……. 여기서 사모예드인들이 배로 베링해협을 건너게 해줄 거야……. 여기가 바로, 미국이야……. 여기엔 모피를 제공해주는 짐승들이 많아."

"캘리포니아는?" 발로쟈가 물었다.

"캘리포니아는 아래쪽이야……. 미국에 도착하기만 하면 돼, 캘리포니아는 산을 넘을 필요도 없어. 생계유지는 사냥이나 약탈로 가능해."

체체비쯘은 의식적으로 소녀들을 피하며 힐끗 거리는 눈길을 보내곤 했다. 저녁의 차 마시는 시간이 지난 후에 그는 약 5분쯤 혼자서 소녀들과 같이 남아있게 되었다. 잠자코 있기에는 불편했다. 그는 심하게 기침을 했고 오른손으로 왼쪽 팔을 비벼댔다. 그리고 무뚝뚝하게 카챠를 쳐다보며 이렇게 물었다.

"마인 리드*의 책을 읽어보셨나요?"

"아니요, 안 읽어봤어요……. 저기, 스케이트 탈 줄 아세요?"

상념에 잠긴 체체비쯘은 아무런 대답도 없이, 단지 볼태기를 빵빵하게 부풀렸다가 굉장히 덥다는 듯이 한숨을 내뱉었다. 또 다시 카챠에게로 눈을 돌린 그가 이렇게 말했다.

"들소 떼가 남미의 대초원을 질주할 때면 지축이 흔들리는데, 이때의 야생마들은 흥분해서 뒷발질을 해대거나 울부짖지요."

체체비쯘은 어두운 미소를 지으며 말을 덧붙였다.

"게다가 인디언들은 열차를 습격한답니다. 하지만 최악인 것은 바로 모기들과 흰개미들이죠."

"그게 뭔데요?"

"개미와 비슷한 건데, 단지 날개가 달려있을 뿐입니다. 이빨로 무는 힘이 굉장히 강해요. 내가 누구인지 알고 있나요?"

"체체비쯘 씨요."

"아니요. 나는 매의 발톱 몬티고모, 즉 '불패자들의 리더'입니다."

가장 나이가 어린 마샤는 그를 쳐다보고 난 다음, 벌써 저녁이 된 창문 너머를 바라보았다. 그리고 골똘히 생각하면서 말했다.

"어제 우리는 체체비짜**를 요리했었어."

체체비쯘의 도무지 알 수 없는 이야기와 그가 계속해서 발로쟈와 속삭여 대는 행동, 발로쟈가 놀지도 않고 무언가를 골똘하게 생각하고 있는 이 모든 것들이 수상쩍었고 수수께끼 같았다. 그래서 두 언니들인 카챠와 소냐는 소년들을 주의 깊게 뒤쫓기 시작했다. 소년들이 잠을 자려고 하는 저녁에 소녀들은 문가로 살며시

---

* Thomas Mayne Reid: 1818–1883, 스코트-아일랜드 출신의 미국인 모험소설 작가.

** 등나무 콩 종류의 하나.

다가가서 그들의 이야기를 엿들었다. 오, 세상에, 이제야 소녀들은 사실을 알게 되었다! 소년들은 황금을 손에 넣기 위해 미국의 어딘가로 떠나려고 생각하고 있었던 것이다. 말하자면, 권총과 칼 두 자루, 건빵들과 불을 지피는데 사용하는 돋보기, 나침반과 4루블 가량의 돈. 여행을 떠나기 위한 모든 것이 다 준비되어 있었다. 소녀들은 또 알아낸 것이 있었는데, 소년들이 수 천 베르스타(1베르스타: 1.067km)를 걸어서 횡단해야 하며, 가는 길에 호랑이나 야만인들과 싸워야한다는 것, 그 다음엔 코끼리 상아와 황금을 얻어내고 적들을 물리칠 것이며, 나중에는 해적이 되어서 진을 마셔대다가, 마침내 미녀와 결혼해서 경작지를 가꾸게 될 것이라는 사실이다. 발로쟈와 체체비쯘은 흥분한 나머지 서로의 말을 가로채곤 했다. 이 때 체체비쯘은 자신을 "매의 발톱 몬티고모" 라고 부르곤 했다. 그리고 발로쟈는 "내 하얀 얼굴의 형제"라고 했다.

"너 엄마한테 말하지 않도록 조심해." 카챠가 소냐와 침실로 가면서 말했다. "발로쟈가 미국에서 황금이랑 상아를 실어올 거야. 그런데 네가 엄마한테 일러버리면 발로쟈는 못 가잖아."

크리스마스 전날, 체체비쯘은 하루 종일 아시아의 지도를 살펴보면서 무언가를 메모했으며, 발로쟈는 꿀벌한테 쏘인 듯이 퉁퉁 부은 채 괴로워하고 있었다. 그는 우울한 표정으로 방들을 서성거리면서 아무것도 먹지 않았다. 그러다가 한번은 놀이방에서 성화 앞에 멈춰서 성호를 긋고 이렇게 말하기까지 했다.

"주여, 이 죄인을 용서하소서! 주여, 불행하고 가여운 저의 엄마를 보호해주소서!"

그는 저녁을 눈물로 지새우다가, 자러 갈 때엔 아빠와 엄마, 그리고 자매들을 오랫동안 포옹했다. 카챠와 소냐는 이게 무슨 일인지 깨닫고 있었지만, 막내인 마샤는 아무것도, 전혀 아무것도 이해하지 못했다. 단지 체체비쯘에게 눈길을 보내고 고심 하면서 한숨을 내쉰 채 이렇게 말했다.

"유모가 재계기간에는 완두콩과 체체비짜를 먹어야 한다고 했어."

크리스마스의 이른 아침, 카차와 소냐는 침대에서 조용히 일어나 소년들이 미국으로 떠나는 모습을 보러 갔다. 자매는 문으로 살며시 다가갔다.

"그러면 안 가겠다는 거야?" 체체비쯘이 화가 나서 물었다. "대답해 봐. 안 가겠다는 거냐고?"

"주여!" 발로쟈는 조용히 흐느꼈다. "불쌍한 엄마를 두고 어떻게 가지?"

"내 하얀 얼굴의 형제여, 부탁이니까, 가자! 네가 분명히 가겠다고 했잖아. 네가 날 꼬드겨 놓고는, 앞장서서 가기는커녕 여기서 이렇게 겁을 내고 있으니 말이야."

"나…… 난 겁내는 거 아니야, 난…… 난 엄마가 불쌍해서 그래."

"그래서, 가겠다는 거야, 말겠다는 거야?"

"갈 거야, 다만…… 조금만 기다려 줘. 조금만 더 있자."

"그러면 나만 출발하도록 하지." 체체비쯘이 결심했다. "너 없어도 상관없어. 나는 호랑이를 잡아보고, 싸워보고도 싶으니까! 그렇다면 내 탄알들을 이리 줘!"

발로쟈는 서럽게 흐느끼기 시작했는데, 그걸 보고 자매들도 참지 못하고 숨죽여 울 정도였다. 정적이 찾아왔다.

"그러면 넌 안 가겠다는 거지?" 체체비쯘이 다시 한 번 물었다.

"가…… 갈 거야."

"그럼, 옷 입어!"

그리고 체체비쯘은 발로쟈를 설득하기 위해 미국을 과대포장하면서 호랑이처럼 으르렁거려 보기도 하고, 증기선을 묘사하기도 했다. 그는 윽박지르면서 발로쟈에게 상아, 사자와 호랑이의 가죽을 모두 넘겨주겠다고 약속했다.

소녀들에겐 뻣뻣한 머리칼에다 얼굴에 주근깨가 있는 이런 마르고 까무잡잡한 소년이 비범하고 매력적인 사람으로 보였다. 말하자면 이 소년은 결단력 있는 대담한 인간, 즉 영웅이었던 것이다. 그는 으르렁대고 있었는데, 문 건너편에서 들으면 마치 진짜 사자나 호랑이가 그렇게 으르렁댄다고 생각할 정도였다.

소녀들이 방으로 돌아와 옷을 갈아입을 때, 카차는 눈물이 가득 고인 눈으로 말했다.

"아아, 너무 무서워!"

두 시가 되어 점심을 먹으려고 자리에 앉을 때까지 모든 것은 조용했다. 하지만 점심 식탁에서야 비로소 소년들이 집에 머물러 있지 않다는 사실이 밝혀졌다. 하인의 방과 마구간, 집사의 곁채에 사람을 보냈지만 거기에도 소년들은 없었다. 마을에 사람들을 보냈지만 그곳에서도 발견하지 못했다. 역시 차를 마실 때도 소년들은 나타나지 않았으므로, 저녁을 먹을 때에 엄마는 마음이 몹시 심란해져 흐느끼기까지 했다. 밤에 다시 마을로 가서 여기저기 뒤져보고, 등불을 들고서 강가를 돌아다녔다. 오, 세상에, 완전히 대소동이 일어난 것이었다.

다음 날 경찰이 찾아와서는 식당에서 무슨 서류인가를 작성했고, 엄마는 울었다.

그런데 이때 현관 계단 앞에 좌석 없는 썰매가 멈춰 섰다. 썰매를 끄는 세 마리의 하얀 말들에서는 김이 모락모락 피어올랐다.

"발로쟈가 도착했습니다!" 뜰에서 누군가가 소리쳤다.

"발로쟈 일행이 도착했대요!" 나탈리야가 식당으로 달려 들어가며 외치기 시작했다.

그러자 밀로르드는 굵은 목소리로 짖어대기 시작했다. "멍! 멍!" 소년들은 도시의 상가에서 잡힌 것으로 밝혀졌다(소년들은 그 곳에서 어디에 가면 화약을 살 수 있는지 사람들에게 계속 물어보고 다녔다고 한다). 발로쟈는 현관에 들어와서는 흐느껴 울면서 엄마의 목에 매달렸다. 여자 아이들은 두려워 몸을 벌벌 떨면서 이제 어떻게 될 것인지 궁금해 했고, 아빠가 발로쟈와 체체비쯘을 서재로 데려가서 오랫동안 이야기하는 것을 들었다. 엄마도 이야기하면서 울었다.

"정말 그게 그렇게 될 거 같으냐?" 아빠가 타일렀다. "어처구니없는 일이군, 너희는 중학교에서 퇴학이야. 수치스러운 줄 알아라. 그리고 체체비쯘 군! 좋지 않아요! 자네가 주동자니까, 자넨 부모에게서도 처벌을 받게 될 거야. 정말 그게 그렇게 될 것 같았나? 잠은 어디서 잤지?"

"역사에서 잤습니다!" 체체비쯘은 당당하게 대답했다.

발로쟈가 그리고 나서 드러눕자, 사람들은 발로쟈의 머리에 식초를 적신 수건을 얹어 주었다. 그리고는 어디론가 전보를 보냈다. 다음 날 체체비쯘의 엄마가 되는 부인이 오더니 자기 아들을 데려갔다.

체체비쯘이 떠날 때, 준엄한 표정을 짓고 있는 그의 얼굴은 오만했으며, 소녀들과 작별하면서도 말 한 마디하지 않았다. 다만 카챠에게서 공책을 빌려 이렇게 흔적을 남겨놓았을 뿐이었다.

'매의 발톱 몬티고모가'.

3등 문관

1870년 4월 초, 클라브디아 아르히포브나, 그러니까 육군 중위였던 아빠를 떠나보낸 우리 엄마는 뻬쩨르부르그에서 편지를 한 통 받았다. 3등 문관인 엄마의 동생에게서 온 편지였는데, 그 내용에 덧붙여 이런 내용이 적혀 있었다.

"사랑하는 누님, 난 여름이면 간질환 때문에 해외로 여행을 다닙니다, 그런데 최근에는 마리엔바드*에 갈 만한 여윳돈이 없어요. 그래서 누님이 사시는 카쵸브카**에서 여름을 보내러 갈 것입니다…….."

편지를 읽은 엄마는 얼굴이 백지장이 되어서 온 몸을 파르르 떨었다. 그리고 반쯤은 울고, 반쯤은 웃는 얼굴이 되었다. 엄마는 울면서 웃기 시작했다. 울음과 미소가 섞여 붉으락푸르락하는 얼굴을 보면 언제나 떠오르는 이미지가 있는데, 세차게 타오르는 촛불에 물을 튀길 때 일어나는 일렁임과 타닥거리는 소리이다. 엄마는 다시 한 번 편지를 읽고 나더니 집안사람들을 모두 불렀다. 그리고 불안 때문에 뚝뚝 끊기는 목소리로 '군다소프 집안의 아들이 모두 네 명이야'라고 설명

---

* 체코의 서쪽에 위치한 휴양지.

** Кочёвка : 예카체린부르그의 동쪽 마을로 카쵸브까강 근처에 위치

해 주었다. 군다소프의 첫째 아들은 채 어릴 때 사망했고, 둘째는 군대를 갔는데 역시 죽었으며, 셋째는 그의 흉을 보자고 하는 말은 아니지만 딴따라인데, 넷째야말로…….

"막내는 손도 대기 힘든 애야"라고 말하며 엄마는 흐느껴 울었다. "내 혈육에다 같이 자랐다지만, 난 모든 게 걱정이구나, 걱정이야……. 분명히 3등관이라면 장군을 말하는 게 아니냐! 내가 어떻게 그 착한 애를 맞이해야 하지? 내가, 교육이라고는 받아본 적도 없는 이 멍청이가 그 애랑 도대체 무슨 이야기를 나눌 수 있겠니? 그 애를 못 본 지도 15년째인데! 안드류셴카야." 엄마가 내게 몸을 돌려 말했다. "내 새끼, 좋은 일이야! 하느님께서 너를 위해 그 애를 보내주신 것이야!"

우리가 군다소프 집안에 대해 매우 자세한 내막을 알게 된 후에, 영지에는 크리스마스 주간을 앞두고서야 일어나던 그런 소동이 일어났다. 대청소의 대상에서 제외된 건 대기와 강물뿐이었다. 그 외의 것들에 대해선 치우고, 씻어내고, 색칠하는 대상에서 벗어날 수 없었다. 만약 하늘이 더 작고 낮았다거나, 강물이 더 느리게 흐르기라도 했다면, 역시 벽돌로 벗겨 내거나 수세미로 문질러댔을 지도 모른다. 벽은 눈처럼 새하얀 상태였다. 하지만 다시 하얗게 덧칠했다. 바닥은 반짝거리며 윤이 났다. 하지만 매일 닦았다. 고양이 '몽땅이'(내가 어렸을 때, 설탕을 자르는 나이프로 몽땅이의 복슬복슬한 꼬리를 1/4가량 잘라낸 적이 있는데, 바로 이것 때문에 이 고양이를 몽땅이라고 부르게 되었다.)는 저택에서 주방으로 옮겨졌으며 아니샤의 손에 넘어갔다. 그리고 하인 표도르에게는 '만에 하나 개 그림자가 현관 근처에서 얼씬거리기라도 하는 날에는 날벼락이 떨어지게 될 것'이라는 하명이 떨어졌다. 하지만 모든 것을 통틀어도 소파나 안락의자 그리고 양탄자들만큼 고초를 겪은 것도 없었다. 손님이 오기만을 기다리는 이때만큼 몽둥이로 두들겨 맞은 적이 없었으니까! 내가 키우는 비둘기들은 몽둥이로 가구들을 두들기는 소리를 들으면 허둥댔고 소리가 들려오기 무섭게 저 하늘로 날아오르곤 했다.

노브스트로예프카의 재단사인 스피리돈이 찾아왔다. 그는 남성복을 재단해온 군 내의 유일한 재단사였는데, 술도 안마시고 근면한데다가 유능한 사람이었다. 거기에 약간의 공상력이나 조형에 대한 감각을 유지하고 있었지만, 그럼에도 불구하고 옷감을 재단하는 실력은 꽝이었다. 그가 갖고 있는 의혹들이 모든 일을 망쳐놓았다……. 그는 시대에 뒤떨어져 있다는 강박관념에 사로잡혀서 매 제작품마다 다섯 번 씩은 수정했다. 또 그는 특별한 목적으로 도시까지 걸어서 다니곤 했는데, 그건 최신유행을 익혀서 궁극적으로는 만화가들까지도 과장하고 희화화해서 이름을 지어 붙일만한 정장을 우리에게 입히기 위해서였다. 우린 도저히 더 줄일 수 없는 통이 좁은 바지와 사교계 아가씨들 앞에서는 도저히 고개를 들 수 없을 만큼 짤막한 정장 상의를 입게 되었다.

이런 스피리돈이 오랫동안 내 몸의 치수를 쟀다. 그는 내게 테두리를 치려고 작심한 것처럼 가로, 세로로 빠뜨리지 않고 꼼꼼히 쟀다. 그리고 굵은 연필로 종이에 무언가를 오랫동안 적으면서 모든 수치에 세모 표시를 그려 넣었다. 그는 내 작업을 마무리 짓더니 나의 가정교사인 이고르 알렉세예비치 파베딤스키의 치수를 재기 시작했다. 이 잊지 못할 선생님은 당시에 다른 사람들이 그렇듯이 자신의 수염 길이에 관심을 갖는다거나 의복에 대해서 민감할 나이였다. 그러니 스피리돈이 우리 선생님에게 얼마나 숭고한 열정을 가지고 들러붙었을지는 상상을 할 수 있을 것이다! 이고르 알렉세예비치는 고개를 뒤로 젖히고 삼각형 꼴로 다리를 쭉 벌려야 했는데, 때때로 팔을 올리거나, 어떨 땐 팔을 내려야 했다. 스피리돈은 수차례 치수를 재야 했는데, 그 때문에 암비둘기 주위에서 구애하는 숫비둘기처럼 그의 주위를 돌아다니거나, 한 쪽 무릎을 꿇는다던지, 몸을 기역 자로 굽히곤 했다…… 우리 엄마는 재단사의 이런 성가신 짓 때문에 피로해 지쳐있었고, 인두에서 나는 숯 냄새에 어지러워하고 있었으며, 이 모든 장구한 절차들을 바라보면서 이렇게 말했다.

"조심해요, 스피리돈, 옷감이라도 못 쓰게 만드는 날엔 천벌 받을 줄 알아요! 그리고 마음에 들지 않으면 재미없어요!"

엄마의 말에 스피리돈은 땀을 뻘뻘 흘리며 무더워했다. 그는 아무래도 자신이 만족시키지 못 할 거라고 확신하고 있었던 것이다. 그는 내 정장을 재단하는데 1루블 20코페이카를, 파베딤스키의 정장에는 2루블을 받았는데, 옷감과 안감, 그리고 단추는 집에 있는 것을 사용하기로 했다. 그것은 결코 비싼 가격이라고 할 수는 없었다. 게다가 노브스트로예프카에서 여기까지는 9킬로미터나 되는 거리였는데, 재봉사는 치수를 재기 위해 네 차례나 왔었으니까. 우리는 치수를 맞춰 보려고 좁다란 바지나 실로 모양이 가득 새겨진 정장 상의에 몸을 구겨 넣어보았고, 그럴 때마다 엄마는 혐오스러운 듯이 얼굴을 찌푸리며 감탄을 금치 못했다.

"유행이란 건 도저히 이해할 수가 없군요! 심지어 보는 것조차 민망하니. 동생이 유행에 민감하지 않길 바래야죠. 진정으로 말하는데, 이 손으로 그 유행하는 옷을 만드는 일이 없었으면 좋겠네요."

스피리돈은 비난의 대상이 자신이 아니라 유행인 것에 대해 기뻐했으며, 어깨를 으쓱거리더니 한숨을 내쉬었다. 꼭 이렇게 말하고 싶은 듯이 말이다. '어찌할 도리가 없네요, 시대가 그런 걸요!'

무당들은 귀신의 출현을 어떤 긴장감을 느끼며 시시각각 기다리는데, 우리가 손님을 기다리며 느끼는 흥분이 바로 그것과 꼭 같은 것이었다. 엄마는 편두통을 호소했고 매번 눈물을 주체하지 못했다. 나는 입맛을 잃고 잠을 이룰 수 없었으며 공부에 집중할 수도 없었다. 심지어는 장군의 모습이 보고 싶어 꿈속에서도 그것이 떠나지 않았다. 장군은 견장을 차고 귀밑까지 올라오는 자수가 새겨진 옷깃에, 한 손에는 칼집 없는 군도를 들고…… 우리 집 홀의 소파 위에 걸려있는 그 모습 그대로, 그를 쳐다보기라도 할라치면 누구든지 그 섬뜩하고 검은 눈을 부릅뜨고 바라봐야할 것이다. 오직 파베딤스키 혼자만 속이 편해 보였다. 그는 무서워하지도 기뻐하지도 않았는데, 단지 이따금씩 엄마에게서 군다소프 집안의 혈통에 대한 이야기를 들으면 이렇게 말 할 뿐이었다.

"그렇군요, 새로운 손님과 대화를 나누는 건 즐거운 일이 되겠네요."

저택의 사람들은 우리 선생님 보기를 독특한 물건 보듯 했다. 그는 스무 살 가량의 청년으로 머리털이 무성한데다 얼굴엔 여드름이 가득 났는데, 이마가 좁고 유달리 큰 코를 가지고 있었다. 코가 얼마나 컸는가 하면, 혹시라도 우리 선생님이 뭐든 자세히 보려고 하면 새처럼 고개를 삐뚜름하게 기울여야 했다. 우리 생각엔 현(縣)을 통틀어 선생님보다 더 똑똑하고 정중하며 교양을 갖춘 사람은 없었다. 그는 중학교 과정의 6학년을 마쳤고, 그 다음엔 수의전문대학교에 진학했는데, 거기서 반년을 채우지 못하고 퇴학당했다. 선생님은 제명사유를 철저히 숨김으로써 허점을 노리던 모든 사람들이 그를 두고 입방아를 찧거나 동정할 여지를 빼앗아버렸다. 대화할 때에는 적게 말하고 꼭 지식에 관련된 말만을 했다. 제계기간에는 검소한 식사의 규율을 지켰고 주위 사람들의 생활에 대해선 고자세를 취하며 경멸하는 눈길을 보냈다. 그렇다고 우리 엄마가 주는 정장과 같은 선물이나 내 뱀들에게 붉은 이빨을 한 맹한 낯짝을 그려주는 것도 거절한 건 아니었다. 엄마는 그가 내세우는 '자존심'이란 걸 별로 좋아하지 않았지만, 그의 지식에 대해서는 경탄을 금치 못하곤 했다.

손님이 찾아온 건 얼마 지나지 않아서였다. 5월 초순, 커다란 여행 가방들이 짐수레 두 대로 역에서 실려 왔다. 이 여행 가방들을 내릴 때, 마부들은 자신도 모르게 모자를 벗었을 정도로 가방들은 웅대했다.

'저 상자들엔 말이지.' 난 생각했다. '제복들과 화약이 들어있을 거야……'

왠 화약이냐고요? 분명한 건, 내 머릿속에서 장군이 해야 할 일이란 대포나 화약과는 땔래야 땔 수 없었다는 것이다.

5월 10일 아침이었다. 내가 잠에서 깨어 눈을 떴을 때, 유모가 내게 "삼촌이 도착하셨다"고 작은 목소리로 알려주었다. 나는 재빨리 옷을 갈아입고 정신없이 씻었으며, 아침기도도 하지 않고 침실에서 뛰쳐나갔다. 나는 현관방에서 키 크고 다부진 체격의 신사를 발견했는데, 멋스러운 구레나룻에 호화스러운 코트를 입고 있었다. 난 경외감에 핏기가 가신 얼굴이었지만, 그에게 다가갔다. 그리고 엄마가 가르쳐 준 예법을 떠올리며 그의 앞에서 발꿈치를 맞부딪치고 몸을 낮춘 다음 손을 내밀었다. 하지만 신사는 손을 내어주지 않고, 자신은 '삼촌이 아니라 일개 수행원일뿐인 표트르'라고 말했다. 이 표트르는 나나 파베딤스키와는 상대도 안 될 만큼 부티가 나는 옷차림을 하고 있었고, 그 모습은 나를 경악의 나락으로 떨어뜨려 버렸다. 지혜와 강단이 얼굴에 드러나는, 저렇게나 듬직하고 멋진 사람이 어떻게 하인을 하고 있는 건지, 또 무슨 이유로 그런 건지……. 이 충격은, 솔직히 말해서, 지금도 사라지지 않고 있다.

표트르는 삼촌이 엄마와 함께 정원에 계신다고 말해 주었다. 나는 정원으로 향했다.

자연은 우리 삼촌의 관등과 군다소프 가문혈통의 내막을 모르는 체 하였다. 그리고 그 자연은 나보다도 훨씬 자유롭고 대범하게 그를 맞이하고 있었다. 정원에서는 정기적으로 열리는 장터에서나 일어날 법한 소동이 한창이었다. 찌르레기들은 여기저기서 공중을 가로질러 날거나 가로수 길들을 뛰어 다니면서 봄 풍뎅이들을 쫓고 있었고, 유약한 꽃내음이 얼굴을 타고 올라오던 라일락 관목들 위에는 참새 떼로 시끌벅적했다. 어디라고 할 것도 없이 어디에서나 꾀꼬리 노래와 오디새와 황조롱이의 울음소리가 울려 퍼졌다. 다른 때 같으면 잠자리를 쫓거나, 저기 사시나무 밑에 쌓아놓은 낟가리에 앉아 뭉툭한 부리를 모로 돌리고 있는 갈가마귀를 향해 돌팔매질을 했겠지만, 나는 지금 그런 건 안중에도 없었다. 나는 뱃속이 싸해지고 심장이 두근거리는 것을 느끼며 생각했다. '난 준비되었어. 견장을 달고, 손에는 날카로운 군도를 들고서 번뜩이는 눈으로 나를 바라볼 사람을 만나

러 가는 거야!'

하지만 엄마와 함께 정원을 걷고 있는 건 하얀 명주 군복에 하얀 제모를 쓴 작은 체구의 여윈 사람이었다. 내 실망이 얼마나 컸을 지 상상이 되는가? 그는 손을 주머니에 찔러 넣고 고개를 뒤로 젖힌 채 틈만 나면 엄마의 앞쪽으로 나섰는데, 그는 꼭 새파란 풋내기처럼 보였다. 그의 전체적인 모습에선 이율배반적인 연륜과 행동들이 배어 나왔고, 나는 그의 꽁무니에 가까이 다가가서 제모의 끄트머리를 바라보았다. 거기에서 삐져나온 은빛 백발의 희끗한 짧은 머리가 그의 연령을 말해주고 있었다. 나는 장군의 위엄과 강단이 배어있는 몸짓이 아니라 거의 소년처럼 정신없는 모습을, 그리고 귀밑까지 올라오는 옷깃이 아닌 평범한 하늘색 넥타이를 보았다. 엄마와 삼촌은 가로수 길을 걸으며 이야기를 나누고 있었다. 나는 말없이 뒤를 쫓아가면서 둘 중 누군가가 뒤돌아 봐주기를 기다리기 시작했다.

"클라댜 누님, 이렇게 좋은 곳에서 지내고 계셨군요!" 삼촌이 말했다. "무릉도원이 따로 없네요! 누님 댁이 이렇게 멋진 줄 진즉에 알았더라면 난 쓸데없이 해외까지 나가는 일은 없었을 텐데."

삼촌은 재빠르게 몸을 숙이고 튤립의 향기를 맡았다. 그의 시야에 들어오지 않더라도, 주위에 있는 모든 것들이 그의 환희와 호기심의 대상이 되었다. 마치 태어난 후로 그는 정원이나 화창한 날을 한 번도 본 적이 없는 것 같았다. 이 묘한 인물은 용수철을 단 것처럼 움직이면서 엄마가 입을 열 틈도 주지 않고 수다를 떨어댔다. 불쑥, 가로수 길 모퉁이의 딱총나무 뒤편에서 파베딤스키가 모습을 드러냈다. 삼촌은 그의 등장이 너무 갑작스러웠던지 몸을 떨며 뒷걸음질을 쳤다. 이때 우리 선생님은 소매가 달린 자신의 망토를 걸치고 있었는데, 그 모습이 마치, 특히 뒤에서 보면 꼭 풍차 같았다. 그는 당당하고도 엄숙한 자세를 취하고 있었다. 그는 스페인 식 예법으로 모자를 가슴에 대었고, 삼촌에게 다가가 몸을 숙이며 인사했다. 그가 앞으로 다가가서 살짝 옆으로 숙이는 모습이, 꼭 멜로드라마에 나오는 후작들 같았다.

"각하께 인사 올리게 되어 영광입니다." 그가 우렁찬 목소리로 말했다. "수의 전문대학교에서 수학하였고, 현재 각하의 조카를 교육 및 교수하고 있는 파베딤스키 귀족 가의 일원입니다!"

선생님의 이런 정중한 태도는 우리 엄마의 마음에 쏙 들었다. 그녀는 미소를 머금었고 선생님이 아무거나 교양 있는 이야기를 계속 이어나가길 가슴조리며 고대했다. 하지만 우리 선생님은 자신의 진중한 인사에 상응하는 응대의 제스처, 그러니까 장군들처럼 '음'이라고 말하며 두 손가락을 뻗는 몸짓을 기다렸다. 하지만 삼촌이 상냥하게 웃으며 그의 손을 쥐고서 악수를 해버리자 그는 당황해서 겁을 집어먹었다. 삼촌은 무슨 말인가를 앞뒤 없이 웅얼거리고 나서는 기침하기 시작하며 한쪽 구석으로 자리를 옮겼다.

"아, 정말 끝내주지 않아요?" 삼촌이 웃음을 터뜨렸다. "자, 보세요, 누님, 망토를 뒤집어쓰고는 자기가 박사님인 줄 알잖아! 맙소사, 마음에 들었어!……. 그걸 걸치려면, 그러니까 그 이상한 망토를 입으려면 얼마만큼의 정성과 시간을 들였겠어요! 그런데 도대체 이 아이는 뭐죠?" 그는 돌연 몸을 돌리다가 나를 발견하고 물었다.

"우리 안드류셴카야," 엄마는 얼굴이 상기되어서 나를 소개시켜 주었다. "내 삶의 낙이지……."

나는 모래 위에서 발꿈치를 맞부딪치며 몸을 낮게 숙였다.

"훌륭한 소년이야…… 잘 컸군……." 삼촌은 내 머리에 시선을 두고, 내 입술에선 손을 거두며 중얼거리기 시작했다. "안드류샤라고? 그래, 그래……. 맹세코…… 음…… 공부는 잘 하니?"

엄마는 다른 어머니들처럼 내용을 부풀리고 살을 덧붙이면서 나의 뛰어난 성적과 품행에 대해서 이야기하기 시작했다. 나는 삼촌의 주위를 따라다니며 예법에 맞게 수시로 몸을 낮게 낮추었다. 우리 엄마는 '국비로 유년학군단에 입단할 수 있는 충분한 자질을 지닌 나에게 혹시라도 차질이 생기지 않을까 걱정이다'며 벌써부터 설레발을 치기 시작했고, 나는 예법에 어긋나지 않게 눈물을 내비치며 삼촌의 후원을 요청해야 했다. 삼촌은 우뚝 멈춰서더니 탄성을 올리며 양팔을 벌렸다.

"세─ 세상에! 이건 또 뭐지?" 그가 물었다.

가로수 길을 따라 곧장 우리 쪽을 향해 타치아나 이바노브나가 걸어오고 있었던 것이다. 그녀는 우리집안 관리인으로 있는 표도르의 아내로, 풀을 먹인 치마와 다리미판을 들고 가는 중이었다. 그녀는 우리 곁을 지나가면서 소심하게 눈 밑으로 슬쩍 손님을 바라보더니 얼굴을 붉혔다.

"점입가경이로구만……."

삼촌은 상냥한 눈길로 그녀를 쫓으며 이빨 사이로 중얼거렸다. "여기, 누님네 댁에서는, 허허…… 발걸음을 떼기가 무섭게 무언가가 예기치 않게 튀어나온단 말이야…… 맹세코."

"저 아이는 영내에서도 손꼽히는 미인이야……." 엄마가 말했다. "교외에서 살던 애를 표도르랑 엮어 줬지……. 여기서 백 킬로 쯤 되는 곳인데……."

모두가 타치아나 이바노브나를 미인으로 보는 건 아니었다. 그녀는 작고 통통한 약관의 나이에도 맵시가 나는 여성이었다. 검은 눈썹에 항상 혈기가 도는 안색은 사랑스러운 인상을 주었지만, 안면이나 몸매 전체에서 어딘가 하나 똑 부러지는 특징도 없었거니와 그렇다고 전체적인 윤곽도 뭐라 규정짓기 힘들었다. 눈길이 딱 멈출 만한 곳이 없는 게, 꼭 조물주가 그녀를 빗어낼 때 영감이나 확신이 부족했던 것만 같았다. 타치아나 이바노브나는 소심하고 수줍음을 많이 탔으며 단아한 모습이었다. 걸을 때는 서두르지 않고 조용히 걸었고 말 수는 적었으며 소리 내어 웃는 경우가 드물었다. 그렇게 그녀의 한 평생은 그녀의 얼굴이나 매끄럽게 가라앉은 머리카락처럼 평탄하고 일정했다. 삼촌은 실눈을 뜨고 그녀의 콧무늬를 좇으며 미소 지었다. 엄마는 그의 얼굴에 떠오른 미소를 빤히 쳐다보고서는 진지하게 물었다.

"그런데 애야, 넌 결국 결혼은 하지 못하고 말았구나!" 엄마가 한숨을 지었다.

"못하고 말았죠……."

"어쩌다가?" 엄마가 가만히 물었다.

"누님에게 어떻게 말해야 할 지, 살다보니 그렇게 되었죠. 젊어서 정신없이 일에 파묻혀서 어떻게 사는지는 관심 없었어요. 제대로 살아야겠다는 생각이 들었을 때는, 이미 내 등 뒤로 50년의 세월이 흘러버린 거 있죠. 때를 놓친 거죠! 어쨌든, 이런 이야기 꺼내기가 좀…… 그렇네요."

엄마와 삼촌은 똑같이 한숨을 푹 내쉬고는 다시 걷기 시작했다. 나는 멀어지는 그들의 모습을 보다가 선생님을 찾으러 뛰기 시작했다. 그에게 내 느낌을 말하려고 했다. 파베딤스키는 마당 가운데 서서 고고하게 하늘을 올려다보고 있었다.

"수준 높은 지식인이란 게 눈에 확 띄는군." 그가 고개를 돌리고서 입을 열었다. "그와 친해지고 싶은 게, 내 희망이야."

한 시간 뒤에 엄마가 우리를 찾아왔다.

"애들아, 내게 걱정거리가 있단다!" 엄마가 머리를 싸매고선 입을 열었다. "동생이 하인이랑 같이 왔잖니, 그런데 하인이 저 모양이니, 어떻게 할 도리가 없구나. 그를 부엌에 머물게 하겠니, 현관방에 앉혀두겠니? 따로 방을 내주는 수밖에. 내가 어떻게 해야 할지 답이 안 나온다! 그래서 말인데, 애들아, 당분간 별채에서 표도르랑 지낼 수 있겠니? 너희 방을 내주면 딱 좋겠구나, 응?"

우리는 단번에 승낙했다. 아무래도 집안에 있는 것보다는, 그러니까 엄마의 시야에서 벗어나서 곁채에서 지내는 게 훨씬 자유로웠기 때문이다.

"고민이 또 한 가지 있단다." 엄마가 말을 이었다. "애가 '점심은 정오에 들지 않고, 모스크바 시간으로 7시에 먹겠다'는 구나, 정말 답답해서 미치겠다! 7시까지 모든 식사가 따뜻하게 준비되어야 한다는 소린데, 정말, 남정네들이란…… 아무리 똑똑하다곤 해도, 가사에 대해선 몰라도 너무 모르는 구나. 세상에, 이젠 점심을 두 번 준비하게 생겼다! 얘들아. 너흰 그대로 정오에 식사하려무나. 난 이 늙은 나이에 7시까지 그 애를 위해 견뎌야하게 생겼어."

그 다음에 엄마는 땅이 꺼지게 한숨을 쉬었고, 내게는 '네 행복을 위해 하느님께서 보내주신 삼촌에게 잘 보여야 한다'고 일러두었다. 그리곤 부엌으로 뛰어가셨다. 그날 나와 파베딤스키는 별채로 넘어갔다. 우리는 지배인의 안방에서 현관으로 통하는 방에 자리 잡았다. 삼촌의 방문이나 이사가 있었음에도, 예상외로 생활은 전처럼 단조롭고 무기력하게 흘러갔다. '손님의 방문으로 인해' 우리는 학업에 대해선 자유로운 몸이 되었다. 파베딤스키는 뭐라도 읽지 않거나 혹은 뭐라도 손 놓고 있던 적이 없었다. 그래서 그는 자기 침대에 자연스럽게 앉아 큰 코를 허공으로 치켜세우고서 무언가를 골똘히 생각했다. 이따금씩 그는 자리에서 일어나 새 정장을 입어보고나선 다시 자리에 앉았는데, 그러면 그는 입을 꾹 다물고 생각에 잠기는 것이었다. 그를 방해하는 것이 딱 하나 있었는데, 그건 그가 사정없이 손을 휘두르게 된 원인을 제공한 파리였다. 그는 점심식사를 하고 나서 평범하게 '쉬었'으며, 거기에 코고는 소리를 더하면서 온 저택에 근심을 안겨주었다. 나는 아침부터 저녁까지 정원을 뛰어다니거나 별채에 앉아있었으며 뱀을 오려 만들곤 했다. 우린 처음 이, 삼 주간 삼촌을 보기도 힘들었다. 그는 오후 내내 자기 방에 앉아서 파리가 귀찮게 하든, 날씨가 덥든 간에 일을 하고 있었다. 앉아있거나 일에 매달려있는 그의 비범한 능력은 불가해한 요술을 보는 것 같은 느낌을 주었다. 조직적인 업무를 알 리 없는 우리 같은 게으름뱅이들에게 그런 근면함은 말 그대로 초능력과 같은 것이었다. 9시쯤 눈을 뜨면, 그는 책상에 앉아서 저녁식사 때까지 일어나지 않았다.

식사를 마치고 나면 다시 펜을 들었고, 그렇게 늦은 밤까지 앉아있었다. 내가 열쇠 구멍으로 삼촌 방을 들여다보면 언제나 변함없는 그대로의 모습이었다. 일이란 건 그가 한 손으로는 글을 쓰고, 한 손으로는 책장을 넘기는데, 아무리 그것이 이상할지라도, 온 몸을 움직이면서 진행되었다. 시계추처럼 다리를 흔들거나 휘파람을 불고, 박자에 맞춰서 고개를 끄떡거리는 행동 등 말이다. 이때의 삼촌은 굉장히 산만하고 경박해 보여서, 마치 일을 하는 게 아니라 오목바둑을 두고 있는 것 같았다. 내가 매번 그를 볼 때마다, 그는 짧고 세련된 정장 상의에 야무지게 넥타이를 매고 있었다. 그리고 항상, 심지어는 열쇠 구멍을 들여다 볼 때에도 그에게선 은은한 여성 향수 냄새가 났다. 그가 방에서 나오는 경우는 딱 식사를 할 때뿐이었는데, 그렇다고 식사를 잘하는 것도 아니었다.

"난 저 애를 이해하지 못하겠어!" 엄마는 불평했다. "매번 일부러 칠면조하고 비둘기도 잡아주고, 캄포트*도 내가 직접 만들어주는데, 걔는 글쎄 불리온** 한 접시에 작은 고기 조각 달랑 집어먹고는 식탁에서 일어나는구나 글쎄. 내가 좀 더 먹으라고 애원하면, 다시 식탁에 앉아서 우유 한 잔만 들이키고 그만이야. 그 우유에 무언가 영양분이 있다 해도 뭐가 들어 있기나 하겠니? 그건 그냥 밍밍한 수프나 똑같잖아! 그렇게 먹다간 굶어죽을 거다…… 애를 설득하려고 하면, 걔는 그저 웃고 농짓거리나 하는 걸……. 아아, 내 동생, 그 애한테 내 음식이 입에 맞지 않는 게 분명해!"

우리는 낮보다 밤이 훨씬 즐거웠다. 해가 낮게 내려앉고 마당에 그림자가 길게 깔리면 항상 우리는 그러니까 타치아나 이바노브나, 파베딤스키 그리고 나는 별채의 현관 계단에 앉았다. 그리고 우리는 어둠이 내려앉을 때까지 말없이 있었다. 이미 모든 것이 이야기로 오간 마당에 무엇을 더 이야기할까? 하나 새로운 소

---

* 설탕물에 절인 과일 쥬스.
** 고기육수에 야채를 넣은 수프.

식인 삼촌의 방문이 있었지만, 이 이야기 역시 금방 진부해졌다. 선생님은 내내 타치아나 이바노브나에게서 눈을 떼지 못하면서 깊은 한숨을 내쉬곤 했다……. 그 때 나는 왜 선생님이 한숨을 짓는 지 이해하지 못 했고, 그게 무슨 의미인지 알 수 없었다. 하지만 이제는 많은 것을 알 수 있다.

그림자들이 길게 뻗어 땅 위에 어둠이 덮이기 시작할 때면 사냥이나 밭에 나갔던 지배인 표도르가 돌아왔다. 이 표도르는 내게 거친, 심지어는 무시무시하기까지 한 인상을 주었다. 그는 러시아에 섞여 든 이쥼(우크라이나 남동쪽 지방의 행정구역)지역의 집시 아들이었고, 거무스름한 얼굴에 크고 새까만 눈 그리고 곱슬머리에 흐트러진 수염을 하고 있었다. 그래서 그는 꾸추옙스키 지방의 사내들 사이에서는 보통 '장승'과 같은 별명으로만 불리고 있었다.

사실 외모는 제외하더라도 집시 같은 기질이 많았다. 그렇게 그는 한시도 집안에 붙어있질 못하고 온종일 밭을 돌보거나 사냥을 하러 나가버렸다. 그는 음침하고 불같은 성격에 말이 없었는데, 누구도 무서워하는 법이 없었고 누군가 자기를 통제하려 드는 걸 용납하지 않았다. 그는 엄마에게 뭘 조심하고 말하는 법이 없었고 나한테는 항상 '야'라고 불렀으며, 파베딤스키의 학식에는 꼴 보기 싫다는 듯한 태도를 취했다. 그래도 우린 그가 병적인 구석이 있는데다가 조급한 성격을 지닌 사람이라는 걸 알고 있었기에 모두 용인해주었다. 게다가 엄마는 그에게 애착을 느꼈는데, 그의 집시적인 기질을 놔두고서라도 이상적인 순수함과 근면성을 지녔기 때문이었다. 그는 집시들처럼 불타는 가슴으로 아내인 타치아나 이바노브나를 사랑했지만, 이러한 사랑은 흡사 고통에서 짜낸 듯이 무언가 어둡고 우울하게 표현되곤 했다. 그는 우리가 있는 자리에서는 절대로 자기 아내에게 사랑을 표현하지 않고, 그녀에게 악의에 찬 눈을 부릅뜬 채 입을 삐죽거릴 뿐이었다.

그는 초원에서 돌아오는 길이었다. 그는 별채에 수렵 총을 쿵 소리 나게 던져놓고, 우리가 앉아있는 현관 계단으로 나와 아내 옆에 앉았다. 그는 숨길을 가다듬더니 아내에게 집안일에 대해 질문을 몇 개 던지고 나서는 입을 다물어버렸다.

"우리 노래 불러요." 내가 말했다.

선생님은 기타를 조율하고서는 사제와 같은 짙은 베이스로 〈분지 가운데의 평야〉를 부르기 시작했다. 선생님은 베이스로, 표도르는 들릴 듯 말 듯한 소심한 테너로, 그리고 나는 최고음부로 타치아나 이바노브나와 목소리를 맞췄다. 노랫소리가 울려 퍼지기 시작했다.

하늘에 온통 별들이 박히고 개구리들의 울음소리가 잦아들었을 즈음에, 이쪽으로 저녁식사가 배달되었다. 우리는 별채로 들어가 식사를 하기 시작했다. 선생님과 표도르는 까도독 소리를 내며 마구 집어 먹었는데, 그래서 그 소리가 음식물에서 나는 지, 그네들의 턱에서 나는 지 알 수가 없었다. 나와 타치아나 이바노브나는 겨우 자기 접시를 비웠다. 저녁식사를 마치고 나면 별채는 깊은 꿈속으로 빠져들었다.

5월의 막바지였던 어느 날, 우리는 현관의 계단에 앉아 저녁식사를 기다리고 있었다. 불쑥, 조그만 그림자가 우리 앞에 어른거리더니 땅에서 솟아난 것처럼 군다소프 씨가 나타났다. 그의 시선이 오랫동안 우리에게 머물렀다가는 그는 양손을 맞잡고서 유쾌하게 웃기 시작했다.

"진짜 전원생활이로군!" 그가 말했다. "달을 노래하고 기원하고 있다니! 신에게 맹세코 멋진 일이야! 그대들과 같이 앉아서 기원해도 될까?"

우리는 서로 눈만 깜빡이며 입을 다물었다. 삼촌은 계단 아래쪽에 자리 잡았고, 하품을 하고선 하늘을 올려다보았다. 침묵이 맴돌았다. 전부터 새 손님과 진지한 대화를 준비해왔던 파베딤스키는 찾아온 기회에 기뻐했으며, 먼저 침묵을 깨고 입을 열었다. 그가 교양 있는 대화를 위해 준비해놓은 주제가 하나 있었는데, 그것은 바로 '가축성 전염병'이었다. 우리가 수천 명의 군중 속에 있을 때, 왜인지 그 중에서도 유달리 오래 기억에 남는 무언가 한 가지가 있다. 그런데 파베딤스키도 수의전문대학교에서 수학한 반 년 동안 귀로 들은 것이 있었고, 그 중에서도 단 한 가지 귀에 박힌 것이 있었다.

"가축성 전염병은 민중의 농업에 지대한 손실을 초래한다. 그리고 그것을 퇴치하는 일에 조합은 정부와 손을 맞잡아야 한다."

우리 선생님은 이걸 말하기 전에 세 번 정도 목을 가다듬었고, 긴장이 되는지 몇 번 망토를 여몄다. 가축성 전염병에 대한 이야기를 들은 삼촌은 선생님을 물끄러미 바라보더니 코웃음 소리를 냈다.

"맹세코, 보기에 좋아요……." 그는 중얼거리고서, 마치 마네킹을 둘러보듯이 우리를 살펴보았다. "여기 이게, 바로 삶이란 건가…… 진짜 삶이란, 본질적으로 현실이 되어야 하는 거야. 펠라게야 이바노브나양, 뭘 그렇게 잠자코 계시오?" 그가 타치아나 이바노브나를 바라보며 말했다.

그녀는 당황해서 기침을 했다.

"말씀들 하세요, 여러분, 노래하고…… 춤추세요! 시간을 낭비하지 말아요. 짓궂은 시간은 기다려주지 않아, 달려가 버린단 말이지! 맹세코, 노년이란 게 어떻게 닥쳐오는가 하면, 되돌아 볼 시간도 없을 정도지……. 그리고 그때면 이미 놀기는 글러버린 거야. 그러므로 펠라게야 이바노브나양……, 입 다물고 가만히 앉아있는 건 쓸데없는 짓이란 말이오……."

그때 주방 사람들이 저녁식사를 내왔다. 삼촌은 우리를 따라서 별채에 들어왔고 우리가 식사할 동안 응유과자 다섯 조각이랑 오리 날개를 먹었다. 그는 음식을 먹으면서 우리를 바라보았다. 그에게는 우리의 모든 것이 환희이자 감동이었다. 존재감이 가득한 우리 가정교사 선생님이 무슨 바보 같은 헛소리를 하건, 타치아나 이바노브나가 무슨 일을 하건 간에, 그는 거기서 근사하고 사랑스러운 점들을 발견했다. 식사를 치우고서 타치아나 이바노브나는 구석에 조용히 앉아서 실을 뜨기 시작했다. 삼촌은 그녀의 손에서 눈을 떼지 않으며 쉴 새 없이 이야기를 떠들어댔다.

"이보게, 친구들, 가능한 빨리 진정한 삶을 살아가게나……." 그가 말했다. "미래에 희생될 그대들의 현재를 주님께서 지켜주실 걸세! 현재에는 젊음과 건강, 열정이 있지, 하지만 미래란 바로 기만과 환영이야! 어른이 되었다면, 그럼 바로 진짜 삶을 시작하는 거야!"

타치아나 이바노브나가 바늘을 떨어뜨렸다. 삼촌은 분연히 일어나서 바늘을 집어들고 고개를 끄덕이더니 타치아나 이바노브나에게 건네주었다. 그리고 거기서 난, 이 세상에 파베딤스키보다 더 가냘픈 사람이 존재한다는 것을 처음으로 알았다.

"그렇지……." 삼촌은 말을 계속했다. "사랑을 하고, 결혼을 하는 걸세……. 바보같은 짓을 하는 거야. 우리가 영리한 삶을 쫓아 헛수고를 하는 것보다 바보짓을 하는 게 훨씬 중요하고 유익한 거야."

삼촌은 오랫동안 말을 많이 했는데, 그것이 우리를 짜증나게 할 정도였다. 나는 구석의 상자 위에 앉아서 이야기를 들으며 꾸벅꾸벅 졸고 있었다. 그 동안 삼촌은 한 번도 나를 쳐다보지 않아서 괴로웠다. 그가 떠난 건 새벽 두 시였는데, 나는 그때 졸음을 어떻게 이겨낼 생각을 하지 못하고 깊이 잠들어버렸다.

그 후로 삼촌은 매일 저녁 우리가 있는 별채에 들르기 시작했다. 그는 우리랑 같이 노래를 부르고 저녁식사를 들었다. 그는 매번 새벽 2시까지 눌러앉아 토씨 하나 틀리지 않고 같은 말을 쉼 없이 떠들었다. 그는 저녁과 밤에 해오던 일은 그만두었다. 그리고 6월 말 무렵에 삼등관은 엄마의 칠면조와 캄포트에 입맛을 들였고, 낮에 하던 일도 그만두었다. 삼촌은 책상에서 벗어나서 '진짜 삶'에 발을 내디딘 것이다. 해가 한창이면 정원을 걸으며 휘파람을 불었고, 일하는 사람들에게 여러 가지 이야기를 들려달라며 일을 훼방 놓기도 했다. 그의 눈에 타치아나 이바노브나가 보이면 그녀에게 달려갔는데, 그녀의 손에 뭐라도 들려있는 날에는 그녀를 도와주겠다고 나서서 그녀를 더욱 당황스럽게 만들었다.

계속해서 여름이 짙푸르러질수록 우리 삼촌은 더욱 경박해지고 산만해졌으며 변덕스러워졌다. 그를 향한 파베딤스키의 환멸은 극에 달했다.

"지극히 편파적인 사람입니다……." 그가 말했다. "그가 사회의 고위층에 머무를만한 점은 티끌만큼도 보이지 않아요. 거기에다 언변이 좋은 편도 아니고. 매번 말끝마다 '맹세코'하면 다 되니까요. 아아, 전 그 사람이 싫습니다!"

삼촌이 우리 별채에 방문하기 시작한 그 날부터였다. 표도르와 우리 선생님은 눈에 띄게 변하기 시작했다. 표도르는 사냥을 그만두고 집에 일찍 들어왔다. 그리고 훨씬 더 조용해졌고 뭔가 유달리 독한 눈으로 아내를 응시했다. 선생님은 삼촌이 오면 가축성 전염병에 대한 이야기는 꺼내지 않고, 얼굴을 찌푸리거나 조소를 보내기도 했다.

"우리 발정이 난 숫말이 오시는 군요." 어느 날 그가 삼촌이 별채로 다가오는 걸 보며 중얼거렸다.

나는 이 두 남자가 변하게 된 것은 삼촌이 그들을 화나게 한 탓이라고 생각했다. 집중력이 산만한 삼촌은 그들의 이름을 혼동하곤 했는데, 떠나는 날까지도 둘 중에 누가 선생님이고 누가 타치아나 이바노브나의 남편인지 구분하지 못했다. 그리고 정작 타치아나 이바노브나를 때로는 나스타샤나 펠라게야라고 부르거나, 아니면 예브도키야라고도 불렀다. 그는 우리와 있으면서 감동과 환희를 느꼈고, 우리를 대할 때면 마치 어린 아이들을 대하듯 웃어댔다……. 물론, 이 모든 것이 젊은 사람들을 화나게 할 수도 있었지만, 문제는 그런 것 때문이 아니었다. 이제야 내가 깨달은 것처럼, 조금 더 세심한 감정의 문제였다.

어느 날 저녁, 상자 위에 앉아서 몰려오는 졸음을 물리치고 있었던 기억이 난다. 끈적끈적한 풀이 붙은 것처럼 눈꺼풀이 들러붙었고, 하루 종일 뛰어다녀서 노곤해진 몸이 기우뚱했다. 하지만 난 졸면서도 눈을 뜨려고 애썼다. 한밤중이었다. 항상 그래왔듯이 타치아나 이바노브나는 볼이 밝고 조용했으며, 조그만 탁자에 앉아 남편의 셔츠를 깁고 있었다. 한쪽의 구석에서는 음침하고 찬바람이 감도는 표도르가, 그녀를 향해 두 눈을 부릅뜨고 있었다. 다른 쪽에선 파베딤스키가 앉아있었고, 높게 세운 와이셔츠의 옷깃에 몸을 파묻은 채 화난 듯 씩씩거렸다. 삼촌은 이곳저곳을 왔다 갔다 서성거렸고 무언가를 생각하고 있었다. 침묵이 무겁게 흐르고 있었고, 들리는 소리라고는 타치아나 이바노브나의 손에서 사락사락 거리는 아마포 소리뿐이었다. 돌연 삼촌이 타치아나 이바노브나의 앞에서 멈춰서더니 이렇게 이야기를 꺼냈다.

"자네들은 이렇게나 젊고, 활기차고, 순박하기까지 하네. 자네들은 이 고요함 속에서 평온한 생활을 보내고 있지, 난 자네들이 부러워. 그리고 난 이 생활을 벗어나고 싶지 않아. 내가 이곳을 떠나야 한다는 생각을 떠올리면 가슴이 옥죄듯이 아프니까 말이야……. 내 진심을 믿어주게!"

수마가 내 눈꺼풀에 내려앉았고, 그래서 난 잠이 들어버렸다. 무언가 쿵쿵 울리는 소리에 잠에서 깼을 때, 삼촌은 타치아나 이바노브나 앞에 서서 감격에 차 그녀를 바라보고 있었다. 그의 볼이 붉게 달아올랐다.

"내 삶은 시들어 버렸소." 그가 말했다. "난 살고 있는 게 아니오! 그대들의 생기 있는 얼굴을 보고 있자니 시들어 버린 젊은 시절이 생각나는군. 나는 죽는 날까지 여기에서 머물면서 당신들과 함께 지내고 싶소. 당신들을 뻬쩨르부르그로 데려갈 수 있다면 원이 없겠어."

"무엇 때문에 그러는 겁니까?" 표도르가 잠긴 목소리로 물었다.

"마음 같아서는 사무용 책상의 유리판 밑에 끼워 넣고 싶어, 당신들을 바라보고, 다른 사람들에게도 자랑하고 말일세. 펠라게야 이바노브나야, 아실지 모르겠지만, 이쪽엔 그대 같은, 쓸 만한 인물이 없다오. 우리에겐 부와 유명세, 가끔 아름다운 사람도 있긴 하지만, 이런 삶의 진실이라는 게 없단 말이오……. 이러한 완전한 평온이 없단 말이지……."

삼촌은 타치아나 이바노브나 앞 편에 앉아 그녀의 손을 잡았다.

"나와 같이 뻬쩨르부르그에 가고 싶지 않소?" 그가 웃음을 터뜨렸다. "가고 싶으시다면, 당신의 고운 손만 내밀어 주시구료. 당신의 손은 정말로 아름답기 그지없소! 안 주시는 거요? 매정하시군, 그럼 손에 입 맞추는 것만이라도 허락해주시오……."

의자가 넘어가는 소리가 들렸다. 표도르는 벌떡 몸을 일으켰고, 뚜벅뚜벅 아내를 향해 다가갔다. 그의 얼굴은 창백한 납빛이었는데 파르르 떨리고 있었다. 그는 주먹을 크게 휘둘러 탁자를 후려쳤다. 그리고 불분명한 목소리로 이렇게 말했다.

"내가 허락 못 해!"

동시에 의자가 넘어졌는데, 박차고 일어난 사람은 파베딤스키였다. 그도 역시 하얗게 질린 얼굴에 분노를 담고 있었는데, 타치아나 이바노브나에게 다가가 똑같이 주먹으로 탁자를 내리치는 것이었다…….

"나…… 나도 허락 못 합니다!" 그가 말했다.

"뭐요? 왜들 이러는 거야?" 삼촌이 놀라서 말했다.

"내가 허락 못 한다고요!" 표도르는 탁자를 치며 되풀이해서 말했다.

삼촌은 발작적으로 일어나더니 소심하게 눈을 깜빡이기 시작했다. 그는 입을 열고 싶었지만 충격과 혼란이 뒤섞여 한 마디도 꺼낼 수 없었다. 그는 당황한 듯 어색한 미소를 짓더니 구부정한 자세를 한 채 잔걸음으로 별채에서 나가버렸다. 그는 모자를 들고 가지 않았다. 얼마 지나지 않아 얼굴에 수심이 가득한 엄마가 뛰어 들어왔다. 표도르와 파베딤스키는 꼭 대장장이가 망치질 하듯이 계속해서 탁자를 내리치면서 이렇게 말을 내뱉고 있었다. "내가 허락 못 해!"

"여기서 무슨 일이 있었던 거냐?" 엄마가 물었다. "그 애가 무엇 때문에 속이 뒤집어져서 온 거야? 대체 무슨 일이야?"

놀라서 창백해진 타치아나 이바노브나와 노도처럼 사나워진 그녀의 남편, 엄마는 그들을 보고서 무슨 일이 일어난 건지 추측해낸 게 분명했다. 그녀는 한숨을 내쉬더니 고개를 내저었다.

"어휴, 그만해. 탁자 치는 건 충분히들 했잖아!" 엄마가 말했다. "그만해둬라, 표도르! 이고르 알렉세예비치, 당신은 또 왜 그래요? 여기에 무슨 상관이 있나요?"

파베딤스키는 멈칫하더니 당황스러워했다. 표도르는 그를 빤히 쳐다보다가, 그 다음에는 아내를 빤히 바라보고, 그러고선 방 안을 서성거리기 시작했다. 엄마가 별채에서 떠났을 때, 오랫동안 꿈으로 여겼던 일이 일어났다. 내가 그 때 본 대로 묘사하자면, 표도르가 우리 선생님을 붙잡아 번쩍 들어서는 문 밖으로 내동댕이치는 모습이었다……

내가 아침에 눈을 떴을 때, 선생님은 침상에 없었다. 내가 '선생님은 어디 계셔요'라고 묻자, 유모가 낮은 목소리로 '팔이 부러져서 아침 일찍 병원으로 옮겨갔어요'라고 이야기해주었다. 나는 이 이야기를 듣자 슬퍼져서, 어제 일어났던 치정극을 떠올리며 마당으로 나갔다. 날이 흐렸다. 하늘은 먹구름으로 덮여 있었고, 땅 위로는 바람이 스쳐 먼지와 종이조각들과 깃털들을 날리고 있었다. 비가 올 것 같았다. 사람들과 동물들의 얼굴엔 우울한 표정이 가득했다. 내가 안채로 향하자, '엄마는 편두통으로 누워계신다'며 발소리를 내지 말아달라고 했다. 이제 어떻게 한담? 나는 대문 밖으로 나가서 앞 쪽 벤치에 앉았다. 그리고 어제 보고 들었던 게 뭘 말하는 건지 고민하기 시작했다. 우리 집 대문에서 난 길은 대장간과 마른 적이 없던 웅덩이를 끼고서 뻗어있었고, 나중에는 커다란 역체용 도로*와 합쳐져

---

* '역체'라는 말은 공공의 우편배달, 역마, 역원 등 국가의 여행체계를 일컫는 용어이다. 역체용 도로란 이런 기능을 수행하도록 만든 도로를 가리킨다.

있었다……. 나는 주위에 먼지가 자욱한 전신주들과 철조망에 내려앉아 있는 졸린 새들을 바라보았다. 난 돌연 쓸쓸한 마음이 되어 울고 말았다.

역체로를 타고 지붕이 있는 커다란 마차가 먼지를 뒤집어쓰고 달리고 있었다. 그리고 거기엔 도시 사람들이 가득 타고 있었는데, 순례를 가는 게 분명했다. 그리고 대형마차가 사라지기도 전에, 말 두 마리를 맨 경마차가 보였다. 거기엔 지방 경찰서장인 아킴 니키티치가 서서 고삐를 쥐고 있었다. 그리고 전혀 생각치도 못 한 일이 벌어졌다. 이 경마차가 우리 집으로 향하는 도로를 탔고, 내 옆을 쌩하니 지나 대문으로 들어가 버린 것이다. 지방 경찰서장이 우리 집에 올 일이 뭐가 있을 지 머리를 굴리는 동안 시끄러운 소리가 들리고, 도로에는 말 세 마리를 맨 커다란 마차가 나타났다. 거기엔 군 경찰서장이 서서 마부에게 우리 집 대문을 가리키고 있었다.

'저 사람은 또 무슨 일이지?' 난 먼지를 뒤집어쓰고 있는 군 경찰서장을 주시하며 생각했다. '아, 파베딤스키씨가 표도르를 고소한 거야, 그래서 그를 잡으러 온 거고.'

하지만 수수께끼는 그리 간단히 풀리지 않았는데, 지방 경찰서장과 군 경찰서장은 안내역일 뿐이었던 것이다. 수 분 전에 그들 뒤로 고급 사륜마차가 우리 집 대문으로 들어갔을 때, 나는 창문을 엿보려고 했다. 하지만 마차가 휙 지나가버려서 그 안의 붉은 수염밖에 보지 못했다. 나는 집 쪽으로 뛰어가면서도 영문은 알 수 없었지만, 무언가 불길한 기운을 느꼈다. 현관에선 엄마가 가장 먼저 눈에 띄었다. 그녀는 창백한 낯빛이었고 공포로 얼룩진 시선은 남자들의 목소리가 새어 나오는 문을 향해 있었다. 엄마는 별안간 찾아 온 손님들을 보고는 극심한 편두통을 호소했다.

"엄마, 누가 온 거야?" 내가 물었다.

"누님!" 삼촌 목소리였다. "현 지사님하고 같이 왔는데, 뭐 먹을 것 좀 준비해

주세요!"

"'먹을 것 좀!'이라고, 말하기는 쉽지!" 엄마는 공포에 몸이 굳어선 중얼거렸다. "지금 와서 뭘 준비해 달라는 거냐? 노년에 망신살 뻗치게 됐잖아!"

엄마는 머리통을 부여잡고 부엌으로 뛰어갔다. 현 지사의 깜짝 방문은 온 집안을 발칵 뒤엎어 놓고 시끄럽게 만들었다. 피도 눈물도 없는 칼 난도질이 시작되었다. 닭 열 마리와 다섯 마리의 칠면조, 오리 여덟 마리가 참살되었으며, 엄마가 사랑해 마지않는 거위 무리의 큰 어른인 늙은 거위도 허둥지둥 참수되었다. 마부들과 요리사는 마치 이성을 잃은 것 같았고, 종류나 연령도 구분하지 않고 마구잡이로 조류들을 베었다. 알 수 없는 소스를 만들기 위해 내가 아끼는 날렵한 비둘기 한 쌍도 봉변을 당했다. 엄마가 거위를 아끼는 것만큼이나 내겐 그 비둘기들이 소중했기에, 난 오랫동안 현 지사를 용서할 수가 없었다.

현 지사와 수행원들이 빵빵해진 배를 두드리며 마차를 타고 떠났을 땐 저녁이었다. 나는 만찬의 잔해를 구경하려고 안채로 향했다. 나는 현관방에서 홀을 들여다보다가, 거기서 엄마와 삼촌을 보았다. 삼촌은 뒷짐을 진 채 어깨를 움츠리고 벽 가장자리를 걷고 있었다. 엄마는 소파에 앉아있었는데 부쩍 수척해진 얼굴로 기진맥진해 있었다. 그리고 커다란 눈으로 동생이 하는 꼴을 바라보고 있었다.

"미안해요, 누님, 그런데 그건 아니잖아요⋯⋯." 삼촌을 얼굴을 찌푸리며 투덜댔다. "내가 현 지사를 데려왔는데, 어떻게 누난 그 사람한테 손도 안 내줄 수가 있어요? 그가 당황하는 거 못 봤어요? 바보로 만들어 버린 거라고요! 아니지, 이게 아니지⋯⋯. 정직한 건 물론 좋지만, 그래도 가릴 때가 있는 거잖아요⋯⋯. 맹세코⋯⋯, 그리고 식사는 또 뭐예요! 진짜 대접하려고 내준 게 그거였어요? 예를 들면, 네 번째 요리로 나온 그 수세미는 대체 뭐였죠?"

"달콤한 소스를 끼얹은 오리 요리였다⋯⋯." 엄마가 조용히 말했다.

"오리라⋯⋯ 미안해요 누님, 그래도⋯⋯ 그래도 난 가슴에 병을 앓고 있다고,

난 환자란 말이예요!"

삼촌은 울먹이는 얼굴에 못마땅한 표정을 띠며 말을 이었다.

"악마가 빌어먹을 현 지사 녀석을 데려온 거야! 그래도 난 녀석을 초대해야 했
단 말이야! 후우…… 이 가슴앓이 때문에! 난 잠을 잘 수도 없고 일도 할 수가 없
어요……. 완전히 기력이 쇠진해버렸다고. 그리고 어떻게, 난 도무지 모르겠어.
누님이 이곳에서 일도 안하고 지낼 수 있다니!…… 이런 무료한 곳에서 말이예요!
바로 여기 명치 아래쪽에서 통증이 시작되는군!……. "

삼촌은 얼굴을 구겼고, 발걸음을 더 빨리 했다.

"애야." 엄마가 조용히 입을 떼었다. "해외로 요양 가는 데 얼마나 든다고?"

"적게 잡아도 3천 루블……." 삼촌이 울음이 섞인 목소리로 대답했다. "가려고
해도, 돈을 어디서 끌어다 써요? 수중에 한 푼도 없는데! 휴우……. 도대체 병이
뭔지!"

삼촌은 발길을 멈추었고, 우수에 찬 시선으로 창문을 바라보았다. 창문은 침
침한 잿빛이었다. 삼촌은 다시 걸음을 떼기 시작했다. 정적이 내려앉고…… 엄마
는 한참 동안 성화를 바라보며 무언가를 고심하고 있었다. 그리고 엄마는 눈물을
흘리며 말했다.

"내가, 애야, 3천 루블을 주마……. "

사흘쯤 지나서 거대한 여행 가방들이 역 쪽으로 실려 나갔고, 그 뒷 마차 편으
로 삼등관은 떠나버렸다. 그는 엄마에게 작별인사를 하며 눈물을 흘렸고, 오랫
동안 그녀는 입에서 입술을 떼지 못했다. 작별인사 후 좌석에 오르던 그의 얼굴
은 아이 같은 기쁨으로 빛났다……. 마차에 편안하게 자리 잡은 그는 행복해 보였
고, 얼굴이 환히 빛났다. 그는 울먹이는 엄마에게 손을 흔들었고, 주위를 둘러보
다가 내게 시선을 멈추었다. 그의 얼굴은 놀라움으로 가득 찼다.

"그런데 대체 애는 누구지?" 그가 물었다.

내게 '하느님께서 삼촌을 보내신 건 나의 행복을 위해서'라고 강조했던 엄마는 이 질문에 완전히 낙심해버렸다. 나는 질문 같은 것엔 관심 없었다. 나는 삼촌의 행복한 얼굴을 뚫어지게 바라보고 있었는데, 그런데 왠지 그가 너무 가엾다는 생각이 들었다. 나는 가만히 참지 못하고 마차 위로 뛰어올라가, 허약하고 경박한, 이 평범한 사람을 꼭 껴안아 주었다. 나는 그의 눈동자를 들여다보면서, 뭐든 즐거운 화두가 나오길 바라며 입을 열었다.

"삼촌, 전쟁에 나가본 적 있어요?"

"오, 귀여운 애로구나……." 삼촌은 내게 입을 맞추며 웃음을 터뜨렸다. "정말 착한 애야, 맹세코, 그러니까 이 모든 건 말이다, 자연스럽고 일상적인 거야……. 맹세코……."

마차가 움직였다……. 나는 마차의 꽁무니를 하염없이 바라보았다. 이 마지막 작별인사에서 '맹세코'라는 말이 오랫동안 귓가에 맴돌았다.

사건

아침이었다. 또렷한 햇살이 창유리에 내려앉은 서리꽃을 비집고서 아이 방에 비쳤다. 바냐는 6살 먹은 사내아이로 단추 같은 코에 짧은 머리를 하고 있었고, 그의 누이동생 니나는 4살 난 계집애로 곱슬곱슬한 머리칼에 통통하지만 또래의 아이들에 비해 키가 작은 편이었다. 그들은 잠에서 깨어나자 유아용 침대의 격자 너머로 서로 성난 듯이 노려보았다.

"(아이고,) 워따 – 워따 – 워, 장난꾸러기 녀석들!" 유모가 불평을 해댔다. "착한 사람들은 벌써 차를 다 마셨는데, 너희는 아무리 깨워도 잠자리에서 일어나지 않더니만……."

카펫과 벽 그리고 유모의 옷자락 위에선 햇빛이 기분 좋게 헤집고 다니며, 마치 함께 놀자고 손짓하는 것 같았지만, 아이들은 그런 것에 별로 관심이 없었다. 그들은 잠에서 깨어날 때부터 기분이 영 좋지 않았기 때문이다. 니나는 못마땅한 얼굴로 입술을 삐죽이 내밀고선 이렇게 길게 늘여 빼면서 말했다.

"차(茶) –아 – 줘요! 유모~오, 차 – 아!"

바냐는 이맛살을 찌푸린 채 이렇게 생각했다. '한바탕 울고 싶은데, 무얼 가지고 트집을 잡는담?' 그는 벌써 눈을 깜빡이기 시작하더니 입을 벌렸다. 하지만 그때 응접실에서 엄마의 목소리가 들렸다.

"고양이한테 우유를 주는 것 잊지 마라, 이제 새끼가 생겼으니까!"

바냐와 니나는 깜짝 놀란 얼굴로 의심스러운 눈길을 서로 교환하며 쳐다봤다. 그러자 두 아이는 단숨에 벌떡 일어나더니 찢어지는 듯한 비명을 마구 질러대면서 침대에서 뛰어내렸다. 그들은 맨발에 잠옷 셔츠 바람으로 부엌을 향해 달려갔다.

"고양이가 새끼를 낳았네!" 그들은 소리쳤다. "고양이가 새끼를 낳았어!"

부엌의 긴 의자 밑에는 스테판이 벽난로에 불을 지필 때 사용하는 코크스*를 담아 나르는 자그마한 상자가 있었는데, 그 상자에서 고양이가 얼굴을 내밀고 있었다. 고양이의 잿빛 얼굴은 몹시 지쳐 보였고, 좁고 검은 눈동자가 있는 녹색 빛의 눈은 괴로워하면서도 다정스런 눈빛을 하고 있었다. 하지만 그 얼굴엔 이 상자에 '그 분'이 없는 걸 아쉬워하는 것이 역력해 보였다. 고양이가 그렇게나 헌신적으로 사랑을 쏟았던, 새끼들의 아빠 말이다! 고양이는 울어대고 싶어서 입을 크게 벌렸지만 목에서는 단지 쉰 소리만이 새어 나왔다. 그리고 고양이 새끼들이 내는 '야옹'거리는 소리가 들렸다.

아이들은 상자 앞에 쪼그리고 앉아서, 숨소리를 죽인 채 미동도 없이 고양이를 바라보고 있었다. 그들은 놀라워하고 감동하는 중이었으므로 그들을 뒤쫓아 와서 잔소리를 해대는 유모의 목소리는 들리지도 않았다. 두 아이의 눈에는 더할 수 없이 순수한 기쁨이 넘치고 있었다.

애완동물들은 아이들의 양육과 생활에서 두드러진 역할을 하지는 않지만, 유익한 역할을 한다는 것엔 의심할 바 없다. 힘은 세지만 아량이 넓은 개, 식객 노릇을 하는 삽살개, 철창 속에서 죽어버린 새들과 오만하지만 멍청한 칠면조, 그리고 우리가 심심할 때 꼬리를 밟거나 고통스럽게 괴롭히는 것을 용서해주는 유순한 늙은 고양이들…… 우리 가운데 어느 누가 그들을 잊을 수 있을까? 우리의 애완동물들이 갖고 있는 고유한 인내심, 진실성 그리고 넓은 아량과 성심성이 아이

---

* 점결탄, 아스팔트, 석유 등 탄소가 주성분인 물질을 가열하여 휘발성분을 없앤, 구멍이 많은 고체 탄성 원료.

들의 두뇌에 훨씬 긍정적인 영향을 많이 줄 거라고 생각한다. 무뚝뚝하고 파리한 얼굴의 카를 카를로비치의 느려터진 훈계들이나, 아니면 아이들에게 물은 수소와 산소로 구성되어있다는 사실을 알려주려고 애쓰는 가정교사의 애매모호한 장광설보다도 더 말이다.

"완전 조그만 해." 니나가 눈을 동그랗게 뜨고 즐거운 듯이 웃음을 터뜨리며 말했다. "꼭 생쥐들 같아!"

"하나, 둘, 셋……." 바냐가 고양이를 세었다. "새끼가 세 마리야. 그럼, 나 한 마리 갖고, 너 한 마리, 그리고 또 누군가에게 한 마리를 주면 돼."

"갸르르릉…… 갸르르릉……." 자기에게 시선이 몰려 기분이 좋아진 어미가 갸르릉 거렸다. "갸르릉."

새끼 고양이들을 실컷 구경한 아이들은 어미 고양이 옆에 있는 새끼들을 꺼내서 팔에 안고 비벼대기 시작했다. 다음엔 그것으로 만족하지 못하고 셔츠의 옷자락에 새끼들을 올려놓은 채 방들을 뛰어다녔다.

"엄마! 고양이가 새끼 낳았어!" 하고 그들은 소리쳤다.

엄마는 처음 보는 어떤 신사와 함께 응접실에 앉아계셨다. 그녀는 애들이 씻지도 않고 옷도 안 입은 채 옷자락을 훌렁 위로 들춘 옷매무새를 보자, 당황하더니 매서운 눈초리를 보냈다.

"옷자락을 가지런히 못 하니? 부끄러운 줄 알아야지!" 그녀가 말했다. "여기서 당장 안 나가면 엄마한테 혼날 줄 알아."

하지만 아이들은 엄마의 으름장에도, 낯선 사람이 있음에도 별로 관심을 두지 않았다. 그들은 카펫 위에 고양이 새끼들을 올려놓고 새된 소리를 높이 질러 댔다. 어미 고양이가 그들 주위를 서성거리며 애원하듯이 울어댔다. 얼마 지나지 않아 아이들은 어린이 방으로 끌려가서 옷을 입었으며, 기도를 하고 차를 마셔야 했다. 아이들은 이 지루하기만 한 붙잡힘에서 한시라도 빨리 벗어나서 다시 부엌으로 달려가고 싶은 염원에 가득 차 있었다.

평범한 일과 놀이는 가장 맨 뒷전으로 미뤄졌다.

고양이 새끼들이 세상에 태어나자 그들에겐 다른 건 아예 눈에 들어오지도 않았고, 마치 다시는 볼 수 없을 사건이나 시급한 화두로 여겨졌던 것이다. 만약 바냐와 니나에게 고양이 새끼당 푸드*의 사탕이나 10코페이카 은화 천 개를 대신 주겠다고 해도 그들은 전혀 주저하지 않고 거절했을 것이다. 그들은 식모와 하녀의 거센 제지에도 불구하고 식사가 시작되기 바로 전까지 부엌에 놓인 상자 주변에서 고양이 새끼들과 놀았다. 그들의 얼굴은 진지하고 긴장되어 있었으며 걱정스런 표정이 엿보였다. 그들은 고양이 새끼들을 지금뿐만 아니라 훗날까지도 걱정하고 있었던 것이다. 새끼 한 마리는 어미 고양이 곁에서 같이 살도록 집에 두고, 다른 한 마리는 별장에 놔둘 것이며, 세 번째 새끼는 생쥐들이 엄청 많이 우글거리는 지하실에서 지내도록 하자고 그들은 결정했다.

"그런데 얘들은 왜 눈을 안 뜨지?" 니나가 궁금하게 생각했다. "얘들은 거지들처럼 앞을 못 보는가 봐."

바냐도 이런 의혹에 걱정이 생겼다. 그는 고양이 새끼 한 마리의 눈을 열어보려고 했다. 오랫동안 씩씩거리며 헐떡였지만 그 시도는 헛수고였다. 여간 걱정되는 일이 아닌 건 그 일뿐만이 아니었다. 새끼 고양이들에게 고기와 우유를 들이밀어 보아도 그들은 완강하게 거절했다. 새끼들의 얼굴 옆에 밀어주었던 먹이들은 회색 털의 어미가 모두 먹어 치워 버렸다.

"새끼 고양이들한테 집을 만들어 주자," 바냐가 말했다. "얘들은 다른 집에서 살게 해주고, 어미가 얘들한테 나들이를 가게끔 말이야……."

부엌의 구석마다 챙 모자를 담았던 마분지 박스가 세워지고 그 안에서 새끼 고양이들이 살게 되었다. 하지만 이런 식으로 새끼들을 떼어놓은 것은 아직 시기상

---

* 40푼트=16.38kg

조였다. 왜냐하면 간절하고도 다정스런 표정을 얼굴에 짓고 있는 어미 고양이가 마분지 박스를 모두 돌아다니며 제 새끼들을 다시 제자리에 물어다 놓았기 때문이다.

"얘네들 엄마는 고양이잖아." 바냐가 주의를 돌리며 말했다. "그러면 아빠는 누구지?"

"맞아, 아빠가 누굴까?" 니나가 말을 받았다.

"애들한테 아빠가 없으면 안되지."

바냐와 니나는 고양이 새끼들의 아빠를 누구로 할 건지 오랫동안 고민하다가, 마침내 제멋대로 생긴 꼬리를 가진 커다란 암적색의 말(馬)을 아빠로 삼기로 했다. 그 말은 계단 밑의 벽장에서 뒹굴면서 다른 놀이용 장난감들과 함께 제 역할을 맡고 있었다. 아이들은 그 말을 벽장에서 끄집어내어 상자 근처에 세워 두었다.

"잘 봐!" 그들은 말에게 주의를 주었다. "여기에 서서 애들이 버릇없이 구는지 지켜봐야 해."

그들은 매우 진지한 모습으로 이런 이야기를 하고 또 행동했는데, 얼굴에는 걱정하는 기색이 역력했다. 바냐와 니나는 새끼 고양이들이 들어있는 상자 외에는 다른 어느 것도 알고 싶어 하지 않았다. 그들의 기쁨은 끝이 없었다. 그러나 그들은 무겁고도 음울한 시간을 겪게 되었다.

바냐는 식사 시간 직전에 아빠의 서재에 앉아서 공상에 잠긴 채 책상 위를 바라보고 있었다. 등불 주위에는 공식 서식용지가 놓여있었고, 그 위에선 새끼 고양이가 구르고 있었다. 바냐는 새끼 고양이의 움직임을 주시하면서 이따금씩 연필이나 성냥개비로 새끼의 얼굴을 콕콕 찔러대고 있었는데……. 아빠가 돌연 땅에서 솟아오르듯이 책상 앞에 나타났다.

"이건 대체 뭐냐?" 바냐는 노기에 찬 목소리를 들었다.

"이건…… 이건 새끼 고양이예요, 아빠……."

"그래, 여기서 고양이가 한 짓을 내가 보여주지! 네가 무슨 일을 저질러 놓았는지 좀 봐라, 요 녀석아! 내 종이들을 모조리 못쓰게 만들어 놨잖니!"

바냐는 몹시 놀랐다. 그건 아빠가 새끼 고양이들에게 관심이 없었을 뿐만 아니라, 기분이 들떠 기뻐하시기는커녕 바냐의 귀를 잡아당기며 이렇게 소리쳤기 때문이다.

"스테판, 이 꼴도 보기 싫은 것들을 좀 치워라!"

식사 시간에도 좋지 않은 일이 생겼다.… 두 번째 요리를 먹고 있을 때, 식사하는 사람들은 갑자기 빽빽거리며 우는 소리를 들었다. 그러자 원인을 찾기 시작했고, 니나의 앞치마 밑에서 새끼 고양이를 찾아냈다.

"니나, 식탁에서 내려와!" 아빠가 화를 내며 말했다. "지금 당장 고양이 새끼를 쓰레기장에 갖다 내버려! 그 꼴도 보기 싫은 것 좀 집에서 안보이게!……."

바냐와 니나는 겁에 질렸다. 쓰레기장에서의 죽음이라니! 그 잔혹한 모습은 놔두고라도, 죽음은 어미고양이와 목마에게서 새끼들을 빼앗아 상자 속을 덩그렇게 만들 것이며, 그들의 장래계획 즉, 고양이 한 마리는 어미와 같이 지내게 하고, 한 마리는 별장에서 살게 하고, 또다른 한 마리는 지하실에서 생쥐를 잡게 될 그 멋진 장래계획을 파괴하겠다고 위협하는 것이었다……. 아이들은 울면서 고양이 새끼들을 용서해달라고 빌었다. 아빠는 허락했지만, 다만 아이들이 주방을 드나들거나 새끼들을 건드리지 않겠다는 조건을 걸었다.

식사 후에 바냐와 니나는 방들을 모두 돌아다니며 애를 태웠다. 그들은 주방 출입금지 명령 때문에 한껏 의기소침해 있었다. 그들은 과자도 먹지 않고 고집을 피웠으며, 엄마에겐 말을 함부로 했다. 저녁에 페트루샤 외삼촌이 왔을 때, 아이들은 그를 구석으로 데려가서는 아빠가 고양이 새끼들을 쓰레기장에 갖다 버리길 원했다고 일러바치며 하소연했다.

"페트루샤 외삼촌," 그들은 외삼촌에게 부탁했다. "엄마한테 고양이 새끼들을 어린이 방에 두자고 말씀해주세요. 말씀해-주-세요오!"

"그래, 그래…… 알았다!" 외삼촌은 애들을 떼어냈다. "그렇게 하자꾸나."

보통 페트루샤 외삼촌은 혼자 오시지 않았고, 그가 오시면 네로도 함께 나타났다. 네로는 덴마크산의 덩치가 큰 검정개로 축 처진 귀와 막대기처럼 빳빳한 꼬리를 갖고 있었다. 이 개는 조용하고 음침한 성격에 자부심으로 가득 차 있었다. 네로는 아이들 옆을 지나치면서 제 꼬리로는 마치 의자를 건드리듯이 아이들을 건드렸으나 아이들에게는 눈곱만큼의 관심조차 두지 않았다. 아이들은 마음속으로 온통 이 개를 증오했지만, 이번에는 현실적인 판단이 그들의 감정보다 앞섰다.

"냐냐, 그거 어때?" 바냐가 눈을 크게 뜨며 말했다. "말보다는 네로를 아빠로 삼아주자! 목마는 살아있지 않지만, 쟤는 살아 있잖아."

그들은 아빠가 빈트게임을 시작하길 기다리면서 슬그머니 네로를 부엌으로 데려갈 적절한 기회를 저녁 내내 엿보고 있었다……. 그리고 마침내 아빠는 카드놀이를 시작했고, 엄마는 사모바르를 준비하느라 아이들을 살펴볼 수 없었다. 행복한 순간이 찾아온 것이다.

"가자!" 바냐가 누이동생에게 속삭였다.

하지만 이때 스테판이 들어오더니 웃으면서 말했다.

"주인님, 네로가 새끼 고양이들을 잡아 먹어버렸습니다!"

"정말입니다……." 하인이 웃었다. "상자로 다가가더니만, 꿀꺽해버리더군요."

아이들은 집에 있는 식구들이 모두 당황하면서 나쁜 놈인 네로에게 마구 욕설을 퍼부어댈 것이라고 생각했다. 하지만 사람들은 제자리에 조용히 앉아서 몸집이 거대한 개의 식탐에 놀라워하며 감탄하고 있을 뿐이었다. 엄마와 아빠는 웃고 있었다……. 네로는 이따금씩 꼬리를 흔들며 테이블 근처를 돌아다녔고, 만족한 듯이 입맛을 다셨다. 단 하나, 어미 고양이만이 불안해하고 있었다. 고양이는 꼬리를 뻗은 채 방들을 돌아다녔고 미심쩍은 듯이 사람들을 힐끗거리며 애처롭게 울어댔다.

"얘들아, 벌써 10시구나! 잘 시간이다!" 엄마가 소리쳤다.

바냐와 니나는 잠자리에 누워 울면서, 불행한 어미고양이와 아무런 처벌도 받지 않은 잔인하고 뻔뻔스런 네로를 두고 오랫동안 생각에 잠겨 있었다.

굴

가랑비가 내리는 어느 날 가을 저녁이었다.

나는 그때의 일을 분명하게 기억하고 있다. 사람들로 붐비는 모스크바의 어느 큰 길에 아빠와 함께 서 있던 나는 왠지 점점 기분이 나빠졌다. 어디가 특별히 아픈 것도 아닌데 이상하게 다리가 휘청거리고 목구멍이 따끔거리며 고개가 힘없이 옆으로 기울어졌다. 이러다간 당장이라도 정신을 잃고 쓰러질 것만 같았다. 만약 내가 쓰러져 병원에 실려 간다면 의사 선생님은 아마 내 진료카드에 '영양실조'라고 써 넣었을 것이다. 하긴 그런 병명이 진짜 있는지도 난 잘 모르지만.

그때 길가에는 아빠와 내가 나란히 서 있었다. 아빠는 낡아 빠진 여름 외투를 걸치고, 희끄무레한 솜이 삐쭉 튀어나온 털모자를 쓰고 계셨다. 발에는 헐렁한 신발을 신었다. 허무맹랑한 성격인 아빠는 맨발에 덧신을 신은 모습을 남에게 들키기라도 할까 봐 낡은 덧신의 목부분을 종아리까지 죽 잡아당겨 신었다.

나는 아빠의 멋쟁이 여름 외투가 누더기가 되어 더러워질수록 가엾고 좀 바보스러운 괴짜 아빠가 더 좋아졌다. 꼭 5개월 전에 이 도시로 올라와 지금껏 서기 자리를 구하고 있었다. 가엾은 아빠는 일자리를 부탁하기 위해 시내를 비틀비틀 걸어 다녔다. 그러다가 그 날은 큰 길에 서서 사람들에게 구걸을 하려고 결심한 것이다.

우리 두 사람이 서 있던 바로 맞은편에는 '트락치르*'라는 푸른 간판을 내건 3층 집이 있었다. 내 머리는 힘없이 뒤로 젖혀져 있어서 싫든 좋든 그 휘황찬란하게 불이 켜진 음식점 창문을 올려다보지 않을 수 없었다. 그 많은 창문에는 많은 사람들의 모습이 어른거렸다. 오르간의 오른쪽 부분도 보이고, 유화가 두 점 보이고, 천장에서부터 드리워진 램프도 보였다.

그 많은 창문 중에 하나를 응시하고 있던 내게 문득 뭔가 흰 반점 하나가 눈에 띄었다. 그 반점은 꼼짝도 하지 않고 전체가 어두운 갈색을 한 배경 위에 네모난 윤곽을 뚜렷이 드러내고 있었다. 나는 집중해서 그 반점 하나만 뚫어지도록 쳐다보았다. 그러다 그 반점이 벽에 붙은 흰 종이라는 것을 알게 되었다. 종이에는 뭔가 씌어 있었는데 뭐라고 씌어 있는지는 잘 보이지 않았다.

나는 그대로 서서 반시간 동안이나 그 종이와 눈싸움을 했다. 그 하얀 빛깔 속으로 내 눈이 빨려 들어가고 내 뇌는 최면술에 걸린다. 읽으려고 애를 써보지만 아무리 애를 써도 안 된다. 그러다 마침내 정체 모를 병이 제 세상을 만난 듯 내 몸 속에서 설치기 시작한다. 마차 소리가 천둥소리처럼 크게 들린다. 길거리에서 풍겨오는 울컥해지는 역겨운 냄새 속에서 나는 몇 백, 몇 천의 서로 다른 냄새를 구별해 낸다. 내 눈에는 음식점의 램프와 가로등의 불빛이 눈부신 번갯불로 비친다. 내 오감(五感)은 여느 때의 다섯 배, 열 배로 활발하게 활동하기 시작한다. 그러자 그때까지 보이지 않던 흰 종이에 쓴 까만 그것이 점점 커지면서 희미하게 보이기 시작한다.

"굴…… ."

드디어 나는 종이의 글씨를 읽었다.

그런데 이상한 말이다! 8년 3개월을 살아왔지만, 지금까지 한 번도 들어 본 적이 없는 말이다. 대체 무슨 뜻일까? 음식점 주인 이름일까? 아니야, 이름을 쓴 문

---

* 선술집이나 소규모 음식점을 말함.

패라면 보통 식당 입구에 걸어 두지 벽에 붙여 둘 리가 없어. 나는 아빠 쪽으로 얼굴을 돌리면서 쉰 목소리로 물었다.

"아빠, 굴이 뭐야?"

내 목소리가 아빠에게 들리지 않는지, 아빠는 오가는 사람들 한 사람 한 사람 눈으로 쫓고 있을 뿐이다. 나는 아빠가 지나가는 사람들에게 무슨 말인가 하려고 한다는 것을 알아챈다. '적선 좀 해주세요'라는 괴로운 말은 무거운 추처럼, 아빠의 떨리는 입술에 걸려 있을 뿐 입 밖으로는 튀어나오지 않는다.

한번은 아빠가 지나가는 사람 한 명을 뒤쫓아 가서 그 사람의 소매를 붙잡기까지 했다. 하지만 그 사람이 뒤돌아보자 아빠는 "실례했습니다"하고 말하고는 당황해서 다시 돌아와 버렸다. 나는 또 물었다.

"아빠, 굴이 뭐예요?"

"그것은 생물인데……. 바다에서 사는 거란다……."

나는 한 번도 본 적이 없는 그 바다 생물을 머릿속에 그려 본다. 그것은 아마 물고기와 새우의 중간쯤 될지도 모른다. 그리고 바다에서 사는 생물인 이상, 그것을 이용해서 향기로운 후추와 월계수 잎을 넣어 매우 맛있는 따끈한 수프를 만들어 연골을 넣어 조금은 새콤한 고기 수프, 또는 새우 소스, 겨자를 곁들인 냉채요리 등을 만들 수 있을 것이다. 나는 이 생물을 시장에서 사와 깨끗이 씻어서 재빨리 냄비 안에 넣는 모습을 생생하게 그려 본다……. 자, 빨리 서둘러……. 모두들 빨리 먹고 싶어 할 테니까. 주방에서 생선 굽는 냄새와 새우 수프냄새가 확 풍겨올 거야.

나는 그 냄새가 내 위턱과 콧구멍을 간질이면서 점점 온 몸으로 번져가는 것을 느낀다. 음식점도, 아빠도, 저 벽에 붙어있는 흰 종이도, 내 소매도, 모든 것에서 그 냄새가 난다. 몹시 강하게 풍겨오기 때문에 나는 그만 씹기 시작한다. 씹어서 꿀꺽 삼킨다. 마치 내 입 속에 정말로 그 바다 생물이 한 점 들어있기라도 한 듯이 말이다…….

'아아, 맛있어'라고 생각하고 있을 때, 갑자기 내 다리가 휘청거린다. 나는 쓰러지지 않으려고 아빠의 소매를 잡고 축축하게 젖은 아빠의 여름 외투에 매달린다. 아빠는 몸을 떨면서 더욱 움츠린다. 아빠도 추웠던 것이다.

"아빠, 굴이 채소 요리야? 아니면 고기 요리야?" 내가 물었다.

"산 채로 먹는 거란다." 아빠가 말했다.

"거북이처럼 단단한 껍질을 뒤집어쓰고 있지. 하기야 껍질이 두 겹이긴 하지만."

그 순간 맛있는 냄새는 사라지고 환상도 사라져 버린다……

'그게 뭐람!'

"아이, 징그러워"

그게 굴이란 말인가! 나는 개구리처럼 쭈그리고 앉아, 그 껍질 속에서 크고 번들번들 빛나는 두 눈을 굴리며 징그러운 턱을 움찔움찔 움직이고 있는 생물, 껍질을 뒤집어 쓴 채 집게발을 하고 미끌미끌한 피부로 덮인 이 생물을 시장에서 사 오는 광경을 마음속에 그려 본다. 아이들은 모두 숨는다. 하녀는 기분 나쁜 듯이 얼굴을 찌푸리면서 그 생물의 집게발을 집어 접시 위에 얹은 채 식당으로 가져간다. 산 채로 눈알도, 이빨도, 발도, 다 그대로 붙어 있는 살아 있는 생물을 말이다! 그 생물은 꽥꽥 울어 대면서 입술을 물려고 몸부림을 칠지도 몰라……

나는 얼굴을 찌푸린다. 그러나 희한하게도 어째서 내 이빨은 아직도 씹고 있는 것일까? 보기만 해도 끔찍하고 무서운 생물이 아닌가? 그런데도 나는 먹는다. 맛과 냄새는 생각하지 않으려고 애쓰면서 정신없이 먹는다. 한 놈을 다 먹어치운다. 그리고 두 마리째, 세 마리째 번들번들 빛나는 눈이 내 눈에 비친다……. 나는 그것도 먹는다……. 나중에는 냅킨도, 접시도, 아빠의 헐렁한 덧신도, 벽에 붙어있는 저 흰 종이도 다 먹어치운다……. 눈에 띄는 것은 무엇이든지 먹어 버린다. 먹기만 하면 내 병이 깨끗이 나을 것 같은 기분이 든다. 문득 굴이 눈을 부라리고 나를 노려본다. 갑자기 머리에 굴을 떠올리자 내 몸이 덜덜 떨려온다. 하지만 난 먹고 싶다! 먹지 않고는 못 버티겠다! 도저히!

'굴을 줘요! 굴을 주세요! 굴을 달라고요! 굴!'하는 외침이 내 가슴속에서 튀어나온다. 나는 두 손을 앞으로 내밀고 말한다.

"적선 좀 해 주십시오, 나리!"

그때 마침 공허하고 목을 졸린 듯한 아빠의 목소리도 들린다.

"부끄러운 말씀입니다만, 어쩔 수가 없어서요!"

나는 아빠의 옷자락을 잡아당기면서 외친다.

"굴을 주세요!"

그때 옆에서 웃음소리와 말소리가 들린다.

"허~. 네가 굴을 먹을 줄 아니? 이렇게 어린애가!"

우리 바로 옆에 서 있던 실크 모자를 쓴 두 신사가 웃으며 내 얼굴을 들여다보고 말한다.

"어이, 꼬마야. 네가 굴을 먹는다고? 정말이야? 이거 재미있는데! 네가 먹는 것을 한번 구경해 볼까!"

나는 누군가의 억센 손이 휘황찬란하게 밝은 음식점 안으로 끌고 간 걸 기억하고 있다. 금방 많은 사람들이 내 주위에 몰려들어 무척 신기한 듯이 웃고 떠들며 나를 지켜보았다. 나는 식탁에 앉아서 뭔가 미끈거리며 찝찔하고 물컹거리고 퀴퀴한 것을 먹기 시작했다. 나는 내가 무엇을 먹고 있는지 보려고 하지도 않을뿐더러 알려고 하지도 않은 채 씹지도 않고 정신없이 그것을 삼켰다. 눈을 뜨면 아마 틀림없이 번들번들 빛나는 눈알과 집게발과 날카로운 이빨이 보일 것이기 때문이다.

나는 갑자기 뭔가 딱딱한 것을 씹기 시작했다. 내 입 속에서 바스락거리는 소리가 났다.

"하하하! 이 아이는 껍질까지 먹는군!"

모두들 웃었다.

"바보야, 그런 걸 어떻게 먹니?"

그 다음에 내가 기억하는 것은 지독한 갈증이다. 침대에 누워 있어도 가슴이 쓰리고, 타는 듯한 내 입 속의 이상한 맛 때문에 나는 도무지 잠을 이룰 수가 없었다. 아빠는 방안을 이 구석에서 저 구석으로 걸어 다니며 두 팔을 휘두르고 있었다.

"감기가 든 모양이군."

아빠의 중얼거리는 목소리가 들렸다. 그리고 아빠는 계속 웅얼거리며 방 안을 걸어 다녔다.

"머리가 아무래도 이상해진 것 같아. 마치 머릿속에 누가 들어있는 것 같단 말이야. 아마 이것은 내가…… 그 뭔가…… 아, 그래, 내가 오늘 아무것도 먹지 않아서 그런지도 몰라. 정말 난 이 눈으로 보고서도, 왜 그 옆으로 다가가 '몇 푼이라도 좋으니 돈 좀 빌려 주십시오'하고 부탁할 생각을 하지 못했을까? 그러면 분명히 빌려 주었을 텐데……. 그랬을 텐데 말이야."

새벽녘에야 나는 겨우 잠이 들었다. 나는 집게발이 달린 개구리의 꿈을 꾸었다. 개구리는 껍질 속에 앉아서 눈알을 부라리고 있다. 나는 점심 때가 다 되어서야 목이 말라서 눈을 떴다. 눈으로 아빠를 찾았더니 아빠는 여전히 방 안을 걸어다니면서 두 팔을 내저으며 중얼거리고 있다…….

고전어시험 때문에 생긴 일

바냐 아체펠례프는 그리스어 시험을 보러 갈 채비를 하면서 집안에 있는 모든 성상화에 빼놓지 않고 입을 맞추었다. 그의 뱃속에서는 꾸르렁거리는 소리가 나고 가슴에선 싸늘한 냉기가 맴돌며, 쿵쾅거리는 심장은 앞일에 대한 두려움 때문에 당장이라도 멈춰버릴 것만 같았다. 오늘 그는 어떻게 될까? 진급할 수 있을까 아니면 낙제하게 될까? 그래서 그는 여섯 번이나 엄마에게 축복해달라고 졸랐고, 집을 나서면서는 고모에게 자길 위해 기도해 달라고 부탁했다. 중학교로 가는 길에 그는 거지에게 2코페이카*를 적선했다. 이 2코페이카는 그의 무지를 벌충해주고 하느님이 돌보시여, 그에게 테사라콘타**와 악토카이제카***를 비롯한 수사가 시험에 나오지 않게 도와줄 수 있을 것이다.

그가 학교에서 돌아온 것은 늦은 5시였다. 집에 와서는 말없이 드러누웠다. 초췌한 그의 얼굴은 창백했고 붉어진 눈언저리는 어두운 그늘이 드리워 있었다.

"그래서 어떻게 됐니? 몇 점을 받았는데?" 엄마가 침대로 다가오며 물었다.

바냐는 눈을 껌벅거리더니 고개를 돌리고 얼굴을 일그러뜨린 채 울기 시작했

---

* 러시아의 화폐 단위로 100코페이카는 1루블이다.

** 숫자 40을 의미하는 그리스어.

*** 숫자 18을 의미하는 그리스어.

다. 엄마는 창백해진 얼굴로 입을 딱 벌리더니 두 손을 마주 쳤다. 집고 있던 조그만 고쟁이가 그녀의 손에서 미끄러져 떨어졌다.

"대체 왜 우는 거야? 그럼 합격을 못한 거니, 그래서 그런 거야?" 그녀가 물었다.

"떠…… 떨어졌어요…… 2점* 받았어……."

"그럴 줄 알았다. 내 예감이 안 좋더니만!" 엄마가 말문을 트기 시작했다. "아아, 세상에! 넌 어떻게 된 애가 그런 걸 다 낙제하니? 무엇 때문에? 어떤 과목인데?"

"그리스어야…… 난, 엄마…… 페로**의 미래시제를 물어 보길래, 나… 난《오이소마이》라고 대답해야 했는데, 《오프소마이》라고 대답해 버렸어. 그리고…… 그 다음에…… 마지막 음절이 길면…… 장음부를 찍을 수가 없는데, 난…… 겁이 나서…… 거기서 알파가 장음이라는 걸 잊어버리고…… 그냥 장음부를 찍어버렸어요. 그리고는 아르탁세르크소프 선생님이 전접불변화사***들을 말해보라고 했는데…… 난 그것들을 열거하다가 실수로 대명사를 말해버렸어……. 실수였어요……. 그러자 선생님은 2점을 줬어요……. 나라는 인간은…… 불행해요……. 밤새도록 공부했는데…… 이번 주 내내 새벽 4시에 일어나서……. "

"아니야, 불행한 건 네가 아냐, 돌보고 있는 내가 불행한 거지, 뻔뻔한 녀석! 널 돌보는 내가 불행한 거라고! 너 때문에 난 헌신짝이 됐어, 제 멋대로 사는 놈, 넌 골칫덩어리야, 내게 주어진 지독한 피조물이라고! 내가 이런 쓸모없는 쓰레기 같은 너 때문에 돈을 쳐 들이느라고 등짝이 휘어지고 속을 끓이고 있다니, 이제는 나도 고통스럽다는 말이 저절로 나온다. 머리가 어떻게 돼먹은 거냐? 공부는 대체 어떻게 하고 있는 거야?"

---

* 2점은 낙제점수를 의미한다. 3점부터 합격점수이다.

** 그리스어로 지니다, 가지고 있다는 의미.

*** 두 개의 단어가 합쳐지면서 역점도 하나가 되는 것.

"나, 난 공부했어요. 밤새도록…… 직접 보셨잖아요……."

"하느님께 나를 데려가 달라고 그렇게 빌었는데, 이 죄 많은 여인을 안 데려가 시네……. 넌 골칫덩어리야! 다른 집 애들은 그래도 앞가림을 하던데, 어째서 나한테 딱 하나 있는 놈이라고는 눈에 띄는 점도 없고, 앞길도 막막하느냐 말이야, 널 패줄까? 패주고 싶어도 어디서 그럴 힘이 나겠니? 아이고, 성모님, 어디서 그런 힘이 나겠어?"

엄마는 블라우스의 옷깃에 얼굴을 파묻고 통곡하기 시작했다. 바냐는 근심 때문에 몸을 돌린 채 자신의 이마를 벽에 대고 있었다. 그러자 고모가 들어왔다.

"아이고, 이런…… 내 예감이……." 그녀는 곧 무슨 일이 벌어졌는지 눈치를 채고선 창백해져서 두 손을 맞잡은 채 입을 열었다. "아침 내내 근심이 일더니…… 그래서 안 좋은 일이 생기겠거니 했지……. 그게 결국 이런 식으로 되고 말았네……."

"망나니 같은 놈, 이 골치 덩어리야!" 엄마가 내뱉었다.

"대체 애한테 무슨 소리를 하는 거야?" 고모가 머리에서 커피색 손수건을 신경질적으로 끌어당기면서 쏘아 붙였다.

"그게 왜 애 잘못이야? 자네 잘못이 아닌가? 자네가 무슨 까닭으로 아이를 그 중학교에 보낸 건지 말해보게. 자네가 그 따위 귀족부인 행세를 하더니. 귀족들 축에 엉덩이라도 들이밀어 보려고? 아ー 아ー 아ー 아……. 그래, 이제 당신네를 귀족으로 만들어 주겠지. 반드시! 그렇지않고 내가 말한 대로 상업학교에 보냈더라면……. 사무실에서, 우리 쿠쟈처럼 말이야……. 쿠쟈는 연봉이 500루불이야. 자그마치 500루블, 그게 뭐 푼돈인가? 그런데 자네는 이 염병할 자식 놈 때문에 스스로도 망치고, 아이도 공부 때문에 다 죽여놨구만. 삐쩍 말라가지고 기침을 하잖아……. 좀 보라구, 나이는 열세 살 인데도 꼭 열 살짜리밖에 안된 꼬라지를 하고 있잖나 말이네."

"아니에요, 나스쩬까, 그렇지 않아요! 내가 이 놈을, 저 애물단지를 너무 안 때 렸어요! 때렸어야 했는데, 이젠 이렇게 되어버렸으니! 아이고……. 예수회 교도 야, 이 마호메트야, 이 원수덩어리야!"

그녀는 아들을 때리려고 손을 쳐들었다.

"널 때려줘야 하는데 내가 그럴 힘이 없구나. 예전에 네 놈이 아직 어렸을 때 사람들이 내게 '때려요, 때려'하고 그렇게 말했는데도 이 죄 많은 년은 곧이듣질 않았어. 그래서 이렇게 고생하게 되는구나. 당장 서! 널 패줄 테니! 거기 서 있 어……."

엄마는 눈물로 젖어 있는 주먹으로 위협을 하고는 울면서 하숙인의 방으로 갔 다. 그녀 집에서 하숙을 하는 예브치히 쿠지미치 쿠포로소프는 자기 방 책상 앞에 앉아서 『혼자서 배우는 춤』을 읽고 있었다. 예브치히 쿠지미치는 똑똑하고 교양 있는 사람이었다. 그는 콧소리를 내며 말하고, 집안사람들에게 재채기를 나게 하 는 그런 냄새 나는 비누를 사용했다. 재계 기간에는 금지된 음식을 먹고 교양 있 는 신붓감을 찾고 있었다. 그래서 가장 똑똑한 하숙인으로 평가받고 있었다. 그 는 테너의 목소리로 노래를 했다.

"선생님!" 엄마가 눈물을 흘리며 그에게로 몸을 돌렸다. "이다지도 점잖은 분이 시니 부탁 드려요, 우리 애를 좀 때려주세요……. 제발 부탁드립니다! 낙제를 했 답니다, 아이고 골치야! 믿어지세요, 낙제라니요! 전 건강이 이 모양이라 애를 야 무지게 때릴 수가 없어서요……. 내 대신 저 놈을 때려주세요, 이렇게 점잖고 정 중한 분이시니 제발 부탁드립니다. 예브치히 쿠지미치씨! 이 병든 여인의 간청을 들어주세요!"

쿠포로소프는 얼굴을 찌푸리고 콧구멍으로 땅이 꺼져라 깊은 한숨을 내쉬었 다. 그는 잠시 생각에 잠겼다가 손가락으로 책상을 몇 번 두들기더니 다시 한번 한숨을 내쉰 다음 바냐에게 갔다.

"자네를, 말하자면, 모두가 가르치고 있다네!" 그가 말을 시작했다. "교육을 시켜주고 길을 제시하고 있다구, 건방진 젊은이! 자넨 왜 그러지?"

그는 오랫동안 이야기하면서 한바탕 장광설을 늘어놓았다. 학문과 세계, 그리고 암흑에 대해 언급했다.

"자, 그러면 젊은이!" 그는 말을 끝내자 자기의 허리띠를 풀고서 바냐의 팔을 잡아끌었다. "자네에겐 다른 방법이 없어!" 그가 말했다.

바냐는 순순히 몸을 숙이고 자기 머리를 그의 무릎 사이로 집어넣었다. 튀어나온 바냐의 발갛게 상기된 귀는 옆쪽에 갈색 세로줄무늬가 있는 새 바지 사이에 끼어있다…….

바냐는 단 한마디 끽소리도 내지 않았다. 저녁에 열린 가족회의에서 바냐를 상업학교에 보내기로 결정되었다.

교활한 소년

호감을 주는 외모를 가진 청년인 이반 이바느이치 라프킨과 들창코의 젊은 아가씨 안나 세묘노브나 잠블리츠카야는 가파른 강기슭을 따라 내려가 벤치에 자리를 잡았다. 작은 벤치는 어린 버드나무 숲의 무성한 덤불 사이로 강물 바로 앞에 놓여 있었다. 멋진 장소였다! 여기에 앉아 있으면 세상으로부터 몸을 숨길 수 있다. 당신들을 볼 수 있는 것이라곤 물고기와 번개처럼 물위를 달리는 소금쟁이뿐이다. 젊은이들은 낚싯대며 뜰채며 지렁이가 든 병이며, 그 외에 고기잡이에 쓰이는 온갖 도구들을 갖추고 있었다. 그들은 자리를 잡자마자 바로 낚시질을 시작했다.

"마침내 우리끼리만 있게 되어서 기쁘군요." 주위를 둘러보며 라프킨이 말했다. "난 당신께 드릴 말씀이 많습니다. 안나 세묘노브나…… 아주 많아요……. 내가 당신을 처음 보았을 때…… 당신 낚시대에 입질이 왔군요……. 그 때 난 내가 무엇을 위해 살아야 하는지를 알게 되었습니다. 내가 자신의 정직한 노동으로 평생을 바쳐야 할 나의 우상이 어디에 있는지 알게 됐으니까요……. 큰 놈이 문 것이 틀림없군요……. 당신을 보자 난 처음으로 사랑에 빠졌고, 그것도 아주 열렬한 사랑을 하게 됐습니다! 아직 잡아당기지 말아요……. 더 잘 물도록 놔둬요……. 말씀해 주세요. 나의 소중한 사람이여, 청컨대, 내가 기대해도 되는지, 날 사랑해

달라는 것이 아닙니다. 아니요! 나는 그럴 가치가 없는 사람입니다. 나는 감히 그런 생각조차도 할 수가 없습니다. 내가 과연 기대해도 될까요……. 당겨요!"

안나 세묘노브나는 낚싯대를 쥔 손을 위로 들어 올리고 획 잡아당기며 비명을 질렀다. 공중에서는 은녹색의 작은 물고기가 번쩍거렸다.

"이런, 농어로군! 아차, 빨리! 떨어져버렸네!"

농어는 낚싯바늘에서 떨어져 나와 태어난 자연을 향해 풀밭 위를 펄떡이더니 물속으로 풍덩 들어가 버렸다!

물고기를 쫓아가다 라프킨은 어쩌다 보니 물고기 대신 안나 세묘노브나의 손을 붙잡게 되었고 엉겁결에 그 손을 자기 입술에 갖다 댔다……. 그녀는 손을 뿌리쳤지만 이미 늦었다. 두 입술이 뜻밖에도 키스로 포개졌다. 이는 부지불식간에 벌어진 일이었다. 키스는 연이어 계속 이어졌고 그 다음에는 맹세, 약속…… 행복한 시간이었다! 그런데 이 지상에서의 삶에서 절대적인 행복이란 없는 법이다. 행복은 대개 자기 자신 속에 독을 지니고 있거나 아니면 외부로부터 무언가에 의해 중독되는 법이다. 이번에도 역시 그렇다. 젊은이들이 입을 맞추고 있을 때 갑자기 웃음소리가 들려왔다. 그들은 강 쪽을 바라보고는 아연실색했다. 강물 속에 벌거벗은 소년이 허리까지 담근 채 서 있었다. 그는 바로 안나 세묘노브나의 동생인 중학생 꼴랴였다. 그는 물속에 서서 젊은이들을 바라보며 밉살맞은 미소를 지었다.

"오-오-오, 키스를 하는 거야?" 그가 말했다. "잘하는 짓이네! 엄마한테 말할 테야."

"자네가 명예를 아는 사람으로서……." 얼굴을 붉히며 라프킨이 중얼거렸다. "엿보는 것은 뻔뻔스러운 짓이야. 말을 옮기는 것은 천박하고 추악하고 혐오스러운 짓이지……. 기대하건대 자네가 명예롭고 고결한 인간답게……. "

"1루블을 줘요. 그러면 말 안 할 테니!" 고결한 소년이 말했다. "아니면 말 할 거야.”

라프킨은 주머니에서 1루블을 꺼내 꼴랴에게 주었다.

소년은 돈을 젖은 주먹 속에 꼭 쥐고 휘파람을 불고는 헤엄쳐 가버렸다. 이제 젊은이들은 더 이상 키스를 할 기분이 나지 않았다.

다음 날 라프킨은 시내에서 꼴랴에게 물감과 작은 공을 가져다 주었고, 누나는 자신의 알약 상자를 모두 선물로 주었다. 다음에는 개의 얼굴이 새겨진 커프스 단추를 선물해야만 했다. 교활한 소년에게는 이 모든 것이 무척이나 마음에 들었음이 분명했다. 그래서 더욱 많은 것을 얻어내기 위해 그는 지켜보기 시작했다. 라프킨과 안나 세묘노브나가 가는 곳에는 그도 따라 갔다. 단 일분도 그들만 남겨두지 않았다.

“뻔뻔스런 놈!” 라프킨은 이를 갈았다. “저렇게 어린놈이 벌써 얼마나 뻔뻔스러운 인간이 되었는지 몰라! 더 크면 과연 어떤 사람이 되려고?”

6월 내내 꼴랴는 불쌍한 연인들을 못 살게 굴었다. 그는 고자질하겠다고 협박했으며 감시하고 선물을 요구했다. 그는 무엇에도 만족하지 않았고 마침내 회중시계를 요구하기까지 이르렀다. 어쩔 수 있나? 시계를 사주겠다고 약속할 수밖에 없었다.

언젠가 한번은 점심 식사 중에 와플이 나왔을 때 그가 갑자기 하하거리며 웃더니 한쪽 눈을 찡긋하고 라프킨에게 물었다.

“말해 버릴까? 응?”

라프킨은 무서울 정도로 얼굴이 새빨개지더니 와플 대신 그만 휴지를 깨물고 말았다. 안나 세묘노브나는 식탁에서 벌떡 일어나더니 다른 방으로 달려가 버렸다.

젊은이들은 바로 이런 처지에 놓인 채로 8월말까지, 그리고 드디어 라프킨이 안나 세묘노브나에게 청혼을 한 바로 그 날까지 지내야 했다. 오, 그 얼마나 행복한 날이었던가! 라프킨은 약혼녀의 부모와 이야기를 나누고 허락을 얻어낸 다음,

무엇보다 제일 먼저 정원으로 달려 나가 꼴랴를 찾기 시작했다. 마침내 소년을 찾아내자 그는 기쁨에 겨워 거의 울음을 터뜨릴 뻔하며 교활한 소년의 귀를 움켜쥐었다. 역시 꼴랴를 찾아 헤매던 안나 세묘노브나도 달려와서 소년의 다른 쪽 귀를 움켜쥐었다. 그리고 꼴랴가 울며불며 그들에게 애원을 하자 연인들의 얼굴 위에 어떤 기쁨의 표정이 떠올라 있었는지, 정말로 볼 만한 것이었다.

"사랑하는 누나, 훌륭하고 멋진 분들, 다신 안 그럴게요! 아야, 아야, 용서해 줘요!"

나중에 두 사람은 서로서로 사랑에 빠져 있었던 기간을 통틀어서 교활한 소년의 귀를 잡아당기던 그때의 행복감과 온 몸을 지배하던 그 짜릿한 기쁨보다 더한 행복감과 기쁨을 맛 본 적이 한번도 없었다는 것을 둘 다 인정했다.

가정교사

7학년인 중학생 이고르 지베로프는 페챠 우도다프에게 정답게 손을 내밀었다. 페챠는 통통하고 뺨이 붉으며, 좁은 이마에 머리카락이 뻣뻣한 12살 먹은 아담한 체구의 소년이었다. 몸에 잘 맞는 회색 정복을 입은 페챠는 한 쪽 발을 빼며 인사하고는 공책들을 가지러 장롱에 기어 들어갔다. 그리고 수업이 시작되었다.

지베로프는 페챠의 아버지 우도다프 씨와의 약정에 따라 매일 2시까지 페챠의 공부를 돌봐줘야 했고, 대신에 한 달에 6루블을 받았다. 그는 페챠를 중학교 2학년에 편입시킬 준비를 하고 있었다. (작년에 1학년에 편입시키려 했지만 페챠는 낙방했다.)

"그럼……." 지베로프는 여송연에 불을 붙이며 수업을 시작했다. "네 번째의 격변화를 숙제로 내줬지요. 격을 변화시켜 봅시다. Fructus*!"

페챠는 격을 변화시키기 시작했다.

"또 안 외웠군요!" 지베로프가 일어나며 말했다. "네 번째 격변화를 숙제로 내준 게 여섯 번째인데, 도무지 씨알도 안 먹히는군! 그러면 학생은 언제 공부를 할 생각인가?"

"또 외우지 않은 거냐?" 문 건너편에서 기침 섞인 목소리가 들리고, 페챠의 아

---

* 라틴어로 과일을 의미함.

빠인 전직 현청 서기관 우도다프 씨가 방으로 들어왔다. "또냐? 도대체 왜 외우질 않은 게냐? 이 녀석, 식충이로구먼, 식충이야! 분명히 혼낸 게 엊그제인데! 이고르 알렉세이치(지베로프) 씨 믿어지오?"

그리고 우도다프 씨는 땅이 꺼져라 한숨을 내쉬고서 아들 가까이에 앉아 낡아서 헤진 큐네르*의 책을 꼼꼼하게 살펴보았다. 지베로프는 우도다프 씨가 방에 있을 때 시험을 보기 시작했다. '멍청한 아버지에게 자기아들이 얼마나 멍청한지 알게 해줘야지!' 중학생은 시험관 자세를 취하면서 볼이 불그스레한 멍청이 꼬마를 경멸과 증오의 눈으로 쳐다봤다. 그는 페챠를 혼낼 준비를 하고 있었다. 그래서 소년이 대답을 제대로 잘 하면 화가 치밀기까지 했다. 그는 페챠가 몹시 혐오스러웠던 것이다!

"학생은 두 번째 격변화조차 모르고 있군! 그리고 첫 번째 격변화도 모르고! 도대체 학생은 공부를 어떻게 하는 거야! 그럼, meusfilius**의 호격은 어떻게 되는지 말해보겠나?"

"meusfilius에서요? meusfilius…… 이건 그러니까…… 어떻게 되느냐 하면……."

페챠는 오랫동안 천장을 올려다보며 입술을 달싹거렸다. 하지만 대답은 하지 못했다.

"그러면 dea***의 복수여격은 어떻게 되지?"

"Deabus…filiabus!" 페챠가 시원하게 대답했다.

우도다프 씨는 다행스런 표정을 지으며 고개를 끄덕였다. 정답이 나올 거라고는 예기치 못한 중학생 가정교사는 울화가 치밀었다.

"그러면 또 어떤 명사가 여격에서 abus로 끝나지?" 그가 물었다.

여격에서 abus을 취하는 것은 바로 큐네르의 책에는 없는 'anima – 영혼'이었다.

"라틴어의 유성어예요!"

우도다프 씨가 눈치를 채고는, "알론(Алон)…… 뜨론(трон)…… 보누스(бонус)…… 안트로포스(антропос)…… "라고 했다.

"지혜의 정수지! 그리고 꼭 다 필요한 것이고!" 우도다프 씨가 한숨을 쉬며 말했다.

'이 꼰대가 공부하는데 방해되게 시리…….' 지베로프는 생각했다.

'이따위로 들러붙어서는 감시나 하고 말이야. 감시하는 것도 정도껏 해야지!'

"자 그럼," 그는 페챠에게 말했다. "라틴어는 다음시간에 다시 복습을 할 겁니다. 이제 산수를 합시다……. 석판을 가져오세요. 다음 문제가 뭐죠?"

페챠는 석판에 침을 뱉어 소매로 닦아나갔고, 가정교사는 문제집을 들고 불러주었다.

"상인이 검은색과 파란색의 나사옷감 138아르쉰(1아르쉰=71.12cm)을 540루블에 샀습니다. 문제입니다, 만약에 파란 나사옷감이 아르쉰 당 5루블, 검은색이 3루블이라면, 그는 각각 몇 아르쉰을 산 것일까요? 문제를 따라 읽어보세요."

페챠는 문제를 따라 읽었고, 곧바로 말 한마디 없이 540을 138로 나누기 시작했다.

"학생은 대체 무엇 때문에 이렇게 나누고 있는 거죠? 가만히 있어 봐요! 그렇긴 한데, 음…… 계속해보세요. 나머지가 나온다구? 나머지가 나올 리가 없는데. 어디 줘봐요, 내가 해보죠!"

지베로프가 나누자 몫이 3하고 나머지가 나왔다. 그러자 재빨리 석판을 지웠다.

'이상한 걸…… 그는 얼굴이 빨개진 채 머리를 긁으면서 생각했다. 이걸 어떻게

풀더라? 음!…… 이 문제는 방정식이군. 산수는 절대 아닌데…….'

교사는 해답을 봤고, 답은 75와 63이었다.

'음!…… 이상한데……. 5와 3을 더해서 그 다음에 540을 8로 나눠? 그러면 되는 건가? 아니야, 그게 아니지.'

"풀어 봐요!" 그는 페챠에게 말했다.

"음, 뭘 생각하는 거냐? 봐도 별거 아닌 문제잖아!" 우도다프 씨가 페챠에게 말했다.

"에이, 바보 녀석, 선생님! 이고르 알렉세이치께서 애한테 풀어 주시구려."

이고르 알렉세이치는 손에 석필을 들고 풀기 시작했다. 그는 우물쭈물 거렸고, 얼굴이 붉어졌다가는 창백해졌다.

"이 문제는, 사실대로 말하면, 대수학이라고 해야겠네요." 그는 말했다. "X와 Y 같은 미지수로 풀 수 있지요. 어쨌든, 가능하다면, 그렇게 풀어야지요. 여기서 나눈 다음에…… 알겠어요? 다음에는 여기서 빼야 해요…… 알았죠? 아니면 여기…… 뭐, 이 과제는 내일까지 스스로 풀어보세요. 곰곰이 생각해봐요."

페챠는 교활한 미소를 지었다. 우도다프 씨도 미소를 지었다. 아버지와 아들은 교사가 왜 당황해 하는지 알아차렸다. 그러자 7학년 학생은 더더욱 당황했고, 일어나더니 이리저리 서성거렸다.

"대수학을 이용하지 않고도 풀 수 있을 것 같소만," 우도다프 씨가 한숨을 쉬면서 주판에 손을 뻗었다. "어디, 보여줘 보세요……."

그가 주판을 튕기자 75와 63이라는 당연히 나와야 하는 값이 나왔다.

"이것 봐요…… .우리 식대로 한다면, 굳이 공부하지 않아도 되겠는 걸."

가정교사는 아주 낭패한 기분이었다. 그는 조마조마해 하면서 자주 시계 쪽으로 눈길을 돌렸고, 수업이 끝날 때까지는 아직도 영원과도 같은 한 시간 15분이 남아 있는 것을 보았다!

"이젠 받아쓰기를 하지요."

받아쓰기를 한 후에는 지리학, 지리학에 이어, 신학, 그 다음에는 러시아어 – 이 세상에 학문은 참 많기도 했다! 마침내 두 시간의 수업이 끝났다. 지베로프는 모자를 집어 들었고, 페챠에게 상냥하게 손을 내밀었으며, 우도다프 씨와 인사를 나누었다.

"아버님, 오늘 약간의 돈을 주실 수 없을까요?" 그가 소심한 태도로 부탁을 했다.

"내일 학비를 납부해야 해서요. 6개월치를 아직 주시지 않으셨어요."

"내가 그랬단 말이예요? 아, 그랬지, 그랬어……." 우도다프 씨는 지베로프에게서 시선을 돌린 채 말을 흐렸다.

"기꺼이 드리고 말고요! 하지만 지금은 드릴 수 없고, 내가 일주일이나, 아니면 이주일 후에……."

지베로프는 그 말에 수긍하고서, 자신의 무겁고 지저분한 부츠를 신고 다른 수업을 하러 갔다.

드라마(劇)에 대하여

단막극

    치안 판사인 팔루예흐토프와 참모본부의 부대장인 핀치플례예프 대령, 이렇게 두 친구는 간소한 식탁을 차려놓고 앉아 예술에 대해 논의하며 이야기를 나누고 있었다.

    "난 말일세, 히폴리트 텐*과 고트홀트 레싱**을 읽었지······고흐, 글쎄, 내가 읽은 책이 어디 한, 두 권인가?"

    팔루예흐토프는 친구의 술잔에 카헤티야산 포도주를 따라주며 말했다.

    "난 젊은 시절을 예술가들 사이에서 보냈고, 직접 글을 쓰기도 했네, 그리고 많은 걸 알고 있지······ 그거 아나? 난 화가도 아니고, 예술가도 아니네만, 내겐 바로 이 직관, 감각이 있단 말이지! 감성이 있단 말이네! 이보게, 만약 어딘가 거짓 나부랭이나 위선이 있다면 말일세, 난 단번에 알아차린단 말이지. 사라 베르나르***나 살비니****로 태어나도 내 눈은 못 속여! 그러니까 뭐든 이 따위······ 눈속임 같은 건, 곧바로 알아챈단 말이야. 그런데 자넨 왜 먹질 않나? 우리 집에서 실컷 먹는다고 잡아가는 사람 없네!"

---

*   (1828~1893) 프랑스의 평론가, 철학자, 역사가.

**   (1729~1781) 독일의 극작가, 비평가.

***   (1844~1923) 프랑스의 연극배우.

**** (1829~1915) 이탈리아의 연극배우.

"이 친구야, 난 안 그래도 배가 빵빵하다네, 고마우이······ 그런데 우리네 드라마라는 게, 자네 말처럼, 갈 데까지 갔어, 불 보듯 뻔한 거지······ 이젠 더 갈 데도 없을 정도일세!"

"그렇고말고! 한량, 자네도 한번 생각해 보게나! 근래 극작가와 배우들이 자네 앞에서 좀 더 명확한 형상을 그려내려고 애쓰고 있네······ 현실과 삶의 모습을 지양해야 한단 말이야······ 그런데 무대 위에서 자네가 보는 것이란, 삶을 살면서 자네가 보는 그것이란 말이지······ 근데 이게 정말 우리에게 필요한 짓인가? 우리에게 필요한 건 표현력과 인상이란 말이야! 삶이란 건 안 그래도 자네에게, 이미 지겨울 정도가 됐는데, 자네는 드라마에서도 지루하도록 보아서 무감각해진 거란 말일세, 자네에게 필요한 건 이런 거야······ 자네의 신경들을 쭈뼛 솟구치게 하고, 오장육부를 왈칵 뒤집어 놓을, 그런 게 필요하단 말일세! 옛날 배우들은 음침하고 퀴퀴한 목소리를 어색하게 내기도 했지. 주먹으로 제 가슴을 쾅쾅 치고 소리를 질러대는가 하면, 땅 밑으로 쑥 사라지기도 했어. 하지만 그들의 표현에는 깊은 맛이 있었다네! 그들의 대사에는 풍부한 표현이 녹아들어 있었단 말이야! 그들은 인간의 본분, 박애, 그리고 자유에 대해서 노래를 했단 말일세.······자넨 그들 움직임 하나하나에서 극기와 헌신, 박애, 그리고 수난, 광포한 격정을 봤었지! 그런데 지금은?! 지금은, 보이지, 우리에겐 삶의 모습이 필요하다고 하질 않나······ 무대로 시선을 돌리면, 보이는 건······ 흥!······ 보이는 건 죄다 오물을 뒤집어 쓴 것들이고······ 좀도둑놈에, 뭐가 되었든 헛소리나 지껄이는 너덜너덜한 바지차림의 허접쓰레기들이라고······ 슈파진스키나 저기 네베진 같은 녀석들은 이 따위 거지들을 영웅 취급하고 앉았다네, 이 난 말이야 – 농담이 아니라, 울화통이 치미는구먼! 녀석이 이쪽 판사실에 떨어지기만 하면, 이 녀석, 이 말종을 잡아들여선, 그래, 알겠나, 법률 제 119조, 대내사상법으로 걸어, 한 달이나 아니면 서너 달쯤 감방에 처박아 놓겠어······!"

초인종 소리가 들려왔다. 신경이 곤두 선 채로 이리저리 서성거리고 싶어 일어났던 팔루예흐토프는 다시 자리에 앉았다. 방문이 열리자 몸집이 작고 볼이 빨간 중학생 소년이, 교복을 입은 채로 등에는 배낭을 매고 들어왔다. 그는 쭈뼛거리며 탁자로 다가와서 발꿈치를 맞부딪혀 경례를 하고, 팔루예흐토프에게 편지를 건네주었다.

"안부를 전해달라고 했어요, 외삼촌! 엄마가요." 소년이 말했다. "그리고 외삼촌께 이 편지도 드리라고 했어요."

팔루예흐토프는 봉투의 봉인을 뜯었고, 안경을 쓴 후 거칠게 씩씩거리며 편지를 읽기 시작했다.

"얘야, 가자!" 편지를 내려놓은 그가 몸을 일으키며 말했다.

"가자…… 미안하네, 핀치플레예프, 내가 잠깐만 자리를 비우겠네."

팔루예흐토프는 소년의 팔을 잡고, 제 가운의 앞깃을 추스르며 아이를 다른 방으로 데려갔다. 일 분 후 대령은 이상한 소리를 들었다. 어린 목소리는 먼저 뭔가를 애원하기 시작했다……. 이 애원은 곧 째지는 듯한 소리로 변했고, 째지는 듯한 소리가 나중엔 뇌를 갉아먹는 듯한 울음소리가 되어 터져 나왔다.

"저 안 그럴게요, 외삼촌!" 대령은 이런 소리를 들었다.

"삼초—온! 저 안 그럴게요! 아—아—아—아—악! 친애하는 외삼촌, 안 그럴게요!"

이상한 소리는 2분가량 이어졌다……. 그리고 소리가 뚝 멎었다. 문이 활짝 열리고, 팔루예흐토프가 방으로 들어왔다. 그 뒤에 중학생 소년이 흐느끼는 소리를 억누르며 외투를 입고 있었는데, 얼굴엔 눈물자국이 번져 있었다. 소년은 외투를 다 여민 뒤엔 발꿈치를 부딪치며 경례를 했고, 소매로 눈가를 훔치며 나갔다. 문이 닫히는 소리가 들렸다.

"방금 자네, 무슨 일이 있었던 건가?" 핀치플레예프가 물었다.

"아, 그게, 누이가 애한테 회초리를 좀 때려달라고 편지에 썼더군……. 희랍어에서 낙제점을 받았다잖아……."

"자넨 뭘로 때렸는데?"

"허리띠로……. 그게 제일 좋다네……. 그럼, 이젠…… 내가 어디까지 말했나? 전에는, 그러곤 했지, 관객석에 앉아 있으면, 무대에 눈을 두고서 하나가 될수가 있었지! 심장이 뛰었다네, 끓어올랐지! 자네는 인간을 존중하는 단어들과 박애적인 행동을 볼 수 있다네……. 한 마디로, 비할 바 없는 아름다움(美)을 볼 수있지, 그리고…… 믿으려나 모르겠군? 난 눈물을 흘렸다네! 그랬지, 앉아서 눈물을 흘렸어, 꼭 바보처럼 말이야. '팔루예흐토프, 당신 울고 계신가요?' 그랬었지, 아내가 그렇게 물어봤다네. 그런데 나는, 내 자신도 알 수가 없었지, 어째서 내눈에서 눈물이 나오는지를……. 일반적으로 말하면, 내게, 드라마(劇)가 내게 교훈적인 역할을 한 것이겠지… 그래, 솔직히 말해봄세, 누가 예술을 보면 감동하지 않을 수 있겠나? 누가 그 앞에서 성숙해지지 않을 수 있느냔 말이야? 야만인들이 몰랐고, 우리 선조들이 향유하지 못한 이 고귀한 감정을 우리는 가지고 있으니, 우리가 예술이 아니면 누구에게 은혜를 입었다고 하겠는가! 내 눈에, 여기, 눈물이 흐르잖나……. 이건 기쁨의 눈물일세, 그리고 난 이것을 부끄러워하지 않을 것이네! 친구여, 한 잔 하세! 예술과 박애주의여, 번영하라!"

"마시세……. 부디 우리의 자손들이 우리가 느끼고 있는 것처럼 그렇게 느낄수 있도록 허락하소서."

친구들은 잔을 들이켰고, 그리고 셰익스피어에 대해 이야기하기 시작했다.

제 정신이 아니야!

경찰서장 세묜 일리이치 프라츠킨은 자신의 방에서 이리저리 서성거리며 불쾌한 감정을 삭이느라 무진 애를 쓰고 있었다. 어제 용무가 있어서 그는 군사령관에게 들렀다가 본의 아니게 카드놀이에 끼어들게 되었고 8루블을 잃었던 것이다. 총액이라고 해봐야 별 것도 아닌 하찮은 금액이었지만, 갈망과 탐욕을 부추기며 유혹하는 악마가 경찰서장의 귓가에 눌러앉아서 속삭이며 그의 낭비벽을 책망했다.

'8루블 – 그게 몇 푼이나 된다고!' 프라츠킨은 이 유혹하는 속삭임을 달래며 누그러뜨렸다. '사람들은 더 많이 잃기도 하는 걸 뭐, 그래, 별 것도 아니지. 게다가 그 정도의 돈이라면 또 따면 거두어들일 수 있는 걸……. 공장이나 르일로프의 술집을 한 번만 들렀다가 와도, 그만한 액수는 뚝딱 내 손에 떨어지기 마련이지, 그보다 더 따올 수도 있고 말이야!'

"겨울에…… 농부는 제전을 올리며……."

옆방에서는 경찰서장의 아들인 바냐가 무미건조한 목소리로 암기를 해대고 있었다.

"농부는 제전을 올리며…… 길을 고치고……."

'내가 따는 것도 분명히 가능하단 말이야……. 그런데 '제전을 올리며'는 뭐야?'

"농부는 제전을 올리며 길을 고쳐나가고…… 고쳐나가고……."

' '제전을 올리며'라고' 프라츠킨은 생각을 계속 이어나갔다. '따끈따근한 10점 패가 떨어지면 그다지 제전을 올리고 싶은 마음은 없겠지. 제전을 올리고 앉았느니 차라리 세금이나 넙죽넙죽 갖다 바치는 게 더 나을 테니까…… 8루블, 그게 몇 푼이나 된다고! 8,000루블도 아니고, 언제든지 따올 수 있어……'

"그의 말은 눈이 오리라는 걸 예감하면서…… 예감하면서, 어떻게든 총총걸음으로 나아갔다……"

'그런데 뜻밖에도 말이 전속력으로 질주하기 시작한 거야! 세상에 대단한 준마를 발견한 것인데, 저런 그랬었던가! 여윈 말은 말 그대로 여윈 말이었어……. 분별이 없는 사내는 취한 채로 말을 모는데에만 도취되어 있었고, 그런 다음엔, 골짜기나 얼음 구멍에 그냥 빠져버린 거지, 그 때 말에 매달린 채로 말이야……. 오로지 나에게 달려오라구, 그러면 난 너에게 송탄유(松炭油)*로 한 5년은 잊지 못하도록 기억하게 해 줄 테니!…… 근데 내가 왜 10점도 안 되는 끝수로 나갔지? 내게 2점이 있었으니 클로버 A로 나가야 했는데……'

"용감한 포장마차는 부드러운 고랑들을 파헤치며 나는 듯 달려갔다……. 부드러운 고랑들을 파헤쳐가며……"

' '파헤쳐가며…… 고랑들을 파헤쳐가며…… 고랑들을……' 이 따위 짓이나 얘기하고 말이야! 글을 쓰도록 허가해주었더니, 용서하소서, 주여! 그런데 결국에는 10점이라니, 결국 그렇게 되어버렸어! 제기랄, 그 때 하필 그 따위 패가 나오다니!'

"여기에 심부름하는 소년이 뛰어다니며…… 심부름하는 소년이 바둑이를 작은 썰매에 앉히고…… 앉히고 나서는……"

'아마도 잔뜩 쳐 먹은 게로군. 만약 뛰어다니고 있는 거라면, 그게 장난치는 거지 뭐야…… 부모들 머릿속엔 아이들에게 일을 시킬 생각은 없고 말이야. 강아

---

* 송진을 수증기로 증류하여 얻는 휘발성 정유

지를 태우고 다니느니보다 장작을 패거나 성경책이라도 읽으면 좋잖아……. 바둑이도 필요한 곳에다 자리를 지키라고 데려다 놓으면 좋을 텐데 말이야……. 말도 사람도 지나다니지 못하게 말이지! 저녁 식사를 끝내고 주저앉아 있기는 싫어……. 저녁을 먹고 나면, 곧바로 나가버려야지…….'

"그는 아프기도 하고, 우습기도 한데, 엄마는 위협을 하고 있다……. 엄마는 창문너머로 그를 위협하고 있다……."

'위협해, 위협하라고……. 정원에 나가서 혼내기까지 한다는 것은 귀찮은 일이지……. 녀석에게 모피속 외투를 걷어 올리도록 하는 게 나아……. 그리고 쿵―쿵! 쿵―쿵! 이게 손가락으로 위협하는 것 보다 훨씬 낫지……. 그런 식이면, 보라지, 녀석은 주정뱅이나 될 테니까…….'

"그거 누가 쓴 거냐?" 프라츠킨이 큰소리로 물었다.

"푸쉬킨이야, 아빠."

"푸쉬킨이라고? 흠!…… 분명히 무슨 괴짜 정도나 됐겠지. 쓰고 또 쓰면서도, 무얼 쓰는지는 자기네들도 모를 테지. 쓰기만 하면 또 몰라!"

"아빠, 농부가 밀가루를 싣고 왔어요!" 바냐가 소리쳤다.

"받아놓아라!"

하지만 밀가루도 프라츠킨을 유쾌하게 해주진 못했다. 그는 자기 자신을 위로하면 할수록 자신이 손해 본 액수가 절실하게 가슴에 와 닿았다. 8루블이 몹시도 아까웠다. 꼭 8천 루블을 실제로 잃은 것 마냥, 그렇게나 아까웠던 것이다. 바냐가 공부를 마치고서 잠잠해졌을 때, 프라츠킨은 창가에 서서 번민에 잠긴 채, 그 슬픈 눈길을 눈 더미에 보내고 있었다……. 그러나 눈 더미의 모양은 그의 깊은 상처를 쥐어뜯었을 뿐이었다. 그는 눈 더미의 모습에서 지난 밤 군사령관에게 들렀던 여정을 떠올렸기 때문이다. 쓸개즙이 속을 휘저어서 그런지 가슴이 찢어지는 것 같았다……. 자신의 원통함을 아무데나 쏟아내고 싶어져서 잠시라도 가만히 있을 수가 없었다. 그는 도저히 참을 수 없었던 것이다.

"바냐!" 그가 소리쳤다. "이리 오너라, 넌 회초리 좀 맞아야겠다. 네가 어제 유리를 깬 벌이다!"

노인들과 불치병 환자들을 위한 안식처에서

나력*을 앓고 있는 작은 소녀인 사샤 에나키나는 닳아 터진 운동화를 신고 다니는 중학생으로, 매주 토요일이면 엄마와 함께 '노인들과 불치병 환자들을 위한 안식처 N 요양원'에 갔다. 그곳엔 전직 근위대 중위이자, 그녀의 친할아버지인 파르페니 사브비치가 거주하고 있었다. 할아버지의 방은 무더웠고 질이 안 좋은 올리브유(예전에 등화를 켜는데 사용했다) 냄새가 났다. 벽에는 햇볕을 쐬고 있는 숲의 요정들이나 미역을 감는 여인, 실크햇을 목 뒤로 넘기고서 틈새로 나신의 여인을 훔쳐보고 있는 남자 등 잡지 〈니바〉에서 오려낸 치졸한 그림들이 걸려있었다. 구석에는 거미줄이 처져있고 탁자에는 부스러기와 생선비늘이 흩어져 있었다…… 게다가 할아버지도 썩 단정한 행색을 하고 있는 건 아니었다. 그는 늙었고 곱사등이었으며, 치아가 성치 않은 입은 언제나 벌어져있었다. 할아버지는 사샤가 어머니와 들어갔을 때 미소를 짓고 있었는데, 그 미소는 대충 커다란 주름살처럼 보였다.

"그래, 어떠냐?"

할아버지는 문의 손잡이 가까이에 있는 사샤에게 물었다.

"네 아비는 뭐하고?"

---

* 목 주위에 염주처럼 줄지어 멍울이 생긴는 림프샘염. 이것이 터지면 연주창이 됨.

사샤는 대꾸하지 않았다. 엄마는 말없이 울기 시작했다.

"아직도 술집에서 피아노를 치고 있는 게냐? 그래, 그래……. 이게 다 그 녀석이 처신을 못하고 교만하기 때문이야. 여기 어멈, 네 에미에게 장가들고는……. 네 아빠는 머저리가 되어버렸지……. 그래, 고상한 집안의 씨를 타고 난 양반이 '상것'한테, 여기 있는 에미……. 셰료즈까 녀석의 딸년, 연기하는 딴따라 여자에게 장가를 들었단 말이지……. 셰료즈까는 우리 집안의 클라리넷 연주자중 한 녀석이었고 마구간 청소도 했지……. 대성통곡하시지요, 사모님! 나는 사실을 말하고 있는 거야. 종년이었지, 천한 종년이야!……. "

사샤는 엄마를, 셰로즈까 녀석의 딸년이자 연기하는 딴따라 여자를 바라보고는 같이 울기 시작했다. 무겁고 기분 나쁜 휴지기가 찾아오자…… 노인은 목발을 짚고서 적동으로 만든 자그마한 사모바르를 들여왔다. 파르페니 사브비치는 뭔가 이상하게도 몹시 굵고 아주 흔하게 생긴 차를 찻주전자에 한 줌 집어넣고서 찻물을 우려냈다.

"마셔라!" 그가 세 개의 큰 찻잔에 차를 따르며 말했다. "여배우도 드시지!"

손님들은 찻잔을 들었다……. 차는 지저분했고 곰팡이 냄새가 났다. 하지만 마시지 않을 수가 없었다. 할아버지가 속상해하실 것이기 때문이었다……. 차를 마신 후에 파르페니 사브비치는 손녀를 무릎에 앉히고선 눈물이 핑 도는 감격에 찬 시선으로 소녀를 바라보며 어르기 시작했다…….

"우리 손녀야, 얘야, 우리 집안은 고귀한 집안이라는 사실을 명심거라……. 우리 피에는 딴따라의 피가 섞인 적이 없었어……. 내가 궁핍하게 살고 있다거나, 네 아비가 술집에서 피아노를 두드리고 있는 것은 괘념치 말아라. 비록 네 아비는 처신을 모르며 오만하고, 나는 가난하지만 우린 소중한 사람이란다. 내가 어떤 사람이었는지 물어보렴! 놀랄 게다!"

그리고 할아버지는 앙상한 손으로 사샤의 머리를 쓰다듬으며 이야기했다.

"우리 현(縣)을 통틀어 중요한 인물이 딱 세 명 있었지. 말하자면, 이고르 그리고리이치 백작과 현지사, 그리고 나였어. 우리는 가장 고귀하고 매우 중요한 인물이었단다……. 나는 말이야. 얘야, 부유하진 않았었지……. 모두 해보아야 쓸모없는 땅마지기 1,005제샤치나(1제샤치나=1.092헥타르=3,300평)에다가 600명의 사람들. 딱 그 이상은 없었다. 혈통 좋은 친척도, 장군과의 연줄 따위도 나는 가진 적이 없었어. 작가나 뭔가 라파엘같은 사람이나 철학자도 나는 되어 본 일이 없어……. 인간, 한마디로 그저 평범한 인간이었지……. 그런데 말이다. 얘야, 들어 보렴! 나는 누구한테도 허리를 굽힌 적이 없었다. 현 지사를 바샤라고 친근하게 불렀고 예하*와는 악수를 나눴지, 그리고 난 백작 이고르 그리고리이치와 가장 친한 친구였어. 이 모든 것은 내가 계몽적인 유럽식 사고를 하고 있었기 때문이었지."

할아버지는 긴 서론을 마친 후에 자신의 지나온 인생 행적에 대해 이야기했다……. 그는 오랫동안 말을 하는데 열중하고 있었다.

"보통 아녀자들은 콩 위에 무릎을 꿇게 했지, 얼굴을 찡그리게 하려고 말이다."그는 우물거렸다. "거기에 말이다. 아녀자가 얼굴을 찌푸리고 있으면 사내들은 그게 우스웠던 게지……. 사내들은 웃었단다, 이제 너도 웃게 될 거다, 여기가 재미있는 부분이거든……. 집 안에서 글줄이나 읽는 녀석들에겐 다른 벌을 준비했지, 조금 약한 것으로 말이다. 회계 장부를 달달 외우게 한다거나 아니면 지붕 위로 올려 보낸 다음 거기서 들리도록 소설《유리 밀로슬랍스키》**를 읽으라고 명했단다. 그것도 내 방에 들리게 읽도록 했지……. 만일 머리가 안 따라주기라도 하면, 몸으로 때워야 했단다……. "

그는 '기강이 없는 사람은 실행하지 않은 이론과 같다'면서 기강에 대해 언급하

---

* 러시아정교의 주교를 부르는 호칭.
** 자고스킨이 1829년에 발표한 러시아 최초의 월터스콧 풍의 역사소설

고 나서, 처벌이 있으면 상응하는 포상이 있어야 한다고 역설했다.

"굉장히 용감한 행동에는 말이다. 예를 들어, 도둑을 사로잡거나 하면 난 그에 대해 부족함이 없도록 사례를 했단다. 나이가 든 사내를 젊은 처녀에게 장가보내고, 젊은이에겐 병역을 면제해주는 등의 일을 했었지."

당시의 할아버지는 '그 후로 그만큼 즐거워하는 사람이 아무도 없을' 만큼 즐거워했다고 했다.

"내 재산은 부족한 편이었지만 집 안에 연주자들과 합창단원 60여 명을 두었단다. 집 안에서는 유태인 녀석이 연주자들을 통솔했고, 합창단원들은 파계한 부제가 맡아 지휘했지……. 유태인 녀석은 음악의 대가였어……. 제아무리 악마라도 그 염병할 녀석이 하는 것처럼 연주하지는 못했을 거다. 콘트라베이스를 연주하곤 했는데, 교활한 녀석, 마치 루빈스타인이나 베토벤처럼 이것저것 다 해냈지. 바이올린을 켜지는 못했지만……. 외국에서 악보를 공부한데다 온갖 악기를 다룰 줄 알았거든, 그리고 지휘를 하는 데는 대가였어. 단지 그에게 한 가지 문제가 있었다면, 썩은 생선 냄새를 풍긴다는 거야, 그래서 무대를 다 버려놓았어. 그것 때문에 축제 때엔 그를 칸막이 너머에 세워놔야 했지……. 파계한 부제라고 다 바보는 아니었어. 악보를 볼 줄 알았고 지휘도 할 줄 알았지. 심지어는 나도 놀랄 정도로 기강이 잡혀있는 사람이었어. 그는 모든 음역에 통달해 있었지. 가끔 그의 중, 저음은 유아가 내는 최고 음으로 울렸는데, 성량이 풍부한 아녀자와 비견할 만 했지……. 거장이자, 도둑 마냥…… 겉으로는 신분도 있고 무게감도 있어 보였는데…… 술독에 지독하게 빠져 살았단다. 하지만 이건 말이다, 얘야, 각기 다르단다…… 누군가에겐 독이 되고, 누군가에겐 약이 되는 법이란다. 노래를 부르는 사람은 마셔야 한단다, 보드카는 성량을 풍부하게 해주거든……. 유태인 녀석은 일 년에 지폐로 100루블을 받았으나, 파계한 부제는 아무것도 받지 않았어……. 그는 우리 집 안에서 한결 같이 식객으로 눌러 살면서 사례는 현물로 받았지. 예를 들면, 탈곡, 육류, 소금, 여자, 장작 등 말이다. 그는 집 안에서 아주 고양이 마냥 지냈지. 이따금 내가 그를 매달아놓고 채찍질을 하긴 했지만 말이야……. 언젠가 한번 이랬던 일이 생각나는 구나, 내가 그와 세료즈가, 그러니까 여기, 네 어미의 아버지를 세워놓고, 그리고……."

사샤는 갑자기 뛰어올라 어머니의 품에 달라붙었다. 마치 아마포처럼 창백한 얼굴로 가늘게 몸을 떨고 있는 어머니에게로 달라붙었다…….

"엄마, 집에 가, 나 무서워!"

"얘야, 뭐가 그렇게 무서운 게냐?"

할아버지는 손녀에게 다가갔지만 손녀는 그에게서 고개를 돌렸고, 몸을 떨면 서 엄마에게 더 강하게 달라붙었다.

"분명히 머리가 아파서 그런 걸 거예요." 어머니는 송구스러운 듯이 말했다. "벌써 애가 잘 시간이라서요……. 일어나겠어요……."

사샤의 엄마는 떠나기 전에 할아버지에게 다가갔고, 얼굴이 빨개져서는 무언 가를 귓가에 속삭였다.

"안 줄 거야!" 할아버지는 눈썹을 찌푸리고 입술을 옴지락거리며 오물거렸다. "단 한 푼도 안 줄 거야……. 너희들 응석을 받아줄 생각 없다! 너희를 도와줘 봐 야 뻔뻔스러운 편지밖에 더 받겠냐. 너도, 보아하니, 최근에 네 서방이 내게 어떤 편지를 보냈는지 다 알고 있는 모양인데……. '차라리, 폴류슈킨 집 안에서 고개 숙이고 사느니, 술집을 돌아다니면서 쓰레기라도 주워 먹고 살겠습니다……'라고 썼더라. 응? 이게 지 애비한테 할 말이냐?"

"그래도, 그이를 용서해주세요," 사샤의 엄마가 간청했다. "그이가 얼마나 예 민하고 불행한 사람인지 몰라요……."

그녀는 오랫동안 간청했다. 노인은 결국에는 화난 듯 침을 뱉고는 상자를 열었 다. 그리고 몸으로 상자를 가린 채 구겨질 대로 구겨진 노란 색의 지폐를 꺼냈다.

여인은 양 손으로 그것을 받아서, 마치 혹 사라지기라도 할까 봐 두려운 듯 재빠르게 주머니 속에 집어넣었다……. 일 분 뒤에 그녀와 딸은 안식처의 어두운 대문을 나와 발걸음을 재촉했다.

"엄마, 할아버지한테 가지마!" 사샤가 부르르 떨었다. "할아버지 무서워."

"그건 안 돼, 사샤……. 만약에 할아버지한테 안 가면, 우린 아무것도 먹지 못하게 될 거야. 아빠는 먹을 걸 구하실 데가 없거든. 아빠는 아프고 또…… 술을 마시니까."

"엄마, 아빠는 왜 술을 마시는 거야?"

"아빠는 불행해. 그래서 마시는 거야……. 사샤, 우리가 할아버지한테 갔다온 사실을 말하면 안돼. 알았지?……. 아빠가 화를 내실 거고, 그러면 기침이 더 심해질 거야……. 아빠는 자존심이 강한 사람이어서 우리가 뭔가 부탁하고 다니는 걸 싫어하셔……. 말 안할 거지?"

식모가 시집간다네

작고 통통한 일곱 살 된 아이 그리샤는 부엌문 근처에 서서 열쇠구멍을 들여다보며 귀를 기울이고 있었다. 부엌에서는 무언가, 그의 견해에 의하면, 평범하지 않은 전대미문의 무슨 일인가가 일어난 것이다. 평소에 고기를 썰거나 양파를 다지던 주방의 탁자에는 덩치가 큰 건장한 사내가 앉아 있었다. 마부들이 입는 카프탄*을 입고 있는 그는 털이 불그스름했고, 턱에는 덥수룩한 수염이 나 있고 코에는 굵은 땀방울이 맺혀 있었다. 그는 오른팔의 다섯 손가락으로 찻잔을 들고서 차를 마시고 있었다. 거기에 그는 설탕을 '까도독' 깨물어 먹고 있었는데, 그 소리가 얼마나 크던지 그리샤의 등에 소름이 돋아날 정도였다. 그의 맞은편에는 유모 할머니 악시냐 스체파노브나가 등받이 없는 지저분한 의자에 앉아서 똑같이 차를 마시고 있었다. 유모의 얼굴은 심각한 표정이었고 동시에 어쩐지 근엄하기까지 해보였다. 식모인 하녀 펠라게야는 벽난로 근처에서 꾸물대고 있었는데, 보아하니 자기 얼굴을 어디로든지 조금 더 멀리 숨기려고 애쓰는 듯이 보였다. 그리샤는 그녀의 얼굴에서 형형색색으로 변하는 얼굴색을 보았다. 얼굴이 빨갛게 달아올랐다가, 농익은 적자색으로 변하기 시작해 죽은 사람처럼 창백한 색으로 끝나면서 다양한 얼굴색을 띤 것이다. 그녀는 떨리는 손으로 칼이나 컵, 장갑, 걸레 등

---

* 주로 농민들이 입었으며 옷자락이 허벅지까지 내려올 정도로 긴 의복.

을 가지고 만지작거리며 주물러댔는데, 도대체 멈출 기미가 없어 보였다. 입으로 중얼거리거나 탁탁거리는 소리를 내긴 했지만 실상 그녀가 한 것이라곤 아무것도 없었다. 그녀는 차를 마시고 있는 식탁에는 단 한 번도 눈길을 주지 않았고, 유모가 묻는 말에 대해선 짧고 엄격하게 대답하며 얼굴을 돌리지 않았다.

"드시구랴, 다닐 셰묘느이치!" 유모가 마부를 접대하고 있었다. "아니, 당신은 왜 계속 차만 마시는 거요? 보드카를 한 잔 기울이면 좀 좋수!"

그러곤 유모는 손님에게 작은 술병(300ml정도 되었다)과 술잔을 슬그머니 내밀었는데, 그러는 그녀의 표정에는 교활함이 가득 번져 있었다.

"저는 술을 마시지 않습니다……. 안됩니다……." 마부는 거절했다. "강요하지 말아주십시오, 악시냐 스체파노브나."

"당신이란 사람도 참…… 마부이면서, 그런데도 안 마시다니…… 혼자 사는 양반이 안 마시고 산다는 건 말도 안돼요. 한 잔 해요!"

마부는 보드카를 슬쩍 곁눈질하더니, 이어서 유모의 교활한 표정을 흘겨보았다. 그러자 그의 얼굴에도 유모 못지않게 교활한 표정이 떠오르며 이렇게 말하고 있었다. '안 되지요. 늙은 마녀님, 걸려들지 않을 겁니다!'

"안 마십니다, 봐 주십시오……. 우리 직업은 이런 술하고는 안 맞습니다. 장인들은 마실 수도 있겠지요. 그들은 한 장소에서 일하니까요. 우리 형님만 해도 항상 사람들이 있는 곳에 계시잖습니까. 그렇지 않아요? 술집에라도 출입하고 다닌다면 거기서 말을 날려먹기 십상이지요, 만일 거하게 취하기라도 한다면, 상황은 더 안 좋습니다. 당장이라도 졸거나 마부석에서 떨어져버릴 것만 같으니까요. 일인 즉 그렇다는 겁니다."

"그럼, 다닐 셰묘느이치, 하루 수입은 어떻게 되죠?"

"그날그날에 따라 다르지요. 어떤 날에는 배춧잎 한 장(3루블 지폐가 녹색이다)째로 벌기도 하고, 어떤 날에는 본전도 못 건지고 돌아오는 경우도 있습니다.

날이란 게 다르니까요. 최근 들어 우리 직업이란 게 전혀 돈이 안 되기도 하구요. 잘 아실 테지만, 마부들이 발에 채일 만큼 많아 졌잖습니까? 사료는 비싼데, 승객들은 잔챙이에다가 언제나 철도마차*를 타려고 하니까요. 그렇긴 해도, 하느님 덕택에 불편 없이 살고 있습니다. 먹는 것도 입는 것도 그렇고, 그래서…… 다른 누군가를 행복하게 해줄 수도 있을 만큼은 됩니다(마부는 펠라게야를 슬쩍 곁눈질했다). …… 만약 그들의 마음만 맞는다면요."

그리샤는 그 이후로 어떤 말들이 오갔는지 들을 수 없었다. 엄마가 문 쪽으로 다가와서 그를 어린이 방으로 쫓아버렸기 때문이다.

"어린애가 볼 일은 없어. 가서 공부나 하렴!"

그리샤는 어린이 방으로 들어와서 자기 앞에《우리 말》책을 펼쳐놓았지만, 글자가 눈에 들어오질 않았다. 그가 방금 보고 들었던 모든 것들이 그의 머릿속에서 수많은 질문들을 해대고 있었다.

'식모가 시집을 가는 군……' 그가 생각했다. '이상한 걸, 뭘 보고 이런 결혼을 하려는 걸까? 이해하지 못하겠어. 엄마는 아빠한테 시집을 왔고, 종자매인 베라츠카는 파벨 안드레이치한테 시집을 갔지. 하지만 상대가 아빠하고 파벨 안드레이치라면, 썩 괜찮지, 시집가도 괜찮아. 금제 시계줄이나 고급 정장들도 있고, 신고 다니는 구두는 언제나 깔끔하니까. 그런데 이 별 볼 일 하나 없는 마부한테 시집을 간다고? 딸기코에다 펠트장화나 신고 다니는 사람에게?… 흥! 게다가 유모는 왜 불쌍한 펠라게야를 못 보내서 저 안달이람?'

부엌의 손님이 떠나고, 펠라게야는 방들을 다니면서 청소를 하기 시작했다. 그녀의 긴장감은 아직도 가시지 않은 상태였고, 얼굴은 마치 놀란 것처럼 상기되어 있었다. 그녀는 허둥지둥 바닥을 쓸어대면서 귀퉁이들을 다섯 번씩이나 쓸고 있었다. 오랫동안 그녀는 엄마가 앉아 계신 방에서 나가지 않았다. 보아하니 그

---

* 마치 궤도열차처럼 철로 위에 장착한 차량을 말이 끄는 수송기구.

94

녀가 시집을 안가고 미혼으로 있기엔 부담스러운 게 분명했다. 그래서 그녀는 누군가와 말을 건네면서, 감정을 나누며 마음을 털어놓고 자기 생각을 말하고 싶어 했다.

"갔네요!" 그녀는 엄마가 말문을 열지 않는 것을 보며 중얼거렸다.

"그 사람은, 한 눈에 봐도 괜찮은 사람 같더구나." 엄마가 자수에서 눈을 떼지 않은 채 말했다. "착실하고 진중한 사람이야."

"마님, 전 절대로 그 분한테 시집 안 가겠어요!" 펠라게야는 얼굴이 온통 새빨개져서는 갑자기 소리쳤다. "절대로, 안 가요!"

"넌 바보도 아니고, 어린애도 아니잖니. 이건 중요한 인생의 갈림길이니 잘 좀 생각해 보는 게 좋겠다. 소리 지를 일은 아닌데, 괜히 그러는구나, 그 분이 마음에는 드냐?"

"마님, 무슨 생각을 하시는 거에요!" 펠라게야는 부끄러워했다. "사람들은 그런 식으로 수군거리지만, 절대로…….

'마음에 안 들어요!' 이렇게 말하면 좋을 텐데.' 그리샤는 생각했다.

"너도 참…… 비싸게 굴 건 뭐냐, 그래서…… 마음에 드는 게야?"

"그러니까 그분은, 마님, 늙었고요! 휴─우!"

"잘 생각해봐라!" 다른 방에서 유모가 퉁명스럽게 말을 내뱉었다. "아직 마흔도 채 안 됐어. 또 너에게 젊은 놈이 무슨 필요가 있니? 바보야, 얼굴이 밥 먹여 준다던… 시집가면, 그걸로 전부 아니냐!"

"절대로 난 그 분하곤 안 해요!" 펠라게야는 툴툴거렸다.

"고집하고는! 대체 뭘 더 바라는 게야? 다른 처자라면 굽실굽실할 것을, 너란 애는, 원─ 시집을 안 가겠다니! 언제까지 우체부나 가정교사 같은 녀석들과 놀아날 셈이냐! 마님, 그리샤의 가정교사 있잖아요, 글쎄 얘가 그분을 지 왕방울만한 눈으로 찜 해놓은 것 같습니다. 에휴, 뻔뻔스럽긴!"

"너는 아까 그 다닐을 전에 본 적이 있더냐?" 마님이 펠라게야에게 물었다.

"제가 그 분을 어디에서 봤겠어요? 오늘 처음 뵙는 걸요, 악시냐가 어디에서 데려와서는…… 그런 몹쓸 인간을…… 더구나 갑자기 그 분이 제 꽁무니를 쫓아 다니기 시작하네요!"

펠라게야가 점심식사로 먹을 음식을 내오고 있을 때였다. 식탁에 앉은 사람들은 모두 그녀의 얼굴을 빤히 들여다보며 마부와 관련된 농담을 던졌다. 그녀는 어쩔 수 없이 실실거리며 미소를 띠우긴 했지만 얼굴은 완전히 홍당무가 되어 있었다.

'시집가는 걸 부끄럽게 여기는 게 분명해…….' 그리샤는 생각했다. '고개를 못 들 정도로 부끄러울 거야!'

음식은 모두 간이 짰고 제대로 익히지 않은 병아리 요리에선 피가 뚝뚝 떨어지기도 했다. 그리고 마침내는, 마치 기울어진 선반에서 떨어지듯이 펠라게야의 손에서 포크와 접시들이 우수수 쏟아지기도 했다. 그럼에도 그녀를 질책하거나 잔소리를 늘어놓는 사람이 없었는데, 그건 모두 그녀의 머릿속이 어떤 상태인지 알고 있기 때문이었다. 딱 한 번 아빠가 냅킨을 집어 던지며 진심으로 이렇게 말한 적이 있었다.

"당신, 거 시집을 보내려고 죄다 관여하는 건 도대체 무슨 취미야! 당신 문제도 아니잖아? 알아서들 하고 싶은 대로 결혼하게 좀 놔두라고."

점심식사 후에는 이웃 식모들과 하녀들이 부엌에 드나들기 시작했는데, 거기선 그렇게 한밤중까지 소곤거리는 소리가 들려왔다. 그녀들이 어디에서 중매이야기를 듣고 나타난 것인지는 하느님만이 아시는 일이었다. 그리샤는 밤 12시경에 잠에서 깼는데, 그 때 어린이 방의 커튼 너머에서 유모와 식모가 소리 죽여 이야기하고 있었다. 유모는 그녀를 설득하고 있었는데, 그녀는 때로는 흐느끼거나 때로는 웃음소리를 내기도 했다. 그 후에 그리샤는 잠들었을 때, 꿈속에서 마녀와 망태 할아버지가 펠라게야를 납치해가는 걸 보았다…….

다음날엔 평온이 찾아왔다. 마치 마부에 대한 일은 세상에 없었던 것처럼 주방은 다시 정상적으로 돌아가기 시작했다. 이따금 유모는 새 숄을 걸치고, 엄하고도 근엄한 표정을 짓고서는 한두 시간씩 어디론가 사라졌다. 중신을 서려고 가는 게 분명했다……. 펠라게야와 마부는 만나지 않았는데, 사람들이 그녀에게 그에 대한 말을 꺼내기만 하면 그녀는 얼굴을 붉히면서 소리를 지르는 것이었다.

"내가 그분을 그리워하게 하고 싶거들랑 세 번은 죽었다 깨어나라고 하세요! 별 것도 아닌 게!"

어느 날 저녁, 부엌에선 펠라게야와 유모가 무언가를 열심히 재단하고 있었는데 엄마가 들어와서는 이렇게 말했다.

"너는 그분에게 시집가렴, 물론 안 될 건 없겠지. 결혼도 네가 할 일이니까, 펠라게야, 그렇다고 그 사람을 여기에 드나들도록 하는 건 단념해……. 난 누가 부엌에 앉아있는 걸 싫어하니까. 잊지 말고, 실수 없도록 해라……. 그리고 난 밤에 널 밖으로 내보낼 생각은 없다."

"마님, 무슨 생각을 하고 계신 건지 좀처럼 알 수가 없네요!" 식모는 투덜거렸다. "왜 자꾸 저를 그분이랑 엮으려고 하세요? 그분이 멋대로 하게 놔두세요. 그분이 여태까지 어떻게든 마음에 들게 하려고 하시지만, 그건…….."

어느 일요일 아침, 그리샤가 부엌을 들여다보았을 때, 진기한 광경에 숨이 턱 막혔다. 부엌에는 콩나물 시루마냥 사람들로 빼곡하게 가득 차 있었다. 거기에는 영지의 모든 식모들과 한 마당지기, 두 명의 순경과 기장을 박아 넣은 하사관, 그리고 소년인 필카가 있었다……. 필카는 언제나 세탁실 사람들을 따라다니며 개들을 데리고 놀곤 하는데, 오늘은 머리에 빗질도 하고 깔끔하게 한 채로 금속박으로 장식된 성화를 들고 있었다. 주방의 한 가운데에는 펠라게야가 서서 새로 지은 화려한 무늬의 원피스에 머리에는 꽃을 꽂고 있었다. 그 옆에는 마부가 서있었다. 한 쌍의 젊은이는 홍당무가 된 채 땀을 뻘뻘 흘리며 계속해서 눈을 깜빡거렸다.

"그러면…… 시간이 다 된 것 같으니까……." 긴 침묵 후에 하사관이 운을 떼었다.

펠라게야는 얼굴을 실룩거리다가 울기 시작했다……. 하사관은 탁자에서 커다란 빵을 집어 들더니 유모와 나란히 서서 축복을 하기 시작했다. 마부는 하사관에게 다가갔다. 그는 하사관 앞에서 '철퍽' 소리가 나게 무릎을 꿇고서 손에 입을 맞추었다. 그리고 악시냐 앞에서도 똑같이 했다. 펠라게야는 무의식적으로 그의 뒤를 따라갔고 역시 소리가 나게 무릎을 꿇었다. 끝으로 출입문이 열리고 부엌으로 하얀 김이 흘러 들어왔다. 참석자들은 모두 왁자지껄 소란을 피우며 마당으로 나가기 시작했다.

'저리도 불쌍할 수가!' 그리샤는 식모의 흐느낌에 귀를 쫑긋 세우며 생각했다. '그녀를 어디로 데려가는 거지? 왜 아빠하고 엄마는 잠자코 계실까?'

혼례식 후 세탁실에서는 노래와 아코디언의 연주가 한밤중까지 이어졌다. 엄마는 온종일 화를 냈는데, 그것은 유모한테서 보드카 냄새가 난다는 이유와 이 혼례식 때문에 사모바르를 올려놓을 사람이 아무도 없다는 이유 때문이었다. 그런데 그리샤가 잠자리에 들 때까지도 펠라게야는 돌아오지 않았다.

'불쌍해라, 지금 어디엔가 컴컴한 곳에서 울고 있겠지!' 그는 생각했다. '그럼, 마부는 이렇게 말할 거야, '쉿! 조용히 해!'

다음날 아침 부엌에는 이미 식모가 와 있었다. 마부가 잠시 들렀으며, 엄마에게 감사의 인사를 전했다. 그리고 펠라게야에게는 엄격한 눈초리를 보내며 이렇게 말하는 것이었다.

"아무쪼록, 마님께서 이 애를 돌봐 주셨으면 합니다. 아버지, 어머니를 대신해서 말입니다……. 그리고 악시냐 스체파노브나 부인께서도, 부디 내버려두지 마시고 관심을 가져주십시오. 못된 장난들을 치지 못하도록…… 조용하게 흘러가도록 말입니다……. 그리고 마님, 아내의 급료에서 5루블 정도만 가불해주시겠습니까? 말 멍에를 새로 사야 해서요."

다시 그리샤에겐 의문이 들었다. '펠라게야는 잘 살고 있었어. 누구한테 보고하는 일도 하지 않고 원하는 대로 말이야. 그런데 밑도 끝도 없이 식모의 행동과 재산을 간섭하는 생면부지의 사람이 나타나버린 거야!' 그리샤는 씁쓸해졌다. 그의 마음은 울컥해졌고, 사회적인 강제에 의해 희생양이 된 그녀를 위로해 주고 싶은 생각이 들자 눈물이 글썽거리며 가득 고였다. 그는 창고에서 가장 큰 사과를 집어 들고 부엌으로 숨어들어가 펠라게야의 손에 쥐어주었다. 그리고 왔던 길로 쏜살같이 뛰어나갔다.

집안의 가장

이건 주로 연회가 벌어지거나 혹은 내기로 돈을 깨끗이 날려버린 뒤라면, 그래서 염증이 마구 일어나면 발생하는 일이다. 스체판 스체파느이치 쥘린씨가 눈을 떴을 때, 그의 기분은 현저하게 가라앉아 있었다. 그는 머리를 헝클어뜨린 채 떨떠름하고 구겨진 표정을 짓고 있었다. 잿빛의 얼굴에는 불쾌한 기색이 역력하게 나타나 있었는데, 그건 딱히 그가 속상해서 그런다거나 무언가에 혐오감을 느껴서 그런 것도 아니었다. 그는 느릿느릿 옷을 챙겨 입더니, 천천히 비쉬산 광천수를 마시면서 방들을 모두 돌아다니기 시작했다.

"대체 어떤 꼬리 달린 지—지—짐승이 돌아다니면서 방문도 닫지 않는 짓거리를 한 거야? 알고 싶군." 그는 가운을 여미며 큰소리로 가래를 내뱉는 와중에도 열이 뻗쳐올라 으르렁거렸다.

"이 휴지조각을 안 치울 거야? 이게 왜 여기에 굴러다녀? 부리는 사람이 스무 명인데, 집안 꼴이 대폿집보다 더 엉망이잖아. 거기 초인종을 누르는 건 누구야? 누가 온 거냐고?"

"우리 폐쟈를 돌봐줬던 안피사 할멈이에요." 아내가 대꾸했다.

"하는 일없이 돌아다니는…… 식충이들 같으니!"

"스체판 스체파느이치, 당신도 참 모를 사람이네요. 당신이 놀러 오라고 할 때는 언제고, 이제는 욕을 하고 계시니 말에요.”

“난 욕을 한 적 없어, 한 말씀 하신거지. 그런데 여보, 이런 식으로 팔짱이나 끼고 눌러앉아서 말다툼이나 하느니 뭐라도 좀 하시지? 내 이름을 걸고 말하는데, 난 이 여편네들을 이해하지 못 하겠단 말씀이야! 이해—못—하겠다고! 어떻게 하면 하루 종일 일도 하지 않으면서 빈둥거릴 수가 있는 거야? 남편은 황소처럼, 지—지—짐승처럼 일하면서 고생하는데, 인생의 반려자라는 마누라는 금지옥엽 키운 공주님마냥 아무 일도 안하고 그저 ‘어떻게 하면 남편에게서 꼬투리를 잡아 한바탕 해댈까’하고 궁리하며 심심풀이로 삼을 기회만 노리고 있잖아. 부인, 그 소녀 같은 습관을 이젠 버리실 때가 됐소! 당신은 이젠 물정 모르는 여자도 아니고, 사교계의 영양도 아니오. 엄마이자 아내라고! 어딜 보는 거요? 아하! 쓰디쓴 진실들을 듣기에 껄끄러우신가 보지?”

“당신이 쓰디쓴 진실을 말할 때는 속이 쓰릴 때뿐이잖아요. 이상하네요.”

“그렇지, 또 시작이군, 또 시작…….”

“당신 어제 교외로 나갔죠? 아니면 누구랑 한 게임 했나요?”

“그렇다면 어쩔 건데? 그게 무슨 상관이야? 내가 누구한테 보고서라도 써 바쳐야 하는 거요? 내가 내 돈 말고 다른 거 손댄 적 있소? 이 내가 쓰는 것도, 이 집구석에서 나가는 것도 다 내 돈이라고! 듣고들 있나? 내 돈이라고!”

기타 등등, 모두가 이런 식이다. 하지만 스체판 스체파느이치가 더없이 세심해지고 공정해지며, 엄격하면서 덕행을 베푸는 때가 있었으니, 바로 집안사람들이 모두 그와 자리를 함께하는 만찬시간이었다. 주로 수프에서부터 시작되었다. 쥘린씨는 첫 수저를 들어서 수프를 떠먹자마자 곧바로 얼굴을 구기고선 수저를 내려놓는다.

“이런 제기랄…” 그가 중얼거렸다.

“이젠 싸구려 술집에서 밥 먹어야 할 형편이로군.”

"왜요?" 아내는 걱정했다.

"수프가 별로예요?"

"어떤 거지같은 입맛을 가져야만 이런 허접한 걸 먹을 수 있는지 난 모르겠군! 짜고, 퀴퀴한 냄새에다…… 양파 대신 날파리 같은 게 들어있질 않나…… 그야말로 개판이야. 안그렇습니까? 안피사 이바노브나 부인!" 그는 연장자인 손님에게 고개를 돌렸다. "매일같이 식비로 돈을 뭉텅이로 갖다 바치려고…… 있는 것 없는 것 죄다 아끼고 있는 판에, 지금 여기에 먹으라고 내놓은 꼴 좀 보세요. 이것들은 내가 일을 집어치우고 주방으로 들어가길 바라는 게 분명하잖아요."

"오늘 수프는 괜찮은 데요…" 가정교사가 조심스럽게 반박했다.

"그래요? 입맛에 딱 맞으신가?" 쥘린 씨는 말하면서도 분을 삭이지 못 해 실눈을 뜨고 그녀를 노려보았다.

"어쨌든, 입맛도 제각각 이겠지. 짚고 넘어가야 할 게 있는데, 바르바라 바실리예브나양, 일반적으로 나와 당신의 미각은 굉장히 다르다는 점입니다. 당신은, 예를 들면, 이 녀석의 (쥘린씨는 매우 딱하다는 제스처를 하며 자기 아들 페챠를 가리킨다) 행동거지에 만족하시고, 녀석 때문에 기뻐하고 계시는 모양이오만, 하지만 난…… 난 꼭지가 돌아버릴 지경이라는, 바로 그런 말씀입니다!"

페챠는 숟가락질을 멈추고 시선을 떨구었다. 그는 창백하고 유약한 얼굴을 하고 있는 일곱 살 소년이었는데, 얼굴이 더욱 창백해졌다.

"그렇단 말입니다. 당신은 기뻐하시는데, 하지만 난 꼭지가 돌 지경이란 말이오…… 우리 중 누가 옳은 건지 난 모르겠소. 하지만 아버지로서, 내가 당신보다는 자기 자식을 더 잘 알고 있다고 감히 자부하고 있지요. 녀석이 어떻게 앉아있는지 좀 보세요! 올바르게 자란 아이가 저 따위로 앉아있단 말이오? 똑바로 앉지 못해!"

페챠는 위로 턱을 치켜 올리고 목을 곧게 뻗었는데, 그는 그것이 꼿꼿하게 앉는 자세라고 생각하는 모양이었다. 그리고 그의 눈에서는 눈물이 핑 돌았다.

"밥 먹어라! 수저 똑바로 쥐고! 망할 녀석, 넌 다음에 혼날 줄 알아! 울 생각이랑 말고! 눈은 똑바로 날 쳐다봐!"

페쟈는 시선을 똑바로 하려고 애썼지만 얼굴은 떨렸고, 눈에서는 눈물이 글썽거렸다.

"아—항…… 우시겠다? 잘못은 너에게 있는데, 네가 울기까지 한다는 말이냐? 빌어먹을 녀석, 가서 구석에 서있어!"

"그래도…… 먼저 애가 밥을 먹게 해야죠!" 아내가 끼어들었다.

"밥 없어! 저런 악당 같은…… 저따위 장난꾸러기 녀석은 밥 먹을 자격이 없어!"

페쟈는 울먹이는 얼굴로 온몸을 바르르 떨면서 의자에서 내려갔다. 그리고 구석으로 향했다.

"이게 전부라곤 생각 마라!" 아빠는 말을 이었다.

"만약 너를 교육시키려는 사람이 아무도 없다면, 어쩔 수 없이 내가 하는 수밖에 없는 거지…… 내가 가르친다면, 애야, 식사 중에 장난질하거나 징징 우는 일은 없을 거다! 멍청한 녀석! 그리고 일을 해야지! 알아들었니? 일을 하라고! 네 아빠가 일하고 있으면, 그럼 너도 일을 하란 말이야! 그 누구도 공짜로 빵을 먹어선 안돼! 인간이 되란 말이야! 인―간―이 되라고!"

"그만해요, 제발!" 아내가 프랑스어로 부탁했다.

"다른 사람이 있을 때만이라도 그만 좀 하세요……. 노부인이 다 듣고 계시니, 이젠 동네방네 죄다 소문나게 생겼잖아요……."

"난 남들이 떠들어대는 거 신경 안 써," 쥘린씨가 러시아어로 말했다.

"안피사 이바노브나 부인은 내가 올바른 말을 하고 있다고 생각하고 있어. 그럼, 당신 말대로라면, 난 이 녀석이 하는 짓에 만족하라는 얘기요? 당신은 이 녀석이 내게 얼마만큼의 가치가 있는지 알기나 해? 아니면 당신은 내가 돈을 찍어내거나, 땅을 파서 돈을 번다고 생각하는 거요? 넌 앵앵거리지 좀 마! 입 안 다물래! 너 내 말이 말 같지 않아? 이 약아빠진 녀석이, 어디, 후려 맞고 싶니?"

페쟈는 목청껏 찢어지는 목소리를 내며 흐느끼기 시작했다. .

"더 이상 못 참겠네요!" 아이 엄마는 냅킨을 집어 던지며 자리에서 일어났다.

"조용히 밥 먹을 날이 없네! 내 생각엔 당신이 성질을 부리는 게 문제라구요."

그녀는 등을 돌렸고, 눈가에 손수건을 가져다 댄 채 식당에서 나가버렸다.

"마음에 좀 새겨졌겠지⋯⋯." 쥘린씨는 억지로 미소를 지어 보이며 중얼거렸다.

"온실 속의 화초들 같으니⋯⋯ 그런 겁니다. 안피사 이바노브나 부인, 요즘 시대엔 진실을 듣기 꺼려하지요⋯⋯. 바로 우리 모두가 죄인인데."

몇 분이 침묵 속에서 흘러갔다. 쥘린씨는 접시들을 눈으로 둘러보고선 아무도 수프에 손 댄 사람이 없다는 사실을 깨달았다. 그는 깊게 한숨을 내쉬면서 가정교사의 얼굴을 응시했다. 그녀의 얼굴은 붉게 달아올라 있었고, 낭패한 기색이 가득했다.

"바르바라 바실리예브나양, 왜 수저를 들지 않으시나요?" 그가 물었다.

"상처받으셨다, 그래서인가요? 그렇겠지요⋯⋯. 진실이 꺼려졌던 거지요. 뭐, 용서해주세요. 워낙 내 성질이 그런데다가, 가식적인 행동을 못하니까요⋯⋯ 항상 무엇이든 백일하에 환히 드러내야 한답니다. (한숨) 그렇다곤 해도, 사람들은 내 존재가 끼어드는 걸 좋아하지 않더군요. 내가 있을 때에는 다들 먹지도, 말하지도 않고⋯⋯ 그런 거지요?⋯⋯ 말해주었다면 내가 먼저 일어났을 텐데⋯⋯ 그럼 난 일어나겠습니다."

쥘린씨는 몸을 일으켰고, 품위를 잃지 않은 채 문으로 향했다. 그는 울고 있는 페쟈 옆을 지나가다가 멈춰 섰다.

"내가 나가고 나면, 그대는 좀 쉬-쉬-쉬게!" 그는 페쟈에게 말하며 위엄 있게 고개를 다시 제자리로 돌렸다.

"난 더 이상 그대의 양육에는 관여하지 않을 걸세. 손을 떼겠어! 아버지로서, 그리고 심심하게 그대의 아량을 구하며, 그대와 그대의 교육자들을 불안하게 만든 점에 대해 용서를 구하네. 그리고 동시에 이번을 마지막으로 그대의 인생에 간섭하는 일은 관두겠네."

페쟈는 더 큰소리로 소리를 높여 흐느꼈다. 쥘린씨는 위풍당당하게 문 쪽으로 향했고, 그리고 자신의 침실로 가버렸다.

만찬 후에 충분히 수면을 취한 쥘린씨는 양심의 가책을 느끼기 시작했다. 그는 아내와 아들, 안피사 이바노브나 부인에게 부끄럽고, 심지어는 만찬에서 일어났던 기억들 때문에 도저히 참을 수 없을만큼 기분이 언짢아졌다. 하지만 그의 자존심은 너무나 컸고 진실해질 수 있는 용기는 부족했다. 그래서 그는 계속해서 뾰루퉁한 채 불평을 해댔다.

다음 날 아침에 그가 눈을 떴을 때 그의 기분은 최고조였다. 그는 세수를 하면서 휘파람을 불어댔다. 그는 커피를 마시려고 식당으로 들어갔다가 거기에서 페쟈를 만났다. 그는 아빠를 보자 몸을 일으키고 망연자실한 채 그를 바라보았다.

"어떤가, 젊은이?" 쥘린씨는 탁자에 앉으며 유쾌하게 물었다.

"그대에게 무슨 새로운 일이라도 생겼나? 젊은이, 몸 상태는 어떻고? 자, 와보게, 우리 아들, 아빠에게 뽀뽀를 해주게."

창백한 모습에 굳은 표정을 짓고 있던 페쟈는 아빠에게 다가갔고 아빠의 뺨에 떨리는 입술을 갔다 대었다. 그리고는 떨어져서 말없이 제자리에 앉았다.

아이들

아빠와 엄마, 그리고 나쟈 아주머니는 집에 없다. 그들은 잿빛의 작은 말을 타고 다니는 늙은 장교의 집으로 세례식에 참석하러 갔다. 그들이 돌아올 동안 그리샤와 아냐, 알료샤, 그리고 소냐와 식모의 아들인 안드레이는 식당의 식탁에 앉아서 로또게임*을 하고 있었다. 솔직히 말하자면, 아이들은 벌써 잠잘 시간이었다. 하지만 세례식에서 아이는 어땠는지, 저녁식사에는 무슨 음식이 나왔는지 엄마에게 이야기를 듣지 않고서도 과연 잠이 들 수 있을까? 갓등 아래에 있는 밝고 환한 식탁 위엔 숫자들과 호두껍질, 휴지조각들, 그리고 판유리들로 알록달록하다. 게임을 하는 각자의 앞에는 카드** 두 장, 그리고 숫자 표지용 판유리들이 놓여 있다. 식탁의 한 가운데엔 코페이카 동전 5개가 올려진 받침접시가 하얗게 빛나고 있다. 받침접시 주위에는 먹다 만 사과와 가위, 그리고 호두껍질을 놓으라고 놔둔 접시가 있었다. 아이들은 돈을 걸고 게임을 하고 있었으며, 배당액은 1코페이카였다. 조건은 이것이었다. 만일에 공갈을 치는 사람이 있다면, 그는 즉시 쫓겨날 것이다. 식당에는 게임을 하는 이들 외에는 아무도 없었다. 유모 아가피야 이바노브나는 아래층 부엌에 앉아 식모에게 재단하는 법을 가르쳐주고 있었

---

* 빙고와 비슷한 보드게임의 일종인 러시아식 게임.
** 로또 게임에서는 한 줄에 5개의 숫자가 무작위로 새겨진 9×3의 카드가 참가자에게 주어진다.

고, 5학년 큰 형인 바샤는 응접실의 소파에 드러누워서 따분해하고 있었다.

게임은 열기에 달아올라 있었다. 한창 무르익은 도박열기가 그리샤의 얼굴에 써 있었다. 그리샤는 9살의 조그만 소년으로, 머리는 박박 밀었고 포동포동한 뺨에 아프리카인처럼 기름진 입술을 갖고 있었다. 그는 벌써 예비학부에서 공부하고 있었으며, 그 때문에 그는 가장 똑똑한 재목감으로 평가 받고 있었다. 그만 예외적으로 돈 때문에 게임을 하고 있었다. 받침접시에 코페이카가 없었더라면 그는 벌써 자고 있었을 것이다. 그의 조그만 갈색 빛 눈은 불안정하게, 그리고 질투하듯이 상대방의 카드를 훑고 있었다. 패배에 대한 공포와 질투, 그의 까까머리를 가득 메운 돈을 따야한다는 생각들이 그의 집중력을 흐트러뜨리고 엉덩이를 들썩이게 했다. 그는 가시방석에 앉은 것처럼 꼼지락거렸고, 게임을 이기자 탐욕스럽게 돈을 그러모아 곧바로 주머니 속에 쑤셔 넣었다. 그의 누이인 아냐는 8살의 소녀로, 뾰족한 턱과 야무지고 똘망똘망한 눈을 갖고 있었다. 그녀도 역시 두려워하고 있었으나, 그 이유는 게임의 승부가 나지 않을까 봐 였다. 그녀는 얼굴이 빨개졌다가 창백해졌다 하면서 노름꾼들을 주의 깊게 관찰했다. 돈은 그녀의 흥미를 끌지 못했다. 그녀에게 게임의 즐거움이란 자존심과 연관되어 있었다.

다른 누이인 소냐는 6살의 계집애로, 곱슬곱슬한 머리에 안색은 굉장히 건강한 아이들이나 귀중한 인형, 캔디 상자 표지에서나 볼 수 있는 안색을 하고 있었는데, 로또 게임 그 자체가 좋아서 게임을 하고 있었다. 그녀의 얼굴엔 감동이 가득 차 있었다. 그녀는 승부가 나지 않더라도 한결같이 깔깔대며 손뼉을 쳐댔다. 알료샤는 통통하고 동글동글한 몸집을 가진 아이로, 숨을 내몰아 쉬고 식식거리면서 부릅뜬 눈을 카드에 집중하고 있었다. 그는 물욕 같은 건 없었고, 자존심도 관심 없었다. 누가 그를 식탁에서 데려가지 않았고, 침대에 눕히지도 않았다. 그리고 그것만으로 감지덕지였다. 그는 보기에 둔해 보였지만 속은 꽤나 능구렁이였다. 그가 앉아 있는 건 로또 게임 때문이라기보다는, 게임을 할 때 불가피하게 발생하는 다툼 때문이었다. 그는 누군가가 다른 누군가를 때리거나 매도를 하는 게 더할 나위 없이 좋았다. 그는 벌써 어딘가에 가야 할 때가 한참 지났지만, 그가 없으면 그의 말이나 코페이카를 빼앗아가지 못했으므로 그게 싫어서 단 일 분도 식탁을 떠나지 않았다. 그는 한 자리 숫자들과 뒤가 0으로 끝나는 숫자들 밖에 몰랐기 때문에, 아냐가 대신에 숫자 위에 말을 올려줬다. 다섯 번째 노름꾼은 식모의 아들인 안드레이로 거무스름한 얼굴에 병약한 소년이었다. 그는 사라사무늬*의 셔츠에 가슴에는 구리 십자가를 달고 있었으며 꼼짝도 하지 않고 서서 몽롱한 눈으로 숫자들에 시선을 꽂고 있었다. 그는 판돈이나 다른 사람의 승리에는 아랑곳하지 않고 냉담했는데, 온통 로또 게임의 셈과 계산에 관한 근본적인 사색에 빠져있기 때문이었다. '이 세상에는 얼마나 많은 수가 존재하고 있으며, 이 수들은 어떤 이유 때문에 헷갈리지 않을 수가 있는 걸까!'

모두 차례대로 숫자를 큰 소리로 외쳤다, 소냐와 알료샤만 제외하고는. 하나같이 똑같은 숫자를 고려하여 시행을 거쳤고 많은 전문 용어들과 우스운 별명들을 만들어냈다. 그것이 무엇인가 하면, 노름꾼들 사이에선 7을 불갈고리라고 부르고, 11은 젓가락, 77은 세묜 세묘느이치, 90은 할머니 등등으로 불렸다.

"31!" 그리샤가 아빠의 모자에서 노란색 공을 꺼내며 소리쳤다. "17! 불갈고리! 28 풀베기!"

아냐는 안드레이가 멍하니 있다가 28을 놓친 것을 보았다. 다른 때였으면 그에게 그 이야기를 했을 것이나 받침접시 위에 그녀의 자존심이 코페이카와 함께 올려져 있는, 바로 지금 그녀는 쾌재를 불렀다.

"23!" 그리샤가 계속했다.

"세묜 세묘느이치! 9!"

"바퀴벌레다, 바퀴벌레!" 소냐가 식탁을 지나 달려가고 있는 바퀴벌레를 가리

---

* 다채로운 기하학적 무늬.

키며 소리를 질러댔다.

"이봐!"

"잡지 마." 알료샤가 낮은 목소리로 말했다.

"애한테 새끼들이 있을지도 몰라……."

소냐는 눈으로 바퀴벌레를 보내고선 그 새끼들에 대해 생각했다.

'그건 정말로, 정말로 조그만 새끼들이겠지!'

"43! 1!" 그리샤는 계속하면서도 아냐가 벌써 두 줄을 거의 다 채웠다는 생각 때문에 괴로워했다. "6!"

"한 줄 됐어! 나 한 줄 됐단 말이야!" 소냐는 소리쳤고 아양을 떨듯이 눈알을 굴리며 홍소를 터뜨렸다.

노름꾼들은 멍한 얼굴이 되었다.

"확인해보자!" 그리샤가 증오스러운 듯 소냐를 꼬나보며 말했다.

그리샤는 가장 똑똑한 재목감의 권한으로 결정권을 쥐고 있었다. 그가 원하는 것이면, 그건 행사해야 했다. 오랫동안 꼼꼼하게 소냐의 카드를 확인했는데, 도박꾼들에게는 매우 유감스럽지만 그녀가 속임수를 쓴 것은 아니라는 게 판명 되었다. 다음 줄이 시작되었다.

"내가 어제 뭘 봤는지 알아?" 아냐가 제 이야기를 하듯 말했다.

"필립 필립이치가 무슨 일로 들렀잖아. 그런데 벌겋고 섬뜩한 눈을 보니 꼭 마귀 같았어."

"나도 봤어." 그리샤가 말했다.

"8! 내 학교 친구는 귀를 움직일 줄 알아. 28!"

안드레이는 눈길을 그리샤에게 보내고, 생각하면서 이렇게 말했다.

"나도 귀 움직일 줄 알아……."

"그럼 어디, 움직여 봐!"

안드레이는 눈동자와 입술, 손가락을 움직였는데, 자기의 귀도 움직인다고 생각하고 있었다. 모두가 웃었다.

"필립 필립이치는 썩 좋은 사람이 아냐." 소냐가 한숨을 내쉬었다.

"어제 그가 우리 방에 들어왔는데, 나는 얇은 내의 한 장만 입고 있었잖아……. 그래서 난 정말 예의 없는 아이가 되어 버렸다고."

"빙고!" 그리샤가 받침접시에서 돈을 쓸어가며 소리쳤다.

"나 빙고야! 원하면 확인들 해 봐!"

식모의 아들은 고개를 들어 올렸는데 얼굴이 창백해져 있었다.

"난, 그러니까, 이젠 더 이상 못 하는 거네." 그가 중얼거렸다.

"왜?"

"왜냐면…… 왜냐면 난 더 이상 돈이 없으니까."

"돈이 없으면 안 되지!" 그리샤가 말했다.

안드레이는 만일을 생각하여 다시 한 번 주머니를 뒤적거렸다. 주머니 속에는 먼지와 물어뜯은 몽땅 연필 말고는 아무것도 없었다. 그는 얼굴을 일그러뜨리고 속상한 듯이 두 눈을 깜빡이기 시작했다. 그는 당장 울려고 했다…….

"내가 대신 내 줄게!" 소냐는 그의 괴로운 시선을 참지 못하고 말했다.

"다만 다음에 돌려주기만 해."

돈이 모이고, 게임은 계속되었다.

"어디서 종소리가 나는 거 같은데." 아냐가 눈을 크게 뜨며 말했다.

모두 게임을 멈추고선, 입을 벌린 채 시커먼 창문 너머를 바라보았다. 어둠 너머에선 등불의 반영이 아른거렸다.

"소리가 들렸어."

"밤에는 무덤에서만 종소리를 울리는데……." 안드레이가 말했다.

"근데 왜 거기서 종을 울리는 거야?"

"강도들이 교회에 숨어들지 않게 하려고 그러는 거야. 그들은 종소리를 무서워하거든."

"그런데 강도들이 왜 교회에 숨어들어가는 건데?" 소냐가 물어보았다.

"왜 그런지는 뻔하지, 파수꾼들을 차례차례 살해하려는 거야!"

정적 속에서 일 분이 흘러갔다. 모두들 서로를 마주보며 몸을 떨었고, 그리고 게임은 계속되었다. 이번에는 안드레이가 이겼다.

"어디서 속임수를 쓰는 거야." 알료샤가 밑도 끝도 없이 낮은 목소리로 말했다.

"거짓말, 난 속임수를 쓴 적 없어!"

안드레이는 창백해져서 얼굴을 일그러뜨리며 알료샤의 머리통을 딱! 때렸다. 알료샤는 악에 받혀 두 눈을 부릅뜨고 일어나 한 쪽 무릎을 식탁에 올려놓고서, 이번엔 자기가 안드레이의 뺨을 퍽! 소리 나게 때렸다. 둘은 서로 한차례 따귀를 주고받더니 울부짖었다. 소냐는 그런 무서운 광경을 보고 함께 울기 시작했으며, 식당엔 여러 목소리로 울부짖는 소리가 울려 퍼졌다. 그렇다고 게임이 끝났다고 생각하면 안 된다. 아이들이 다시 깔깔거리며 사이좋게 대화를 나눈 건, 그런 일이 생긴지 오 분이 채 지나지도 않아서였기 때문이다. 눈물로 얼룩진 얼굴이었지만 미소를 짓는 데는 방해되지 않았다. 알료샤는 "오해였어!"라고 말하며 행복한 표정을 짓기까지 했다.

5학년생인 바샤가 식당에 들어왔는데 잠에 취한 채 황당해하는 모습이었다.

'개판이로군!' 그는 그리샤가 코페이카가 짤랑거리는 주머니를 만지고 있는 걸 바라보며 생각했다.

'정말로 애들한테 돈을 줬단 말이야? 게다가 얘네들이 투기하는 걸 지켜만 본 거고? 정말 좋은 교육자 나셨네, 할 말이 없구먼. 개판이군!'

하지만 애들이 재미있게 게임을 하며 놀고 있으니, 자기도 자리에 끼어서 한 판 벌였으면 하는 생각이 들었다.

"잠깐만, 나도 끼자." 그가 말했다.

"잔돈을 올려!"

"잠깐만." 그가 주머니를 뒤적이며 말했다.

"잔돈은 없지만, 자, 여기 루블이 있어. 난 루블로 할게."

"안 돼, 안 돼, 안 돼요……. 코페이카 잔돈만 받아요!"

"에이, 바보들아, 어쨌든 루블이 코페이카보다 비싸잖아." 중학생이 설명했다.

"이기는 사람이 나에게 거스름돈을 돌려주면 되지."

"안 되니까, 자리 좀 비켜주세요!"

5학년생은 어깨를 으쓱 하더니 하녀에게 잔돈을 바꾸러 부엌으로 갔다. 부엌에서는 단 1코페이카도 구할 수 없었다.

"그러면 잔돈 좀 거슬러주라." 그가 부엌에서 돌아와서 그리샤에게 들러붙었다.

"내가 수수료를 지불할게. 솔깃하지? 그럼, 코페이카 동전 열 개를 1루블에 넘겨."

그리샤는 미심쩍은 눈으로 바샤를 흘깃거렸다. '이거 무슨 간계 같은 거나 속임수는 아닐까?'

"싫어." 그는 주머니를 꼭 움켜쥐며 말했다.

바샤는 발끈해서는 욕지거리를 하고, 노름꾼들을 멍청이, 깡통들이라고 부르기 시작했다.

"알았어요, 바샤, 내가 대신 내줄게요!" 소녀가 말했다. "앉아요."

중학생은 앉아서 자기 앞에 카드 두 장을 놓았다. 아냐는 숫자를 부르기 시작했다.

"코페이카를 떨어뜨렸어!" 갑작스레 그리샤가 떨리는 목소리로 외쳤다.

"잠깐 멈춰 봐!"

그들은 등불을 든 채 코페이카를 찾으러 식탁 밑으로 기어 들어갔다. 하지만 식탁 아래서 머리를 부딪치기도 하고 호두껍질이나 내뱉은 가래침을 만져봤을 뿐 코페이카는 찾지 못했다. 그래서 다시 수색이 시작되었는데, 찾는 일은 바샤가 그리샤의 손에서 등불을 뺏어 제자리에 갖다 두기 전까지 계속되었다. 그리샤는 어둠 속에서도 찾는 일을 멈추지 않았던 것이다.

그러나 마침내 코페이카를 찾아냈다. 노름꾼들은 식탁에 앉아 게임을 계속하고 싶어 했다.

"소냐가 자고 있는데!" 알료샤가 말했다.

소냐는 곱슬곱슬한 머리를 팔 위에 얹은 채 달콤하고 평온한 모습으로 마치 한 시간 전에 잠든 것처럼 곤히 잠들어 있었다. 다른 아이들이 코페이카 동전을 찾는 동안에 그녀는 스르르 잠들어 버린 것이다.

"엄마 침대로 가서 누워 자!" 아냐가 그녀를 식당에서 데리고 나가면서 말했다.

"가자!"

모두들 몰려나가며 그녀를 데려갔는데, 어떻든 5분쯤 지나자 엄마의 침대 위에는 볼만한 광경이 전개되었다. 소냐가 잠들어 있고, 그녀 옆에는 알료샤가 코를 골고 있었다. 그리고 그들의 다리를 베고서 그리샤와 아냐가 잠들어 있다. 여기에 때마침 엉거주춤하게 끼어서 자고 있는 식모 아들인 안드레이도 있었다. 아이들의 주변엔 새로운 게임이 있을 때까지는 쓸모가 없어진 코페이카들이 하릴없이 나뒹굴고 있었다.

부디 편안한 밤이 되기를!

반카

반카는 아홉 살 먹은 사내아이였다. 3개월 전부터 제화공 알랴힌 밑에서 일을 배우고 있었다. 크리스마스 전날 밤, 반카는 잠자리에 들지 않고 제화공 식구들과 다른 견습공들이 미사를 드리러 갈 때까지 기다렸다.

모두들 떠나고 집안이 조용해지자 그는 꺼내온 잉크와 펜, 그리고 구겨진 종이한 장을 앞에다 놓은 채 편지를 쓰기 시작했다. 첫 글자를 쓰기 전 반카는 몇 번이고 겁먹은 눈으로 출입문과 창문 쪽을 흘끗 쳐다보았다. 선반 위 구두모형의 틀앞에 놓인 어두운 성화를 곁눈질하다가 한숨을 내쉬기도 했다. 의자 위에 종이를 펴놓고 반카는 그 앞에 무릎을 꿇고 앉아서 편지를 써 내려갔다.

사랑하는 할아버지께, 성탄을 축하드려요. 신의 은총이 할아버지께 내리시길 빕니다.
엄마도 아빠도 없는 제게는 오직 할아버지 한 분만 남아계세요.

반카는 어두운 창문을 바라보았다. 촛불이 반사되어 어른거리는 가운데 지주지바레프 댁의 야간 경비원으로 일하시는 할아버지의 모습이 뚜렷이 떠올랐다. 할아버지는 체구가 작고 여위긴 했지만 예순다섯 살의 노인답지 않게 몸놀림이 민첩하고 활기찼다. 언제나 웃는 얼굴에 술에 취한 눈빛이었다. 낮에는 북적거리는 부엌 한 귀퉁이에서 잠을 자거나 요리사 아줌마들과 농담하며 시간을 보내다 밤이 되면 헐렁한 외투를 걸쳐 입고 나무막대기로 딱딱 소리를 내면서 저택 주위를 순찰하며 돌아다녔다. 늙은 개 '카쉬탄카'와 약삭빠른 수캐 '미꾸라지' 녀석이 할아버지 뒤를 따라다녔다. 미꾸라지란 이름은 검은 색의 길쭉한 몸매 때문에 붙여진 것이었다. 미꾸라지는 말을 고분고분 잘 들었고, 잘 아는 사람이나 낯선 사람 모두 잘 따랐지만 믿음이 가지 않는 녀석이었다. 그의 순종 뒤에는 교활함이 숨어 있었던 것이다. 살금살금 다가가 다리를 물어뜯는다거나 지하실로 숨어들어가 농부의 암탉을 훔쳐내는 일에는 미꾸라지와 상대할만한 개가 없었다. 뒷다리가 부러진 것만도 여러 번이었고 두어 번쯤 거꾸로 매달려 혼쭐이 나기도 했다. 일주일이 멀다하고 초죽음이 되도록 언어맞아도 미꾸라지는 언제나 팔팔하게 살아났다.

'지금쯤 할아버지는 문 앞에 서서 형형색색으로 밝혀진 교회 창문을 바라보며 눈살을 찌푸리고 계시겠지. 장화 신은 발을 건들거리며 다른 하인들과 어울려 우스갯소리를 하고 계실 거야. 허리에는 늘 그렇듯이 막대기가 매달려 있고, 추위로 곱은 손을 연신 비벼가며 낄낄거리다가는 하녀나 요리사를 슬쩍 꼬집을지도 몰라.

"냄새 한번 맡아보시겠소?"

할아버지는 아줌마들에게 코담뱃갑을 내밀기도 한다. 냄새를 맡은 아줌마들은 재채기를 해댄다. 그러면 할아버지는 재미있어 어쩔 줄 몰라 하며 배를 잡고 웃으신다.

개들에게도 코담배 냄새를 맡게 한다. 카쉬탄카는 재채기를 하고 고개를 절레절레 흔들고는 기분 나쁜 듯 한쪽 구석으로 물러난다. 미꾸라지는 억지로 재채기를 참고 꼬리를 쳐대겠지.

날씨는 또 얼마나 좋은지 몰라. 대기는 고요하고 신선해. 어두운 밤에도 하얀 지붕과 굴뚝에서 솟아오르는 연기, 서리 내린 은빛 나무들, 그리고 눈 더미까지 모두 훤히 보이니까. 하늘은 즐겁게 반짝이는 별들로 가득하고 은하수는 크리스마스를 맞아 눈으로 적셔 닦아낸 것처럼 무척이나 선명할거고······.'

반카는 한숨을 내쉬더니 다시 펜에 잉크를 찍어 써내려갔다.

어제는 주인아저씨가 저를 막 때렸어요. 주인댁 아기 요람을 흔들다가 깜박 잠이 들었거든요. 그랬더니 제 머리채를 잡고 마당까지 질질 끌고 나가 가죽 끈으로 사정없이 때리지 않겠어요, 또 지난주에는 주인아줌마가 청어를 손질하라고 하시길래 꼬리부터 다듬기 시작했더니 아줌마는 청어를 집어 들고서 청어 대가리로 제 얼굴을 쿡쿡 찔러댔어요.

견습공들도 저를 아주 업신여겨요. 술집에서 보드카를 사오라는 심부름을 시키고, 또 주인댁에서 오이도 훔쳐갖고 오라고 억지로 시켰어요. 그러자 주인은 닥치는 대로 저를 때렸어요. 먹는 것도 형편없어요. 아침은 빵 한 쪽, 점심은 옥수수죽, 그리고 저녁은 다시 빵이지요. 차나 수프 같은 건 주인댁 식구들만 게걸스럽게 먹는 답니다.

제 잠자리는 건초 위예요. 하지만 주인댁 아기가 울면 요람을 흔들어주어야 하니 제대로 잘 수가 없어요.

사랑하는 할아버지, 제발 저를 시골집으로 다시 데려가 주세요. 여기서는 배울 것이 아무것도 없어요. 무릎을 꿇고 빌게요. 여기서 저를 데려가 주세요. 그렇지 않으면 전 죽고 말 거예요.

반카는 더러운 손으로 눈가를 닦아내며 훌쩍거렸다.

제가 담뱃잎도 잘게 부숴드릴게요. 기도도 드리고요. 혹시라도 제가 잘못한 게 있다면 얼마든지 저를 때려주세요. 제가 할 수 있는 일이 없다곤 생각하지 마세요. 관리인 아저씨 장화를 닦을 수도 있고 페드카 대신 양치기를 해도 좋아요.

보고 싶은 할아버지, 여기서는 아무런 희망이 없어요. 죽는 일밖에는요. 당장 시골로 달려가고 싶지만 장화도 없고 얼어 죽을까봐 겁이 나요.

제가 어른이 되면 할아버지를 잘 보살펴드릴게요. 아무도 할아버지를 함부로 대하지 못하도록 하겠어요. 그리고 할아버지가 돌아가시고 나면 엄마가 돌아가셨을 때 그랬던 것처럼 할아버지의 안식을 위해 기도드릴 거예요.

모스크바는 정말 큰 도시예요. 집들은 모두 지주댁만큼이나 커요. 말(馬)은 많지만 양(羊)은 없어요. 개들도 착해요. 여기 아이들은 별이 뜨고 나면 밖에 돌아다니지 않아요. 교회 성가대석에선 아무나 가서 노래 부르지 못하게 되어 있어요.

한번은 상점 진열장에서 줄이 달린 낚시 바늘을 보았어요. 아주 좋은 낚시 바늘인데 어떤 건 1푸드*가 넘는 메기도 잡을 수 있을 정도예요. 또 귀족 나리의 것과 비슷하게 생긴 여러 가지 권총을 파는 가게도 보았어요. 글쎄 한 자루에 백 루블도 더 받는데요.

고깃간에는 멧닭도 있고 들꿩, 토끼까지 있어요. 그걸 다 어디서 잡은 거냐고 물어보았지만 아무도 대답해주지 않았어요.

사랑하는 할아버지, 주인댁에서 성탄나무 장식을 하면 금박 입힌 호두를 하나 제 몫으로 떼어 초록색 상자에 넣어주세요. 올가 아줌마에게 반카의 몫을 챙겨달라고 말씀하시면 될 거예요.

반카는 한숨을 내쉬며 다시 창문 쪽을 쳐다보았다. 주인댁 성탄나무를 베러 숲에 갈 때면 할아버지는 늘 손자를 데리고 다녔다. 그럴 때는 정말 얼마나 즐거웠는지 모른다! 할아버지가 소리를 치면 차가운 바람도 큰 소리를 내었고, 그런 광경을 바라보며 반카 역시 신이 나서 소리를 질러댔다. 나무를 베기 전 할아버지는 담배를 피우시고 오랫동안 코담배 냄새를 맡으며 새빨갛게 언 반카를 놀려대곤 하셨다……

---

* 러시아의 옛날 중량단위. 약 18kg

서리를 뒤집어쓴 어린 전나무들은 꼼짝 않고 서서 누가 베어져 죽게 될지 기다리는 것 같았다. 갑자기 눈더미 사이에서 산토끼 한 마리가 나타나 쏜살같이 달아난다. 그러면 할아버지는 고함을 지르셨다.

"잡아라, 잡아! 저런, 꼬리는 짧은 녀석이 빠르기도 하군!"

할아버지가 성탄나무를 베어 주인댁에 가져다놓고 나면 장식이 시작되었다. 반카가 좋아하는 올가 아줌마가 신경을 가장 많이 쓰며 바쁘게 움직였다. 반카의 엄마 펠라게야가 죽기 전 주인댁 하녀로 일하고 있을 때, 올가 아줌마는 반카에게 사탕도 갖다 주고 짬이 날 때면 읽고 쓰기, 100까지 숫자 세기, 심지어는 춤추는 법까지 가르쳐주었다. 하지만 엄마가 돌아가시고 고아가 된 반카는 부엌의 할아버지에게로 밀려났고 마침내 모스크바의 제화공 알랴힌에게 보내진 것이다.

제발 와서 저를 데려가주세요. 제발……. 고아인 저를 불쌍히 여겨주세요. 모두들 저를 때리기만 해요. 전 항상 배가 무척 고파요. 서러운 것은 말할 것도 없고요. 입만 열면 울음이 나오는 걸요. 얼마 전에는 주인아저씨에게 각목으로 머리를 맞는 바람에 간신히 정신이 들었을 정도예요. 제 생활은 개만도 못해요.

알료나, 애꾸눈 에고르카와 마부 아저씨에게도 안부 전해주세요. 그리고 제 아코디언은 아무에게도 주시면 안 돼요. 사랑하는 할아버지, 저를 데리러 어서 와주세요.

반카는 편지를 반으로 접어 전날 사놓은 봉투에 넣었다. 잠시 궁리를 하다가 펜에 잉크를 적셔 주소를 썼다.

'시골에 계신 할아버지에게'

그는 머리를 긁적거리며 다시 생각을 하더니 '콘스탄친 마카르이치'라고 덧붙였다. 편지를 쓰는 동안 아무런 방해도 받지 않은 것에 만족스러웠다. 반카는 모자를 쓰고 외투도 걸치지 않은 채 셔츠 바람으로 거리로 뛰어나갔다.

편지를 우체통에 넣으면 술 취한 마부가 끄는 우편 마차가 종을 울리며 그 편지를 세상 어디라도 배달해준다는 이야기를 고깃간 사람들이 해주었다. 반카는 가장 가까운 우체통으로 뛰어 가 그 소중한 편지를 집어넣었다. 한 시간쯤 지나 반카는 달콤한 기대에 차서 깊이 잠들었다…….

꿈속에 커다란 벽난로가 보인다. 난로 옆에는 할아버지가 앉아 요리사 아줌마들에게 편지를 읽어준다. 난로 주위로 약삭빠른 수캐 미꾸라지가 꼬리를 흔들며 돌아다닌다.

그리샤

그리샤는 2년하고도 8개월 전에 태어난 작고 포동포동하게 생긴 남자아이로 유모와 같이 가로수 길을 산책하고 있었다. 그 애는 몸 전체를 감싸는 후드가 달린 솜 외투를 입고 목도리와 털로 된 단추가 달린 커다란 모자, 그리고 따뜻한 덧신을 신고 있었다. 그러니 아이는 무겁고 답답했을 뿐만 아니라, 거기다가 한껏 달아오른 3월의 햇볕까지 곧장 그의 눈으로 쏟아져 들어와 눈꺼풀을 깜박거리게 했다.

겁을 먹은 채 주저하면서 걸음을 내딛는 그의 모습은 전체적으로 굼떠보여서 몹시 망설이고 있다는 느낌이 들었다.

지금까지 그리샤는 오직 단 하나, 4각형의 세계만을 알고 있었다. 그 세계의 한쪽 구석에는 그의 침대가 있고, 다른 구석엔 유모가 사용하는 상자, 세 번째에는 탁자가 있으며, 네 번째 구석엔 현수등이 켜져 있다. 만일 시선을 침대 밑으로 돌린다면, 팔이 부러진 인형과 북을 볼 수 있을 것이다. 유모의 상자 뒤편에는 다양한 물건들이 꽤 많이 있다. 말하자면, 실꾸리와 종이 조각, 뚜껑이 없는 상자갑과 부서진 피에로 말이다. 이런 세계로 그리샤와 유모말고도 엄마와 고양이가 자주 드나들었다. 엄마는 인형을 닮았고, 고양이는 아빠의 모피외투를 닮았는데, 단지 모피외투에는 눈과 꼬리가 없을 뿐이다. 아기방이라고 부르는 이 세계는 문을 통해서 차를 마시고 식사를 하는 공간으로 이어져 있다. 거기엔 그리샤의 다리가 긴 의자가 놓여있고 시계가 걸려있지만, 시계는 단지 시계추를 흔들고 종을 치기 위해 존재할 뿐이었다. 식당에서는 붉은색 안락의자가 놓인 방으로 들어갈 수 있다. 그 곳의 카펫에 생긴 얼룩은 검게 변했는데, 지금까지도 그 너머에서 보이는 손가락들이 그리샤를 놀라게 한다. 이 방의 건너편에는 들어갈 수 없는 또 다른 방이 있는데, 가끔 아빠가 나타나곤 한다. 아빠는 가장 이해하기 힘든 수수께끼같은 인물이다! 그렇지만 유모와 엄마에 대해선 잘 알고 있다. 왜냐하면 그들은 그리샤에게 옷을 입혀주고 밥을 먹여주며, 잠을 잘 수 있도록 눕혀주기도 하니까. 그러나 아빠가 있어야하는 이유는 알 수가 없다. 또 다른 수수께끼의 인물이 있는데 그리샤에게 북을 선물해 준 아줌마라는 인물이다. 그녀는 불쑥 나타났다가 돌연 사라지기도 했다. 그녀는 어디로 사라지는 걸까? 그래서 그리샤가 침대 밑과 상자 뒷편, 그리고 소파 밑을 들여다 본 적이 한두 번이 아니다. 하지만 거기에도 그녀는 없었다……

햇빛이 눈을 찔러대는 바로 이 새로운 세계엔 아빠와 엄마, 아줌마가 얼마나 많은지, 대체 누구에게 안아달라고 해야 할 지 알 수 없을 정도다. 하지만 가장 이상하고 엉터리인 건 말들이다. 그리샤는 말들의 다리가 움직이는 것을 보면서 아무것도 이해 할 수 없었다. 그는 자신의 궁금증을 해결해주었으면 해서 유모를 바라보았지만, 그녀는 잠자코 있었다.

돌연 그는 위협적인 발소리들을 들었다……. 가로수길을 따라 한 떼의 병사들이 발맞추어 행진하고 있었다. 그들은 붉게 상기된 얼굴로 겨드랑이에는 사우나용 벤닉*을 끼고서 곧장 그를 향해 걸어오고 있었다. 그리샤는 온통 공포로 얼어붙어서 미심쩍은 눈초리로 유모를 바라보았다. '안 위험한 거야?' 하지만 유모는 뛰어다니지도 울지도 않았다. 즉, 위험하지 않다는 것이다. 그리샤는 눈으로 병

---

* 사우나에 쓰는 마사지 도구인데 여러 가지 효험이 있는 나무로 만든다.

사들을 보내고서 자기도 스스로 박자를 맞추어 행진하기 시작했다.

가로수 길을 지나 커다란 고양이 두 마리가 달려가고 있었다. 길쭉한 얼굴에 혀를 빼물고서 꼬리는 위로 치켜세운 고양이들이다. 그리샤는 자기도 똑같이 달려야 한다는 생각이 들자 고양이를 쫓아 달렸다.

"거기 서!" 유모가 소리치며 그의 어깨를 거칠게 휘어잡았다. "어딜 가니? 누가 제멋대로 굴래?"

저쪽에는 어떤 다른 유모가 앉아서 귤이 담겨 있는 통을 들고 있다. 그리샤는 그녀의 곁을 지나가다가 말없이 귤 하나를 집었다.

"얘가 대체 왜 이래?" 그의 유모가 소리치며 그의 손을 때렸고, 귤을 빼앗아갔다. "바보!"

이제 그리샤는 자기 발아래서 현수등처럼 반짝거리는 판유리 조각을 기꺼이 집어 들고 싶었지만, 또 다시 손을 얻어맞을까 봐 두려웠다.

"안녕하십니까!" 돌연 그리샤는 거의 바로 귀 위편에서 누군가의 우렁차고 성량이 풍부한 목소리를 들으며, 큰 키에 반짝이는 단추를 달고 있는 사람을 쳐다보았다.

그 사람은 유모에게 손을 내밀었고 그녀와 같이 멈춰서 이야기를 나누기 시작했는데, 그런 모습이 그리샤를 만족스럽게 했다.

태양의 광채와 사람들이 내는 소음, 말들 그리고 반짝이는 단추들, 이 모든 것이 그리샤의 마음을 만족감으로 가득 채워주었고, 새로운 것들에게 웃음이 터질 만큼 놀라웠으며, 그다지 무섭지도 않았다.

"가자! 가자!" 그는 반짝이는 단추를 단 사람의 소매를 잡아당기며 소리쳤다.

"어디로 갈려고?" 그 사람이 물었다.

"가자!" 그리샤는 고집을 피웠다.

그는 아빠와 엄마, 그리고 고양이를 같이 데리고 가는 것도 꽤 괜찮을거라고 말하고 싶었지만, 혀는 전혀 딴 판으로 굴러갔다.

유모는 얼마 지나지 않아 가로수 길에서 방향을 틀더니, 아직도 눈이 쌓인 커다란 정원으로 그리샤를 데리고 들어갔다. 그러자 반짝이는 단추를 단 사내도 역시 그들을 따라왔다. 그들은 눈덩어리들과 웅덩이들을 주의해서 피해갔고, 그 다음에는 지저분하고 어두운 계단을 따라 방으로 들어갔다. 그곳에는 연기가 자욱했고 구운 음식 냄새가 났는데, 어떤 여자가 화덕 근처에 서서 햄버그스테이크를 익히고 있었다. 유모는 요리하는 여자와 서로 입을 맞추더니, 그 여자와 함께 긴 의자에 앉아서 소곤소곤 이야기하기 시작했다. 옷을 두르고 있던 그리샤는 참을 수 없을 만큼 덥고 갑갑해졌다.

'대체 여긴 왜 온 걸까?' 그는 주위를 둘러보며 생각했다.

그리고 그는 시커먼 천장과 두 개의 뿔이 달린 부지깽이, 그리고 커다랗고 검은 구멍처럼 보이는 벽난로를 보았다…….

"엄—마—아!" 그가 길게 늘이며 말했다.

"알았다, 알았다, 알았어!" 유모가 소리쳤다. "조금만 기다려!"

요리하는 여자는 술병과 두 개의 술잔, 그리고 파이를 탁자에 올려놓았다. 두 여자와 반짝이는 단추를 단 사람은 몇 차례 건배를 하며 마셨고, 유모와 여자요리사를 껴안았다. 다음엔 셋이서 조용히 노래를 부르기 시작했다.

그리샤가 파이 있는 쪽으로 걸어가자 그에게 조그만 파이조각을 주었다. 그는 그것을 먹으면서 유모가 마시고 있는 것을 쳐다보았다……. 그도 똑같이 마시고 싶었기 때문이었다.

"줘! 유모, 줘!" 그가 유모를 졸랐다.

요리사는 자기 잔을 기울여 살짝 맛보게 해주었다. 그러자 그는 눈을 동그랗게 뜬 채 인상을 찌푸렸고, 그후로도 오랫동안 팔을 내저었다. 요리사는 그를 보더니 마구 웃어댔다.

그리샤는 집으로 돌아와서 엄마에게, 사방의 벽들에게, 그리고 침대에게 이야기를 건네기 시작했다. 자신이 어디에 갔다 왔으며, 무엇을 보았는지 말이다. 그는 입으로 말을 한다기보다는 얼굴과 손으로 말하고 있었다. 그는 태양은 어떻게 빛을 내고 있었고, 말은 어떻게 달렸으며, 무시무시한 벽난로가 활활 타오르는 모습, 그리고 여자요리사가 술을 마시는 모습을 보여주었다…….

저녁에 아이는 아무리해도 잠을 이룰 수가 없었다. 마사지도구인 벤닉을 끼고 있던 병사들과 큼직한 고양이들, 말, 판유리 조각, 그리고 귤이 들어있던 통과 반짝거리는 단추. 이 모든 것들이 한꺼번에 몰려와서 그의 머리를 꽉 내리누르고 있었기 때문이다. 그는 몸을 이리저리 뒤척이면서 중얼거리다가, 마침내 달아오르는 신열을 참지 못하고 울기 시작했다.

"열이 있네!" 엄마가 그의 이마에 손바닥을 대더니 말했다. "대체 어쩌다가 이렇게 되었니?"

"벽난로!" 그리샤가 울었다. "여기서 벽난로가 가버렸어!"

"탈이 난 게 분명하구나……." 엄마는 생각했다.

그리고 이번에 경험한 새로운 삶에 대한 강한 인상 때문에 혼란스러워진 그리샤는 엄마에게서 아주까리기름*을 한 숟가락 받아먹었다.

---

* 아주까리씨에서 짜내는데, 완화제, 관장제, 등잔용 기름, 머리 기름 등으로 사용한다.

이반 마트베이치

저녁 6시. 저명한 러시아 학자들 가운데 한 분(우린 그를 그저 '학자'라고 부르기로 하자)이 자기 서재에 앉아서 신경질적으로 손톱을 물어뜯고 있었다.

"날 진짜 뭘로 알고 있는 거야!" 그는 시시때때로 시계를 들여다보며 말했다. "다른 사람의 시간과 일에는 안중에도 없다 이거로군. 여기가 영국이었으면 이 따위 녀석은 땡전 한 푼도 못 벌고 굶어 죽었을 거다! 그래, 기다려보자고, 오기만 해봐라……."

학자는 자신의 분노와 초조함을 어느 곳에라도 쏟아내야겠다고 생각하며 아내의 방문으로 다가가서 문을 두드렸다.

"내 얘기 좀 들어봐, 카챠." 그는 분노로 끓어오른 목소리로 말했다. "표트르 다닐리이치를 만나거들랑 교양인들은 이런 식으로는 일 처리를 하지 않는다고 전해 줘! 이게 무슨 짓이냐 말이야! 글쎄, 대필자를 추천해주었는데, 도대체 어떤 녀석인지도 모르고 추천해준 거잖아! 새파란 젊은 녀석이 매일같이 두 시간, 세 시간씩 꼬박꼬박 늦는단 말이야. 그래, 이게 대필자로 일하겠다는 녀석이야? 나의 두 세 시간은 다른 사람의 2~3년 보다 가치가 있다고! 녀석이 오면, 개를 대하듯이 욕설을 퍼부어 줄 거야. 돈은 무슨……. 확 내쫓아버릴 테니까! 그딴 족속하고는 상종하면 안 돼!"

"당신은 날마다 그렇게 말씀하시지만, 그 앤 매일같이 빨빨거리며 잘만 다니던 걸요."

"오늘에야말로 결심했어. 내가 그 애 때문에 잃은 것은 이미 충분해. 사과부터 할게, 그래도 난 녀석한테 쌍 욕을 해야겠어, 개처럼 욕할 거라고!"

그리고 드디어 마침 현관종소리가 울렸다. 학자는 굳어진 얼굴로 자세를 바로 잡고 고개를 제자리로 획 젖힌 후에 현관으로 나갔다. 벌써 현관의 외투걸이 옆에는 아르바이트 대필자인 이반 마트베이치가 서 있었다. 그는 18살의 청년으로 꼭 계란 형태의 타원형 얼굴에 수염은 없었고, 입고 다니던 후줄근한 외투에 덧신은 신지 않은 채였다. 그는 숨을 헐떡이면서 볼품없는 큼지막한 구두를 현관 매트에 열심히 닦아대고 있었고, 거기에다가 하얀 무릎 양말이 비치는 구두의 구멍을 하녀에게서 감추느라고 애쓰고 있었다. 그는 학자를 발견하자 한량없이 늘어터지고 조금은 우둔해 보이는 미소를 지었는데, 그것은 딱 어린아이나 아주 순해빠진 사람에게서나 나오는 그런 미소였다.

"아, 안녕하세요." 그가 축축하고 큼직한 손을 내밀며 말했다. "어떠세요, 목은 나으셨어요?"

"이반 마트베이치 군!" 학자는 깍지를 낀 채 뒤로 물러나며 분노에 찬 떨리는 목소리로 말했다.

"이반 마트베이치 군!"

그리곤 학자는 대필자에게 달려들더니 그의 어깨를 움켜쥐고 거칠게 흔들어대기 시작했다.

"자네는 나랑 뭘하자는 건가?!" 그는 격하게 말했다. "자네란 사람은 지독히 꼴도 보기 싫은 사람이야. 나랑 뭘하자는 거냐고! 자네 나를 놀리나? 비웃는 거야? 그런 거야?"

이반 마트베이치의 얼굴에서 채 가시지 않은 미소로 보아 그는 전혀 다른 태도를 기대하고 있었던 것 같았다. 그래서인지 격분에 찬 학자의 얼굴을 본 그의 타원형 얼굴인상은 더욱 멍한 표정이 되고 입은 경악한 채 벌어졌다.

"왜…… 왜 이러세요?" 그가 물었다.

"자넨 그걸 몰라서 묻나!" 학자가 두 손을 맞잡았다. "내게 시간이 얼마나 소중한지 알면서도, 이렇게나 늦게 오지 않나! 자넨 2시간이나 늦었단 말일세!…… 하늘 무서운 줄 알아야지!"

"지금 제가 집에서 오는 길이 아니라서요." 이반 마트베이치는 주저주저하면서 목도리를 풀며 웅얼거렸다. "숙모님의 명명일이라 거길 갔었는데, 숙모님은 여기서 육 킬로미터 떨어진 거리에 살고 계세요……. 제가 집에서 나오는 길이었다면, 뭐, 그 땐 얘기가 다르지만요."

"이반 마트베이치 군, 생각을 좀 해보란 말일세, 자네의 행동이 앞뒤가 맞다고 보나? 여기서는 해야 할 일이 있고, 또 일은 시급한데, 그런데 자네는 명명일이라고 아주머니 댁이나 놀러 다니고 있으니 말이야! 허어, 그 놈의 목도리나 좀 빨리 벗게! 그만, 이것도 못 봐 주겠네!"

학자는 또 다시 대필자에게 달려들어 목도리 푸는 것을 도와주었다.

"무슨 여인네들처럼……. 자, 가세!…… 빨리, 가세나!"

이반 마트베이치는 동그랗게 뭉쳐진 더러운 손수건에 코를 풀고 또 연한 잿빛의 너저분한 정장 재킷의 옷매무새를 바로 고치면서 홀과 응접실을 지나서 서재로 들어갔다. 그 곳엔 오래 전부터 그를 위한 모든 것이, 탁자와 종이, 그리고 심지어는 궐련까지 준비되어 있었다.

"앉게, 앉아." 학자가 조급하게 손을 비비며 재촉해댔다. "자넨 정말 답 없는 사람일세……. 일이 급한 걸 알고 있으면서도, 이렇게나 늦어버리니 말이야. 부득이하게 욕을 하게 되잖나. 자, 받아 적게……. 우리가 어디까지 했더라?"

이반 마트베이치는 들쑥날쑥하게 깎은 그 뻣뻣한 머리칼을 정리하고선 펜을 들었다. 학자는 방의 끝에서 끝으로 왔다 갔다 하면서 생각을 하며 내용을 부르기 시작했다.

"요점은 바로 그것…… 쉼표…… 몇몇의, 말하자면, 주된 양식들을…… 쓰고 있나? 주된 양식들이 유일하게 그 원리의 핵심에 의해 설명된다는 것에 있으며…… 쉼표……. 그것들은 주된 양식 안에서 표현되고 또 그 안에서만 구현될 수 있다. 다음 줄로 넘겨서…… 거기에는 물론, 마침표가 있어야지. 가장 대표적으론 자주성들이 그러한 양식들을 대표하는…… 그러한 양식들의 특징인데, 이는 정치적이라기보다는…… 쉼표……. 사회적인 성격을 띠고 있다."

"요새 중학교 교복이 바뀌었데요……. 회색으로요……." 이반 마트베이치가 말했다. "제가 공부할 때는 더 좋았죠. 제복들을 입고 다녔으니까요."

"허어, 자, 이제 계속해서 받아 적게!" 학자는 화를 냈다. "때문에…… 다 썼나? 민족적인 관습의 확립이 아니라 정부의 활동을 위한 제 설비에 관련된 방침들에 대해 거론해야 한다…… 쉼표하고……, 빼놓지 말아야 할 점은 이들을 구분 짓는 것이 '자신의 양식만이 지닌 민족성'이라는 것이다. 강조한 마지막 단어들은 인용부에 넣고……. 에 – 에…… 또……, 자넨 중학교에 대해 무슨 이야기를 하려고 하지 않았나?"

"저희 때는 다른 교복을 입고 다녔다는 얘기요."

"아…… 그런가…… 자네는 중학교 과정을 그만 둔지 꽤 됐지?"

"어제 말씀 드렸던 게 그건데요! 제가 펜을 놓은 지 벌써 3년째에요……. 3학년을 다니다가 자퇴했죠."

"어쩌다 공부를 관두게 된 건가?" 학자는 이반 마트베이치가 쓴 필사본을 훑어보며 말했다.

"가정 형편상 그렇게 됐지요."

"이반 마트베이치 군, 또 자네에게 말해두지만! 자네는 언제쯤이나 글줄을 늘려 쓰는 그 버릇을 고칠 텐가? 글 한 줄에 40자 미만은 안 된다고 했잖나!"

"그럼, 제가 이걸 지금 일부러 그랬다고 하시는 거예요?" 이반 마트베이치는 속상해했다. "대신 다른 줄에 40자 이상 쓰면 되잖아요……. 직접 세어 보세요. 제가 글자를 늘려 썼다고 생각되시면 봉급을 깎으셔도 상관없으니까요."

"허−어, 지금 그런 얘기가 아니잖나! 자넨 정말 무례하군……. 정말, 자넨 무슨 일만 생기면 당장 돈을 걸고넘어지는데, 중요한 건, 정확성이란 말일세, 이반 마트베이치 군, 정확성이 중요하다고! 자네는 꼼꼼하다는 말에 익숙해져야 한단 말이야."

하녀가 쟁반에 차 두 잔과 건빵이 든 소쿠리를 들고 서재로 들어오자…… 이반 마트베이치는 눈치도 없이 양손으로 컵 하나를 쥐고서 곧바로 마시기 시작했다. 차는 굉장히 뜨거운 상태였다. 그는 입을 데지 않으려고 애써 잔 모금으로 들이켰고, 그리고서 건빵 하나를 집어먹었다. 그리고 또 하나, 그리고 또 하나, 그리곤 수줍은 듯이 학자를 곁눈질해서 보며 네 번째로 건빵에 조심스레 손을 뻗었다……. 대필자의 목젖으로 음식물이 넘어가는 커다란 소리와 맛나게 음식을 씹어대는 소리, 치켜 올라간 눈썹 아래로 드러난 식탐 가득한 표정이 학자의 마음속을 긁어놓았다.

"빨리…… 먹게나, 시간은 귀중하니까."

"불러주세요. 전 마시면서, 쓰면서 한꺼번에 할 수 있어요……. 사실대로 말씀드리자면, 배가 고팠던 참이에요."

"게다가 자네는 걸어 다니잖아!"

"그렇죠……. 날씨가 완전히 엉망이었어요! 우리 고장은 이맘때면 벌써 봄 내음이 나는데……. 사방의 웅덩이에서는 눈이 녹아내리죠……."

"그럼, 자네는 남부지방 사람이로군?"

"돈 강 유역에서 왔어요……. 그 쪽엔 3월이면 완연한 봄이에요. 여기는 영하여서 모두들 털외투를 입고 다니지만, 거기선 새 풀들이 돋아나지요······. 어딜 가도 습기라곤 없어서 심지어는 타란툴라*도 잡을 수 있어요."

"타란툴라는 뭣 하러 잡는 건가?"

"왜냐하면······ 할 일이 없어서죠······." 이반 마트베이치는 말하고선 한숨을 쉬었다. "잡고 있자면 재미있어요. 실에다가 수지 덩어리를 걸어서 녀석의 굴에다 내려뜨리죠. 수지 덩어리로 타란툴라의 등을 툭툭 건드리면, 요 멍청한 녀석이, 글쎄, 화가 나서는 발로 덩어리를 꽉 붙잡죠. 그러면 걸려든 거에요······. 우리가 걔네를 어떻게 했는지 아세요? 걔네들을 한 대야 가득 차게 채워놓고는, 보통 거기에다가 낙타거미**를 풀어놓았죠."

"낙타거미라면 뭘 말하는 건가?"

"꼭 타란툴라랑 비슷한 종으로 그런 거미가 있어요. 녀석이 싸우면 혼자서 타란툴라 100마리를 죽이죠."

"흠 –그래······ 그나저나 마저 쓰세나······ 우리가 어디까지 했더라?"

학자는 스무 줄 정도를 더 불렀고, 그 다음에는 앉아서 이것저것 궁리하고 있었다.

그가 생각에 잠겨있는 동안에 이반 마트베이치는 앉은 채 목을 빼고서 와이셔츠의 옷깃을 정리하려고 애썼다. 넥타이는 떠 있었고 소매단추들은 떨어져 있었으며 옷깃은 시시때때로 퍼졌다.

"흠, 그래······." 학자가 말했다. "그럼, 이반 마트베이치군, 아직 일자리는 못 구한건가?"

"구하지 못했어요. 자리가 있어야 말이죠. 전, 알고 계실지 모르지만, 자원입

---

* 큰땅거밋과의 거미를 통틀어 이르는 말. 무서워 보이나 독성은 약하며 아메리카 중남부와 아프리카 등지에 산다.

** 솔리푸게 : 낙타거미는 중동과 아프리카 사막 지역에 살고 있으며 주로 전갈이나 도마뱀, 작은 새 등을 잡아먹는다. 게다가 때로는 자신보다 큰 동물을 공격하기도 한다.

대를 하기로 했어요. 아버지는 약국의 일자리를 알아보라고 하시지만요."

"음, 그래……. 대학교를 갔으면 더 좋았을 텐데. 시험이 어렵다곤 해도, 인내와 끈기를 가지고 공부하면 합격할 수 있지. 공부하게, 책도 더 많이 읽고……, 책은 좀 읽나?"

"솔직히 말하면, 아니요……." 이반 마트베이치는 여송연에 불을 붙이면서 말했다.

"투르게네프 책은 읽어봤지?"

"아 ─아뇨……."

"그럼 고골은?"

"고골 말인가요? 음!…… 고골이라면……. 아니요, 안 읽어봤어요!"

"이반 마트베이치군! 좀 무안해지지 않나? 아이고, 맙소사! 자넨 이렇게나 젊고 유망하고, 그 안엔 빛나는 재능도 많은데, 근데 뜬금없이…… 고골을 아직도 못 읽어 봤다니! 읽어오도록 하게! 내가 자네에게 빌려줌세! 꼭 읽게! 아니면 한 판 붙게 될 걸세!"

또 다시 침묵이 찾아왔다. 학자는 푹신한 침상소파에 상반신을 기댄 채 생각에 잠겼다. 이반 마트베이치는 옷깃은 내버려 둔 채 자기 구두에 온 신경을 쏟았다. 다리에 붙어있던 눈이 녹아서 제법 큰 물웅덩이 두 개가 고여 있는 걸 그는 눈치조차 채지 못했다. 그는 무안해졌다.

"오늘은 무슨 이유인지 진척이 잘 안 되는군……." 학자는 중얼거렸다. "이반 마트베이치 군, 자네는 새 잡는 것도 좋아할 테지?"

"그건 가을에 하지요……. 여기에선 안 하구요. 저기, 집 있는 데서 항상 잡았죠."

"그런가…… 좋구먼. 어쨌든 계속 받아 적어야 해."

학자가 망설임 없이 몸을 일으키고서 불러주기 시작했다. 하지만 열 줄을 부르고 나자, 그는 다시 침상소파에 앉았다.

"이미 틀린 것 같군, 분명히 이렇게 내일 아침까지 지지부진할거야." 그가 말했다. "내일 아침에 오거나, 조금 빨리, 아침 열 시경에, 부디 자네를 늦지 않도록 하늘이 도와주길 바라네."

이반 마트베이치는 펜을 내려놓았고 책상에서 일어나 건너편 의자에 앉았다. 5분가량이 침묵 속에서 흘러가자, 그는 이제 용무가 없으니 가야 할 때가 된 것 같다는 생각이 들기 시작했다. 하지만 학자의 서재는 너무나도 밝고 따뜻했으며, 안락했다. 거기에다가 달콤한 차와 유지가 들어간 건빵의 감촉이 생생해서, 집에 대한 생각을 조금이라도 떠올리려고 하면 심장이 오그라들 정도였다. 집은 가난했고 배고팠으며 추웠다. 아버지는 불평이 많아 야단칠 뿐이었다. 하지만 여기는 평온하고 조용한데다, 심지어는 타란툴라나 새에 대한 그의 이야기에 귀를 기울여주기까지 하지 않았던가.

학자는 시계를 들여다보고는 책을 펼쳐 들었다.

"그러면 제게 고골 책을 주시는 건가요?" 이반 마트베이치가 몸을 일으키며 말했다.

"주지, 주겠네, 그런데 이 친구야, 자넨 어딜 가려고 그렇게 서두르는 건가? 좀 더 있게, 뭐라도 얘기해 보세."

이반 마트베이치는 다시 앉아 헤벌쭉하게 웃었다. 거의 매일 저녁이면 그는 이 서재에 앉아있었고 그때마다 학자의 시선과 목소리에선 어딘가 유난히 포근하고, 마치 혈연처럼 친숙한 기분을 느끼곤 했다. 이따금은 그런 때도 있었다. 학자가 그에게 익숙해져 보이는 투정을 부린다거나, 만일 그가 지각한 것에 대해 욕을 해 대기라도 하면, 그건, 단지 학자가 그의 타란툴라나 돈 강에서 꾀꼬리 새끼를 잡는 등의 이야기가 듣고 싶어서 그러는 듯한 기분이 드는, 그런 때 말이다.

도시근교에서의 하루

단막극

아침 10시.

어두운 납빛을 띤 큰 햇무리가 태양을 향해 흘러가고 있었다. 햇무리 안에선 이따금씩 여기저기에서 붉은색을 두른 번갯불 줄기가 번쩍거렸다. 그러자 사방에서는 지축을 뒤흔드는 천둥소리가 멀리에서부터 들려왔다. 포근한 바람은 풀잎을 스치면서 나무들을 흔들어대며 먼지를 일으키고 있었다. 바야흐로 5월의 비가 내리면서 본격적인 뇌우가 시작되려 하고 있었다.

여섯 살 먹은 계집애 표클라는 마을을 뛰어다니며 제화공 테렌치를 찾고 있었다. 은발머리에 신발도 신지 않은 이 거지 아이는 얼굴이 창백했다. 계집애의 눈은 동그랗게 뜬 채였고 입술을 떨고 있었다.

"아저씨, 테렌치 아저씨 어디 있어요?"

"채소밭에 있던데." 실란티가 대답했다.

거지아이는 통나무집들 너머의 채소밭으로 달려갔고, 거기서 테렌치를 찾아냈다. 제화공인 테렌치는 야윈 데다 얽은 얼굴에 다리가 몹시 길쭉한 키 큰 노인이다. 그는 밭이랑 근처에서 아내의 가디건을 입은 채 맨발로 서서, 취기가 있는 흐릿하고 조그만 눈으로 어둑어둑한 먹구름을 바라보고 있었다. 그는 두루미와 똑같이 닮은 길쭉한 다리로 서서는 찌르레기 둥지라도 되는 양 바람에 흔들거리고 있었다.

"테렌치 아저씨!" 은발머리의 거지 여자애가 그를 향해 갔다. "우리 아저씨!"

테렌치가 표클라에게로 몸을 돌리자 취기 도는 그의 근엄한 얼굴엔 금세 미소가 환하게 피어올랐다. 일반적으로 사람들이 자기 앞에 있는 무언가 조그맣고 우스꽝스러우며 엉터리 같지만 마음 깊이 사랑하는 대상을 바라볼 때면 짓게 마련인 그런 미소 말이다.

"응, 으응…… 주님의 종인 표클라로구나!" 그가 부드럽게 발음을 만들어내며 말했다. "여기는 무슨 일이지?"

"테렌치 아저씨." 표클라는 흐느껴 울면서 제화공의 의복 앞깃을 잡아당겼다. "다닐카 오빠한테 큰 일이 생겼어요! 같이 가요!"

"뭐가 그렇게 큰일인데? 어-어흠, 천둥소리가 요란하구나! 거룩하고, 거룩하신 주님이시여……. 무슨 일이야?"

"다닐카가 백작님의 산림지에서 옹이구멍에다 팔을 집어넣었는데, 빼내지를 못 하고 있어요. 가요, 아저씨, 다닐카의 팔 좀 빼 주세요, 제발!"

"걔는 도대체 어떻게 손을 집어넣었다지? 무엇 때문에?"

"옹이구멍에서 뻐꾸기 알을 꺼내어 내게 주려고 했어요."

"아직 해가 중천에 걸리지도 않았는데, 너희는 벌써부터 일을 저질렀구나……." 테렌치는 고개를 이리저리 꺾으면서 천천히 침을 뱉었다. "그럼, 인제 니랑 내랑 어찌해야 쓸꼬? 가봐야 것제……. 암, 가보아야지……. 개구쟁이 녀석들, 너희들은 늑대가 물어갈 줄 알아! 가자, 이 호로 자식아!"

테렌치는 채소밭에서 내려와 그 긴 다리를 성큼성큼 내딛으며 길을 따라 가기 시작했다. 그는 마치 뒤에서 등을 떠밀리고 있거나 혹은 추격을 당해 쫓기기라도 하듯이 옆을 돌아보거나 발걸음을 멈추지도 않고 빠르게 걸었고, 거지 여자애 표클라는 그의 꽁무니를 간신히 쫓아갔다.

이 두 배회자는 마을을 벗어나서 먼지투성이의 도로 위를 따라 저 멀리 푸르러 보이는 백작의 산림지로 향했다. 그 곳까지는 약 2킬로미터 가량 되었다. 벌써 먹구름들은 햇님을 가리기 시작했고, 곧 하늘엔 파란빛을 띠고 있는 조그만 공간조차 남지 않게 되었다. 그리곤 금세 하늘이 어두워졌다.

"거룩하고 거룩하신 주님." 표클라가 속삭이며 테렌치를 쫓아 발걸음을 재촉했다.

첫 번째 빗방울들은 먼지 가득한 도로 위에다 크고 묵직한 검은 점들을 찍어댔다. 커다란 빗방울은 표클라의 뺨에 떨어지자 눈물이 되어 턱 가장자리를 타고 흘러내렸다.

"비가 내리는군!" 제화공이 뼈가 불거진 맨발로 먼지를 헤집으며 중얼거렸다. "이건 주님 덕분이란다. 우리 표클라야. 우리가 빵을 먹듯이 풀과 나무들도 비를 먹고 사는 거란다. 불쌍한 것, 벼락에 맞을까봐 걱정하지는 마라. 이렇게나 조그만 네가 무슨 일을 저질렀다고 죽이겠니?"

비가 내리자 바람은 잠잠해졌다. 마치 조그만 파편이 떨어지듯이 내리는 비들만 어린 호밀과 메마른 도로 위에 떨어지며 와글거렸다.

"표클루슈까*야, 우리는 흠뻑 젖게 생겼구나!" 테렌치가 중얼거렸다. "안 젖은 곳이 없겠어…… 허 -, 허, 애야! 목까지 젖었어! 바보 같이 굴긴, 그래도 무서워할 건 없단다……. 곧 풀도 마를 거고 땅도 마를 거니까, 너와 나도 마를 게다. 이 모든 것을 위해서 태양은 존재하는 거란다."

이 떠돌이들의 머리 위에 길이가 2사젠(1사젠 = 2.134ᴍ)쯤 되는 번개가 번쩍거리자, 으르렁거리는 우레 소리가 울려 퍼졌다. 표클라의 생각에는 하늘에 크고 무거운, 둥그런 무언가가 굴러다니며 마치 자기 머리 바로 윗편의 하늘을 뚫어대고 있는 것만 같았다.

---

* 표클라의 애칭.

"거룩하고 거룩하신 주님……." 테렌치가 성호를 그었다. "부모없는 불쌍한 것, 무서워하지 마라! 천둥 치는 건 악의가 있어서 그러는 게 아니란다."

제화공과 표클라의 다리엔 무겁고 질척한 진흙덩어리가 가득 들러붙었다. 걷는 걸음은 힘겹고 미끄러웠지만 테렌치 아저씨는 계속 더 빠르게, 빨리만 나아갔다……. 허약한 체질의 거지 여자애는 숨을 헐떡거리며 겨우 몸을 가누고 있었다.

하지만 드디어 백작의 산림지에 그들은 발을 들여놓았다. 몰아치는 돌풍에 시달린 나무들은 깨끗하게 목욕한 채로 젖어있었고, 그들에게 억수 같은 빗줄기가 한 가득히 뿌려대었다. 테렌치는 나무 그루터기에 발이 걸리자 그 후로는 조용히 걷기 시작했다.

"다닐카가 여기 어디에 있다는 게냐?" 그가 물었다. "그 애한테 가자!"

표클라가 그를 숲이 우거진 곳으로 데려가더니, 250 미터 쯤 지나서 다닐카가 있는 방향을 가리켰다. 소녀의 오빠는 여덟 살 먹은 조그만 체구의 소년으로 꼭 황토처럼 불그스름한 머리에 창백하고 병약한 얼굴을 하고 있었다. 그는 나무에 기대고 서서는 고개를 삐뚜름하게 숙인 채 곁눈으로 하늘을 올려다보고 있었다. 그의 한 손은 걸치고 다니는 너저분한 모자를 쥐고 있었고, 또 다른 손은 늙은 보리수나무 옹이구멍에 쏙 들어가 있었다. 소년은 으르렁거리는 하늘을 말끄러미 쳐다보고 있었는데, 아마도 자신의 일에 대해선 별로 신경을 쓰고 있는 것 같지 않았다. 그는 발소리를 듣고 알아보는 눈치였으며 제화공을 발견하자, 희미한 미소를 지은 채 이렇게 말했다.

"테렌치 아저씨, 세상에, 천둥소리가 엄청나게 울리네요! 전 태어나서 이런 거 처음 봤어요……. "

"네 팔은 어디에 뒀니?"

"옹이구멍에요……. 테렌치 아저씨, 제발, 팔 좀 빼 주세요!"

옹이구멍의 귀퉁이가 꺾인 채로 다닐카의 팔을 꽉 누르고 있었다. 그래서 팔을 더 집어넣을 수는 있겠지만 다시 빼내기란 도저히 불가능했다. 테렌치는 파편조 각들을 꺾어 내고서, 빨갛게 자국이 남아있는 소년의 팔을 빼내주었다.

"천둥이 얼마나 요란한지!" 소년이 팔을 긁적이면서 다시 말했다. "있잖아요, 테렌치 아저씨, 천둥은 왜 치는 거예요?"

"먹구름이 먹구름을 향해 돌진하면 말이다. 그렇게 되는 거란다……." 제화공 이 말했다.

떠돌이들은 울창한 숲을 빠져 나와서 숲의 가장자리를 따라 어둠이 깔린 도로 쪽을 향해 걸었다. 천둥은 점점 잦아들고 있어서, 사방에서 울리던 천둥소리는 이미 저 멀리 마을 쪽에서나 들려왔다.

"여기 말에요, 테렌치 아저씨, 얼마 전에 오리들이 지나갔어요……." 다닐카가 계속해서 팔을 긁적거리면서 말했다. "분명히 질척거리는 하천지역인 '그닐리예 자이미샤' 늪지로 날아갔을 거예요. 표클라, 꾀꼬리 둥지를 보고 싶지 않니? 내가 보여줄까?"

"건드리지 말아라, 싫어할 게야…" 테렌치 아저씨가 모자에서 물을 짜내며 말 했다. "꾀꼬리라는 새는 찬가를 부르는 순결한 새란다……. 그 목에서 나는 목소 리는 하느님을 찬양하고 인간에게 기쁨을 주기 위해 물려받은 거야. 그런 새를 괴 롭히는 건 죄를 짓는 거란다."

"참새는요?"

"참새는 괜찮고말고, 교활하고 나쁜 새거든. 그 머릿속엔 좀도둑 같은 생각들 이 들어있고, 인간에게 이득이 되는 건 싫어하지. 그리스도를 십자가에 매달 때 에 참새는 유대인들에게 못을 날라 주며 이렇게 소리쳤단다. '살아있어, 살아있 어!'"

하늘에서는 맑은 하늘빛을 띤 점 하나가 드러났다.

"저거 좀 봐라!" 테렌치 아저씨가 말했다. "개미집이 풍비박산 났구나! 요 교활한 것들이 물에 잠긴 거야!"

떠돌이 일행은 개미집 위로 몸을 숙여 보았다. 소나기가 개미들의 집을 씻어내 버린 것이다. 그래서 개미들은 허둥지둥 진창 위를 재빠르게 오가며 물에 빠진 친구들을 구하느라 분주하게 주변을 서성거렸다.

"걱정할 것 없다, 죽진 않을 거야!" 제화공이 싱글거렸다. "햇님이 내리쬐기만 하면, 곧장 제정신을 차릴 테니 말이다……. 이런 바보들아, 너희 개미들에게 이번 일은 교훈이 될 게야. 다음번엔 낮은 곳에다 집을 짓지 마라……."

그들은 다시 길을 떠났다.

"여기 꿀벌이 있어요!" 다닐카는 소리를 지르며 어린 참나무의 나뭇가지 쪽을 가리켰다.

이 나뭇가지 위엔 몸이 흠뻑 젖어 차가워진 꿀벌들이 서로 다닥다닥 엉겨 붙어 있었다. 그 수가 얼마나 많은지 나무껍질과 잎사귀들이 벌들로 뒤덮여 보이지 않을 정도였다. 거기에는 수많은 벌들이 서로서로 엉켜 붙어있었다.

"이건 꿀벌떼로군," 테렌치가 알려주었다. "떼를 지어 날아다니다가 자리를 잡은 것이지. 거기에서 빗물을 얻어맞곤 저렇게 내려앉았군. 만일 꿀벌 떼가 날아오거든. 그 땐 물만 뿌려주면 된단다. 그럼, 내려앉을 거야. 이제 쟤네들을 잡으려면 어떻게 해야 할지 알려 주마, 그 땐 자루에다가 나뭇가지 채로 떨어뜨려놓고 흔들어대는 거란다. 그러면 벌들이 죄다 우수수 나가떨어지지."

조그만 표클라가 갑자기 얼굴을 찌푸리고는 목을 벅벅 긁어댔다. 오빠는 소녀의 목을 바라보다가 거기에 커다란 물집이 생긴 것을 발견했다.

"헤ㅡ헤!" 제화공이 웃어댔다. "우리 표클라야, 무얼하다가 이런 불상사가 생겼는지 아니? 산림지엔 어느 나무에나 물집청가리가 앉아있단다. 녀석들한테서 진물이 나오는데 그게 네 목에 떨어진 거야. 그래서 바로 물집이 생긴 거지."

구름 뒤편에서 태양이 얼굴을 방긋이 내밀자 따뜻한 햇볕이 숲과 평야, 그리고 우리의 떠돌이 일행을 한껏 비추었다. 거무스레한 먹구름들은 벌써 저 멀리 뇌우를 데리고 떠나버렸고, 대기는 포근해지면서 향기를 내뿜고 있었다. 허니 클로버와 은방울꽃, 마하레브 벚꽃의 향내음이 풍겨왔다.*

"이건 코피가 날 때 쓰면 약효가 있단다." 테렌치는 잔털이 나있는 곳을 가리키며 말했다. "암, 도움이 되고말고……."

기적 소리와 우레 소리가 들려왔으나, 우레 소리는 방금 먹구름들이 몰고 가버린 그런 소리가 아니었다. 테렌치와 다닐카, 그리고 표클라의 눈앞에서 화물열차가 달려 지나갔던 것이다. 기관차는 숨을 몰아쉬고 검은 연기를 내뿜으면서도 뒤에 스무 개 가량의 객실을 끌고 가고 있었다. 기관차의 힘은 놀라웠다. 아이들은 기관차란 것이 살아있지도 않고 말들이 끄는 것도 아니면서 어떻게 저렇게나 무거운 짐들을 끌고서 움직일 수 있는지 알고 싶어 했기에, 테렌치도 아이들에게 설명을 해주려고 했다.

"잘 들어, 얘들아, 저건 모든 게 수증기 때문이란다……. 증기가 움직이게 만드는 거지……. 그래서 증기는 저것을 밑에서 내뿜으며, 바퀴 근처에서 돌려대며 가는 건데, 그건 그 저어…… 이걸…… 그래서 움직이는 거야……."

떠돌이 일행은 철로를 건넌 다음 제방을 내려와 강 쪽으로 향했다. 그들은 무슨 볼일이 있어서 가는 것이 아니고, 그저 발길이 닿는 대로 가는 동안에 줄곧 이야기를 하면서 걸었다. 다닐카가 물어보고, 테렌치는 대답해 주었다.

테렌치는 모든 질문에 대답해 주었는데, 자연 속에는 그의 고개를 갸웃거리게 할 만한 비밀 따윈 없었다. 그는 모든 것을 죄다 알고 있었다. 그는 모든 야생의 풀들과 동물, 광석의 이름을 알고 있었다. 그는 어떤 풀이 병을 고쳐주는지 알고 있었으며 말이나 젖소가 몇 살 먹었는지 금방 알아 맞혔다. 그는 일몰과 달 그

---

* 밀원이 되는 식물로는 유채 · 메밀 · 싸리나무 · 아카시아 · 밤나무 · 감나무 · 밀감나무 · 클로버 · 자주개자리 등이 있다.

리고 새를 바라보기만 해도 내일은 날씨가 어떻게 될 것인지 알 수 있었다. 게다가 그렇게 똑똑한 사람은 테렌치 뿐만이 아니었다. 실란티 실리이치 씨와 술집 주인, 채소밭 주인과 목동, 마을 사람들은 모두 테렌치가 아는 만큼은 대충 알고 있었다. 그들은 책을 보고 공부해서 안 것이 아니라 숲과 들에서, 그리고 강변에서 배웠던 것이다. 그들이 새들의 노랫소리를 들을 때는 새들이, 태양이 지면서 그 뒤에 남긴 적자색의 노을을 볼 때는 태양이, 그리고 풀과 나무들이 직접 그들을 가르쳤다.

다닐카는 테렌치 아저씨를 바라보며 그가 하는 말 한 마디, 한 마디에 열중하면서 빠져들었다. 황금빛의 5월 딱정벌레와 두루미들, 이삭이 맺히고 있는 알곡들과 졸졸대는 시냇물…… 아직 온기와 들판의 하나같은 향초가 싫증나지 않은, 모든 것이 새롭고 상쾌한 기분에 흠뻑 젖은 봄날에 누가 이런 이야기들에 귀를 기울이지 않을 수 있을까?

제화공과 고아 소년은 들판을 걸으면서 하나 같이 지치지도 않는지 끊임없이 이야기를 이어나갔다. 그들은 이 세상을 끝없이 걷고 싶어 했다. 그들이 걸으면서, 대지란 얼마나 아름다운가를 이야기할 때면, 그들의 발자국을 따라 종종 걸음 치며 쫓아오는 허약한 꼬마 거지 여자애는 안중에도 없었다. 여자애는 발걸음이 무거워지고 숨이 막혀왔다. 눈물이 눈가에 글썽글썽한 계집아이는 이 지칠 줄 모르는 떠돌이 일행을 내팽개치고 싶은 마음이었지만, 어디로, 또 누구한테 갈 수 있단 말인가? 여자아이에겐 집도 가족도 없었다. 싫든 좋든 간에 발걸음을 떼어야 했고 이야기를 들어야 했다.

한낮이 되기 전에 세 사람은 강변에 앉았다. 다닐카가 물을 먹어 흐물흐물해진 빵 조각을 자루에서 꺼내자 떠돌이 일행은 허겁지겁 먹기 시작했다. 빵으로 끼니를 때운 테렌치 아저씨는 하느님에게 기도를 올리고서 잠시 눈을 붙이려고 모래가 가득 깔려있는 강변에서 몸을 눕혔다. 그가 잠든 사이에 소년은 강을 바라보며 생각했다. 소년의 머릿속엔 여러 가지 상념으로 가득 찼다. 뇌우와 꿀벌들, 개미들과 열차를 방금 전에 보았던 것이다. 이젠 그의 눈앞에는 잔챙이들이 얼굴을 내밀고 있었다. 어떤 물고기들은 1베르쇼크(4.445cm)정도보다 좀더 큰 것도 있었지만, 다른 물고기들은 손톱보다 크지 않았다. 물뱀이 고개를 쳐든 채 이리저리로 헤엄치고 있었다.

저녁이 되어서야 우리 떠돌이 일행은 마을로 돌아갔다. 아이들은 전에 공동으로 곡물을 모아두던 버려진 헛간에서 밤을 지새우러 갔으며, 테렌치 아저씨는 아이들과 헤어지자 술집으로 발걸음을 향했다. 아이들은 벼짚단 위에서 서로 꼭 껴안은 채로 누워서 졸았다.

소년은 자지 않고 어둠 속을 응시하고 있었다. 먹구름들과 또렷한 태양, 새들과 잔챙이들, 그리고 호리호리하고 키 큰 테렌치 아저씨, 소년은 낮에 보았던 모든 것들이 한꺼번에 눈앞에 몰려드는 것 같은 생각이 들었다. 깊은 인상과 감동들로 머리속이 가득 차자 당연히 따라오는 결과처럼 피로감과 허기가 밀려들었다. 그의 몸은 불덩이처럼 뜨거운 열에 달아올라서 이리저리 뒤척여댔다. 소년은 지금 어둠 속에서 떠오르는 환영들과 그의 마음을 심란하게 하는 것들을 모두 누구에게라도 털어놓고 싶었지만, 이야기를 나눌 사람이 아무도 없었다. 표클라는 아직 어려서 이해할 수 없을 것이다. '내일 기회를 봐서 테렌치 아저씨에게 이야기해봐야지'하고 소년은 생각했다.

아이들은 집 없는 제화공에 대해 생각하며 잠이 들었다. 밤이 되자 테렌치 아저씨가 찾아와 그들에게 성호를 그어준 다음 머리맡에 약간의 빵을 내려놓았다. 그를 본 사람은 아무도 없었다. 단지 하늘을 떠다니며 구멍이 뚫린 지붕 너머로 부드럽게 스며들던 달님 외에는.

하찮은 일

뻬쩨르부르그에 집을 두고 종종 경마장에 나타나 모습을 보이는 니콜라이 일리이치 벨라예프는 서른 두 살쯤 된 젊은이로 살이 찐 몸집에 얼굴에는 혈기가 돌았다. 저녁 무렵에 그는 어쩐 일인지 이르나나 부인의 댁, 다시 말해 그가 관계를 맺고 있는, 혹은 그의 말마따나 지루한 로맨스를 장기간 지속하고 있는 올가 이바노브나의 집에 들렀다. 실제로 이 로맨스의 첫 장은 흥미진진하고 열성적이었으나, 그 페이지들이 모두 넘어가는 데는 그리 오랜 시간이 걸리지 않았다. 이제 페이지는 늘어지고 또 처져서 아무런 참신한 맛이나 감흥을 주지 못했다.

집에 올가 이바노브나가 없다는 걸 알고 우리의 주인공은 응접실의 침상소파에 드러누워서 기다리기 시작했다.

"니콜라이 일리이치 씨, 멋진 저녁이예요!" 그는 아이의 목소리를 들었다. "엄마는 지금 곧 오실 거예요, 소냐랑 재단사에게 가셨거든요."

똑같은 응접실의 소파에 올가 이바노브나의 아들인 알료샤가 누워있었던 것이다. 알료샤는 여덟 살쯤 된 소년으로 날씬한 체형을 지닌 응석받이였는데, 최근 유행하고 있는 벨벳 재킷에 검은 무릎의 긴 양말을 신고 있었다. 아이는 공단*
베개 위에 몸을 뉘인 채, 때로는 한 쪽다리를, 때로는 다른 쪽 다리를 위로 쳐들고

---

* 두껍고, 무늬는 없지만 윤기가 도는 고급 비단.

있었는데, 얼마 전에 서커스에서 본 곡예사의 흉내를 내면서 따라하는 게 분명했다. 그는 말쑥한 다리들이 아파올 때면 팔을 사용하거나, 혹은 곧장 돌발적으로 뛰어올랐고, 네 발로 선 채 거꾸로 서려고 애썼다. 소년은 매우 진지한 모습으로 이런 행동을 모두 하면서 괴로운 듯이 숨을 헐떡거렸는데, 마치 자신조차도 하느님이 이런 형편없는 육체를 주신 것에 대해 마뜩치 않게 생각하는 것 같은 표정이었다.

"여~어, 꼬마친구, 잘 있었나!" 벨라예프가 말했다. "바로 너로구나? 나는 네가 있는지 낌새조차 알아채지 못했단다. 엄마는 별 일 없으시니?"

알료샤는 오른손으로 왼쪽 양말의 끝부분을 잡고서 어색하기 그지없는 자세를 취하고 있다가, 방향을 틀고서 폴짝 뛰어올라 털이 달린 커다란 전등 갓 너머로 벨라예프를 바라보았다.

"뭐라고 말씀드려야 할까요?" 그는 이렇게 말하고선 어깨를 으쓱거렸다. "콕 집어 말하자면, 분명히 엄마는 한 번도 몸 성할 날이 없었으니까요. 엄마는 여자잖아요, 그리고 여자들은 말이죠, 니콜라이 일리이치 씨, 어딘가가 항상 아프잖아요."

벨라예프는 하릴없이 알료샤의 얼굴을 들여다보기 시작했다. 이전에, 그가 올가 이바노브나와 알게 된 이후로 소년에게 관심을 기울인 적은 한 번도 없었고, 아이의 존재에 대해서도 전혀 눈치 채지 못하고 있었다. 소년이 무엇 때문에 자기 눈앞에서 얼쩡거리며 여기에 있으며, 또 무슨 역할을 하고 있는지를, 무슨 이유인지는 모르지만 그는 별로 생각하고 싶지 않았던 것이다.

저녁 무렵의 황혼에 잠긴 알료샤의 얼굴, 아이의 창백한 이마와 움직임이 없는 검은 눈동자가 벨라예프의 눈에 들어왔고, 그 얼굴은 불현듯 로맨스의 첫 장에 있었던 올가 이바노브나, 그녀를 떠올리게 했다. 그는 이 소년을 쓰다듬어 주고 싶어졌다.

"요 녀석, 이리로 와 보렴!" 그가 말했다. "어디, 가까이서 좀 보게 해주라."

소년은 소파에서 뛰어올라 벨라예프에게로 달려왔다.

"어때?" 니콜라이 일리이치는 아이의 가냘픈 어깨에 손을 얹고서 운을 떼었다. "어때, 살만 하니?"

"뭐라고 말씀드려야 할까요? 전에는 훨씬 살기 좋았죠."

"왜?"

"별거 아니에요! 전에는 소냐랑 저랑 음악하고 독서만 하면 됐는데, 이제는 프랑스 시를 공부해야 하니까요. 그런데 아저씨는 이발하신지 얼마 안되었군요."

"응, 얼마 안 되었어."

"내 그럴 줄 알았어요. 아저씨 턱수염이 짧아졌거든요. 제가 좀 만져봐도 될까요……. 안 아파요?"

"아니, 안 아파."

"왜 그런 거죠? 털 하나만 잡아당겨도 아픈데, 여러 개를 당겨도 눈꼽만큼도 안 아픈가요? 헤! 헤! 그거 아세요, 볼수염은 괜히 자르신 것 같아요. 여긴 이렇게 면도가 되어 있지만, 옆쪽에서 보면……. 여긴 이렇게 털이 나있잖아요."

소년은 벨라예프에게 달라붙어서 그의 시계 줄을 갖고 놀기 시작했다.

"내가 중학교에 들어가면요." 소년이 말했다. "엄마가 내게 시계를 사주실 거예요. 그럼, 나는 꼭 이런 시계 줄을 사달라고 엄마한테 조를 거예요…… 우와― 초상화 목걸이, 멋있다! 아빠에게도 꼭 이런 초상화 목걸이가 있는데, 단지 아저씨 것엔 여기 줄무늬가 있고, 아빠 것엔 글자가 있다는 것만 달라요……. 그 속에는 엄마 초상화가 있고요. 그리고 아빠는 이제 사슬로 된 시계 줄이 아니라 리본으로 된 걸 사용하세요……."

"그건 어떻게 알았니? 아빠를 만나는 모양이구나?"

"저요? 음…… 아니에요! 난……."

알료샤는 얼굴이 빨개졌다가, 거짓말한 게 드러나자 앞뒤 없이 허둥지둥하며 손톱으로 초상화 목걸이를 열심히 긁기 시작했다. 벨라예프는 아이의 얼굴을 유심히 바라보고는 이렇게 물어보았다.

"아빠를 만나는구나?"

"아…… 아니에요!"

"아니야, 솔직하게, 정직하게 말해보렴. 네 얼굴에 거짓말하고 있다고 빤히 쓰여있는 걸. 무심코 말해버렸다면, 여기서 뭘 더 숨길 게 있겠니. 말해봐, 만나는 거지? 빨리, 우린 친하잖아!"

알료샤는 우물쭈물했다.

"그럼, 엄마한테는 말 안하는 거죠?" 그가 말했다.

"두 말하면 잔소리지!"

"맹세해요?"

"맹세할게."

"하느님 앞에서요!"

"어휴, 언제까지 이럴 거니! 너 날 못 믿는 거야?"

알료샤는 뒤를 한 번 돌아보고는 눈을 크게 뜬 채 속삭이기 시작했다.

"제발 부탁이니 엄마한테는 말하지 마세요……. 그리고 절대 누구한테도 말하지 말아주세요, 이건 비밀이란 말이에요. 엄마가 아시는 날에는 큰일 나요, 그러면 나랑 소냐, 펠라게야도 혼나게 될 거예요……. 그럼, 이야기하자면요, 나하고 소냐는 매주 화요일이랑 금요일에 아빠랑 만나요. 펠라게야가 점심 식사 전에 우리랑 산책하러 나가면, 그럼 우리는 과자가게 '애플'에 들르거든요. 그리고 거기엔 아빠가 앉아서 우리를 기다리고 있어요……. 아빠는 항상 따로 방에 앉아 있는데요, 거기에는 말이죠, 이만한 대리석 탁자와 그 위에 등이 없는 거위 모양의 재떨이가 있어요……."

"너희는 거기서 뭘 하니?"

"아무것도 안 해요! 먼저 인사를 나누고 그 다음에는 모두 탁자에 앉는데, 아빠는 커피와 피로그* 조각들을 나눠주기 시작해요. 소냐, 애는 말이죠, 고기를 다져 넣은 피로그를 먹는데, 전 고기 들어간 건 정말로 싫어요! 저는 계란과 양배추를 넣은 것이 좋아요. 그 다음엔 점심을 먹어야 하니까, 엄마가 눈치채지 못 할 정도로만 배부르게 먹는데, 우리는 최대한 많이 먹으려고 해요."

"거기서는 무슨 얘기를 하니?"

"아빠하구요? 이것저것 모두 이야기해요. 아빠는 뽀뽀를 해주거나, 안아주거나, 여러 가지 웃기는 이야기들을 해줘요. 아빠는 말이죠, 우리가 크면 아빠 집으로 우리를 데려갈 거라고 했어요. 소냐는 싫다지만, 나는 좋아요. 물론, 엄마 생각이 날 거예요, 하지만 난 엄마한테 편지를 쓸 거예요! 좀 이상한 거 같아요, 아니면 휴일엔 매번 엄마를 보러 다닐 수도 있잖아요. 안 그래요? 게다가 아빠가 이렇게도 말했어요, 나한테 말을 사주실 거래요. 아빠는 최고로 멋진 사람이에요! 저는 알 수 없는 게, 왜 이렇게 엄마는 아빠랑 따로 살고, 우리를 아빠랑 만나지 못하게 하느냐는 거예요. 아빠는 엄마를 굉장히 사랑하는 게 분명해요. 항상 엄마의 건강이나 뭐하고 지내시는 지 물어보거든요. 엄마가 아프기라도 하면, 아빠는 막 이~ 이렇게 머리를 감싸안고, 그리고는 마구 서성거리세요, 또 서성대면서 계속에서 우리가 엄마 말을 잘 듣고 공경해야 한다고 당부를 하세요. 궁금한 게 있는데, 정말로 우리가 불행한 아이들인가요?"

"흠…… 왜 그렇게 생각하니?"

"아빠가 그랬어요. '너희는 말이다, 불행한 애들이야' 라고 말했어요. 그 말을 들으니 기분이 조금 이상하기까지 했어요. '너희는' 이렇게 말했어요, '불행한 아이들이란다, 나도 불행하고 너희 엄마도 불행해. 하느님께 기도를 드려라.' 아빠

---

* 러시아산 파이.

는 그러셨어요. '너희를 위해서도, 엄마를 위해서도.'"

알료샤는 조류 박제상에 시선을 멈추고서는 생각에 잠겼다.

"그랬~군……." 벨라예프가 중얼거렸다. "그러니까 너희들은 말이야, 그러니까 그런 거군. 과자가게에서 모임을 갖는구나. 엄마는 모르고 계시고?"

"모르~시죠……. 어떻게 알아내겠어요? 펠라게야는 무슨 일이 있어도 절대 말 안 할거구요. 그제는 아빠가 배를 갖다 줬어요. 꼭 잼처럼 달았어요! 난 두 개나 먹었지룽."

"음…… 그럼, 저기 말이다…… 아빠가 나에 대해 이야기하신 건 아무것도 없었니?"

"아저씨에 대해서요? 뭐라고 말해야 하지?"

알료샤는 호기심 가득한 눈으로 벨라예프의 얼굴을 바라보다가 어깨를 으쓱거렸다.

"이야기한 건 별로 없어요."

"예를 들어서 말이야, 무슨 말을 했는데?"

"화내시지 않을 거예요?"

"또, 그 이야기를 하는군! 정말 그가 나를 욕한 거니?"

"욕을 하진 않았지만요, 아실지 모르지만…… 아저씨에게 화를 냈어요. 아빠가 그러셨어요, 엄마가 아저씨를 만난 이후로 불행해졌다고, 그리고 아저씨가…… 엄마를 다 망쳐놓았다고 했어요. 아빠도 뭔가 이상한 게 분명해요! 제가 아빠한테 아저씨는 좋은 사람이고, 엄마한테 한 번도 큰소리 친 적 없다고 설명을 해주었는데도, 아빠는 그저 고개만 내저어요."

"그러면 역시, 아빠는, 내가 엄마를 다 망쳐놓았다고 말한 거로군?"

"맞아요. 화내지 마세요, 니콜라이 일리이치 아저씨!"

벨라예프는 몸을 일으켰고, 잠깐 서 있다가는 응접실을 크게 돌며 서성거렸다.

"그것 참 이상한 일이야, 그리고…… 웃기는 일이고!" 그는 어깨를 으쓱거리며 비웃듯이 미소를 지으면서 중얼거리기 시작했다. "잘못은 자기가 다 저질러놓고는, 그리곤 바로 내가 모든 걸 다 망쳐놓았다, 이거지? 대단해, 이런 순진한 어린 양이 있나. 역시 아빠가 너에게, 내가 너희 엄마를 다 망쳐놨다고 말했다는 말이지?"

"맞아요, 하지만…… 아저씨가 화내지 않을 거라고, 그렇게 분명히 말하셨잖아요!"

"난 화 안 났어, 그리고…… 그리고 네가 신경 쓸 일도 아니고! 아니지, 이건…… 이건 웃기기까지 하는군! 이거 내가 뒤통수를 맞았어, 나쁜 짓을 한 게 나라는 사람으로 되어있다니 말야!"

현관 종소리가 들렸다. 소년은 그 자리에서 뛰어올라서 저 쪽으로 달려가 버렸다. 일 분 뒤엔 응접실로 작은 소녀와 함께 알료샤의 엄마인, 올가 이바노브나 부인이 들어왔다. 알료샤는 그녀의 꽁무니를 깡충깡충 뛰면서 뒤따라 다니며, 팔을 이리저리 흔들면서 큰 소리로 노래를 부르고 있었다. 벨라예프는 고개를 끄덕이고는 계속해서 서성거렸다.

"그렇지, 이제 와서 내가 아니라면, 누구를 비난하겠어?" 그가 콧김을 내뿜으며 중얼거렸다. "그 말이 맞아! 그는 남편으로서 모욕을 당했으니!"

"그건 대체 무슨 소리에요?" 올가 이바노브나가 물었다.

"무슨 소리냐고요?…… 당신의 고결하신 서방님이 무슨 말씀을 설파하셨는지, 좀 들어보시지요! 나는 비열한 놈에 악당이고, 당신과 애들까지 다 망쳐놓은 장본인이 되어버렸단 말이오. 자기네는 죄다 불행을 안고 있는데, 오직 나 하나 만이 무지하게 행복하단 말씀이지! 굉장히, 무척 행복하단 말이오!"

"니콜라이, 난 무슨 말인지 이해하지 못하겠네요."

"그럼. 여기 젊은 신사의 얘기를 좀 들어보시지!" 벨라예프가 이렇게 말하고는 알료샤를 가리켰다.

알료샤는 얼굴이 붉어졌다가, 다음에는 돌연 창백해져서 질린 얼굴로 변했다. 아이의 얼굴은 경악으로 온통 일그러졌다.

"니콜라이 일리이치 아저씨!" 그가 소리 높여 속삭였다. "쉬이이!"

올가 이바노브나는 놀라서 알료샤에게 시선을 보내다가, 벨라예프에게, 다음엔 다시 알료샤에게로 향했다.

"자아, 물어봐요!" 벨라예프가 말을 이었다. "당신의 펠라게야, 이 답없는 골통이 얘네를 과자가게에 데려다 주면서 아빠하고 밀회를 주선하셨더군. 하지만 문제는 그게 아니야, 문제는 말이지, 지 아빠는 수난자이고, 나는 악당에다가 당신네 한 쌍의 인생을 산산조각 내버린 건달이라고 생각하는 게 문제라고……."

"니콜라이 일리이치 아저씨!" 알료샤가 끙끙거리며 말했다. "저한테 분명히 맹세했잖아요!"

"야야, 집어치워!" 벨라예프가 손을 내저었다. "지금 이게 그 따위 맹세보다 훨씬 중요하단 말이야. 나에게 거짓말하고, 위선적인 짓을 하는데도 가만히 있으라니!"

"모르겠군요!" 올가 이바노브나가 내뱉었다. 그녀의 눈가엔 눈물이 반짝이기 시작했다. "알료샤." 그녀가 아들에게로 몸을 돌리며 말했다. "너 아빠하고 만나니?"

알료샤는 엄마의 말이 들리지 않은 듯, 겁에 질린 채 벨라예프를 바라보았다.

"그럴 리가 없어!" 엄마가 말했다. "펠라게야에게 물어보러 가야겠다."

올가 이바노브나는 나가버렸다.

"아저씨는 맹세한다고, 분명히 그랬잖아요!" 알료사는 온 몸을 벌벌 떨며 내뱉었다.

벨라에프는 소년을 내버려둔 채 계속 서성거렸다. 그는 스스로 울화가 치밀어

올라오고 있었고, 이미 예전처럼 소년의 존재에 대해 까마득히 잊은 채였다. 그에게는, 어른이자 심각한 그에게는 이미 꼬마 따윈 안중에도 없었던 것이다. 알료샤는 구석에 눌러앉아서 겁에 질린 채 소냐에게 전말을 이야기해주었다. 소년이 어떻게 기만을 당했는지 말이다. 그는 떨면서 말을 더듬거렸고 눈물을 흘렸다. 이렇게 난폭한 거짓과 얼굴을 맞댄 채 직면한 것은 소년의 생애에 처음이었다. 일찍이 그는 이 세상에, 달콤한 배와 피로그 조각들, 그리고 값비싼 시계 외에도 어린이의 말로는 이름을 붙일 수 없는 많은 다른 것들도 존재한다는 사실을 알게 된 적이 한 번도 없었기 때문이다.

성주간 전날 밤

"파벨 바실리이치!" 펠라게야 이바노브나가 남편을 깨웠다. "파벨 바실리이치! 스초파 좀 봐줘요, 애가 교과서를 붙잡고 앉아서 울고 있는 게 또 뭔가 이해가 잘 안되나 봐요!"

파벨 바실리이치는 일어나서 하품하고 있는 자기 입에 성호를 긋고서*부드럽게 말했다

"지금 가 볼게, 여보!"

그의 옆에서 나란히 자고 있던 고양이도 몸을 일으키고 꼬리를 쭉 펴고서 등을 굽힌 채 눈을 가늘게 떴다. 조용한 가운데…… 벽지 너머에서 쥐들이 뛰어다니는 소리가 들렸다. 파벨 바실리이치는 장화에 가운을 걸치고서 침실을 나와 식당으로 가면서도 잠에 취해 몽롱한 채 찡그린 얼굴이었다. 창문턱에서 생선 잘리브노예**에 코를 킁킁대고 있던 다른 고양이는 그가 나타나자 바닥으로 뛰어내리더니, 장롱 뒤로 잽싸게 몸을 숨겨버렸다.

"어디다 감히 코를 들이밀어!" 그는 생선을 신문지로 덮으며 짜증을 냈다. "이건 뭐, 고양이가 아니라 돼지로군……."

---

* 러시아인은 하품을 하거나, 상스러운 말을 내뱉은 후에는 입에 성호를 긋는 관습이 있다.

** 진한 녹말에 물을 부어 젤리처럼 굳힌 요리.

식당은 아이의 방으로 이어져있었다. 중학교 2학년생인 스초파는 손톱자국이 깊게 파여 있고 얼룩이 진 책상 앞에서 뾰로통한 얼굴에 눈이 퉁퉁 부어있었다. 그는 양 무릎을 거의 턱까지 끌어당겨 안고 있었는데, 중국의 신상 마냥 기우뚱거리며 흔들면서 문제집을 짜증내며 바라보고 있었다.

"공부하니?" 파벨 바실리이치는 책상에 나란히 앉아 하품을 하며 물었다. "그럼, 우리 아들…… 산책도 했고, 잠도 좀 잤고, 블린*도 먹었겠다. 그래 내일이 사순절이구나. 블린만 먹고 공부하는 게 힘든 거냐? 그게 바로 너를 괴롭히는 문제로구나."

"당신 지금 거기서 애를 놀리고 있는 거에요?" 다른 방에서 펠라게야 이바노브나가 소리쳤다. "놀리고 앉았으니 공부를 좀 가르쳐주는 게 어때요! 내일 또 낙제점 받아오게 생겼어요, 아이쿠 골치야!"

"뭐가 이해 안 되는데?" 파벨 바실리이치가 스초파에게 물었다.

"바로 여기…… 분수간 나눗셈이요!" 스초파가 짜증을 내며 대답했다. "분수간 나눗셈……."

"흠…… 녀석하곤! 여기에 보탤 게 뭐가 있다고 그래? 이해하고 말 것도 없는데. 공식을 통째로 외워버려, 그럼 끝나는 거야……. 분수간 나눗셈을 하는 건 말이지, 앞에 있는 분수의 분자를 뒷 분수의 분모로 곱해줘, 그러면 여기가 분자가 되는 거야……. 자, 그 후에 앞에 분수의 분모에……. "

"저도 그건 안 가르쳐줘도 알아요!" 스초파가 책상에서 호두 껍질을 딱 소리 나게 쪼개면서 끼어들었다. "난 증명하는 법을 알고 싶다고요!"

"증명? 그러자, 연필 좀 줘봐. 잘 들어, 우리가 7/8을 2/5로 나눈다고 치자. 그러면, 아들아, 이 분수들을 서로 나누어줘야 한다는 데에 그 핵심이 있는 거

___
* 러시아식 핫케익으로 메밀가루와 밀가루를 섞거나 단독으로 사용하여 얇고 둥글게 부친 것으로 훈제연어나 꿀, 캐비어 등을 곁들여 먹는다.

야…… 사모바르는 올려놓았을까?"

"몰라요."

"이미 차 마실 시간인데…… 8시잖아…… 그럼, 이제 잘 들어, 이렇게 생각해 보자. 우리가 7/8을 2/5가 아니라, 2로 나눈다고 말이지. 그러니까 분자로만 말이야. 나누어 볼까. 값이 얼마 나오지?"

"7/16."

"그렇지, 잘했어. 그러면, 아들, 문제는 거기에 있는 거야. 우리가…… 따라서 우리가 만약 2로 나눴다고 했을 때, 그러면…… 잠깐만, 나도 헷갈린다. 우리가 중학교 다닐 적에 수학 교사로 시기즈문드 우르바니츠라는 폴란드 사람이 계셨던 게 기억나. 그 분은 수업할 때마다 헷갈리곤 했어. 정리를 증명하기 시작하면 혼란에 빠져서는 온통 얼굴이 시뻘겋게 되었지, 그리고 마치 누군가가 등에 송곳이라도 꽂은 것 마냥 쩔쩔매며 바쁘게 교실을 서성거렸어. 그 다음엔 다섯 번쯤 코를 풀고는 훌쩍거리기 시작하는 거야. 하지만 우리는 말이지 꽤나 관대해서 아무것도 눈치채지 못한 양 행동했지. '시기즈문드 우르바니츠 선생님, 무슨 일이 있으세요? 치통으로 아프신 건 아녜요?' 도대체 무슨 놈의 학급이 양아치 패거리마냥 천방지축인 녀석들로만 집합해있었는지 몰라. 그래도, 마음만은 따뜻했단다! 또 그 시절에는 너처럼 키가 아담한 애는 없고, 죄다 꺽다리에 못 말리는 머저리들이었어, 너나 나나 할 것 없이 키가 컸지. 예를 들어 3학년에 마마힌이란 아이가 있었어. 세상에, 그런 멍청이는 또 없을 걸! 그 꺽다리 녀석이 키가 1세줸(3아르쉰, 2.134m)이나 되어서, 걸어 다니면 바닥이 쿵쿵 울렸고, 솥뚜껑만한 손으로 등이라도 치면 혼이 다 빠져나갈 정도였다니까! 우리만 그런 게 아니라 교사들도 그 녀석을 무서워했단다! 그렇게 이 마마힌은……."

문 너머에서 펠라게야 이바노브나의 발소리가 들려왔다. 파벨 바실리이치는 문 쪽을 향해 눈길을 주더니 이렇게 속삭였다.

"엄마가 온다. 공부하자꾸나. 음, 아들아, 바로 여기서." 그는 소리 높여 말했다. "이 분수에다가 이것을 곱해야 하는 거야. 그러면, 첫 번째 분수의 분자를 곱하면……."

"차 마시러 나오세요!" 펠라게야 이바노브나가 소리쳤다.

아빠와 아들은 산수공부를 내팽개쳐 둔 채 차를 마시러 갔다. 식당에는 벌써 펠라게야 이바노브나와 그 옆에 항상 말이 없는 아줌마가, 그리고 귀머거리인 또 한 명의 아주머니, 스초파를 받아낸 산파 마르코브나 할머니가 앉아있었다. 사모바르가 쉿쉿거리며 수증기를 내 품고 있었는데, 그 수증기는 천장에 일렁이는 커다란 그림자를 드리웠다. 현관에서는 고양이들이 꼬리를 세우고서 들어오고 있었다. 우울하고, 또 졸린 듯이…….

"드세요. 마르코브나, 잼도요." 펠라게야 이바노브나가 산파 할머니에게로 몸을 돌렸다. "내일이 대제계기간이잖아요. 오늘 배불리 먹어둬야죠!"

마르코브나는 한 스푼 가득 잼을 떠서, 마치 폭약이라도 되는 듯이 주저하며 입으로 가져갔다. 그리고 파벨 바실리이치를 슬쩍 곁눈질하며 먹었다. 그와 동시에 그녀의 얼굴엔 입에 들어간 잼처럼 달콤한 미소가 퍼졌다.

"잼이 보통 훌륭한 정도가 아니네요," 그녀가 말했다. "펠라게야 이바노브나께서 직접 만드신 건가요?"

"직접 만들었죠. 누가 하겠어요? 다 제가 직접 만들었어요. 스체포츠카(스초파의 애칭)야, 차가 부족하진 않니? 아, 벌써 다 마셨구나! 더 들어라, 내 천사, 내가 또 따라 주마."

"아들아, 그래서 그 마마힌은." 파벨 바실리이치가 스초파쪽을 향해 말을 계속했다. "프랑스어 교사를 도저히 못견디어했어. 이렇게 소리쳤지. '난 귀족이야, 프랑스인이 내 선생 노릇 하는 건 용납 못해! 1812년*에 우린 프랑스 녀석들을 격

---

* 이 해에 벌어진 보로지노 전투에서 러시아군이 나폴레옹 군대를 상대로 승리를 거뒀다.

파했잖아!' 뭐, 당연히 걔는 처벌을 받았지……. 아주 심—하게 받았어! 그리고 그는 혼날 것 같은 낌새를 눈치 채면, 창문으로 휙! 뛰어내리곤 했어. 그런 녀석이었지! 그 후로 닷새나 엿새 동안은 학교에 코빼기도 안 비쳤어. 엄마가 교장선생님을 수시로 찾아가서 간청을 하곤 했지. '교장 선생님, 자비를 베푸셔서 저희 미시카를 좀 찾아주세요. 그리고 우리 애를, 이 나쁜 녀석을 좀 혼내주세요.' 그러면 교장 선생님이 그녀에게 이렇게 말하곤 했지. '저희 사정을 좀 봐주세요, 부인, 학교의 수위 다섯 명이 달라붙어도 그 애를 감당하지 못합니다.'"

"세상에나, 그런 무서운 애도 있군요!" 펠라게야 이바노브나가 두려운 듯이 남편을 보며 소곤거렸다. "가여운 어머니는 어떻게 되셨을지!"

침묵이 찾아왔다. 스초파는 크게 하품하며 이미 천 번은 봤을 차주전자에 그려진 중국인을 관찰했다. 두 아주머니와 마르코브나 할머니는 조심스럽게 찻잔 받침접시*를 홀짝거렸다. 공기 중엔 정적과 벽난로의 따뜻한 온기가 감돌았다……. 다들 얼굴과 몸놀림에는 먹은 게 턱 끝까지 차올랐을 때의 나태와 포만감이 비쳤다. 그래도 어떻게든 먹어둬야 했다. 사모바르와 찻잔, 식탁보가 치워진 후에도 가족들은 여전히 식탁에 앉아 있었다……. 펠라게야 이바노브나는 시시때때로 놀란 표정으로 주방에 뛰어가곤 했는데, 거기서 하녀와 저녁 식사에 관한 이야기를 나누기 위해서였다. 두 아줌마는 손을 가슴에 올린 채 이전의 자세 그대로 미동도 없이 앉아서 그 흐릿한 눈알로 전등을 바라보며 졸고 있었다. 마르코브나 할머니는 매 분마다 딸꾹질을 해대며 이렇게 물어보았다.

"내가 왜 딸꾹질을 할까? 딸꾹질할 만한 것을 먹은 적이 별로 없는 것 같은데…… 마치 아무것도 안 마신 것처럼…… 딸꾹!"

파벨 바실리이치와 스초파는 나란히 앉아서 머리를 맞대고 식탁에 몸을 구부린 채 1787년도 잡지 〈니바〉를 들여다보고 있었다.

---

* 러시아인들은 차를 항상 뜨겁게 데우기 때문에 입을 데지 않으려고 받침접시에 부어 식힌 후에 마시기도 한다.

"'밀라노에 있는 빅토르 엠마누엘 박물관 앞, 레오나르도 다빈치의 기념상' 이 거 봐라……. 개선문이라도 보는 것 같네……. 사교계의 부인과 파트너…… 저기 끝에 사람들도 보이는데……."

"이 사람은 우리 학교의 니스쿠빈을 닮았어요." 스초파가 말했다.

"다음 장 넘겨봐…… '현미경으로 관찰한 일반 파리의 주둥이'라. 이 주둥이 좀 봐! 이 파리, 끝내주는데! 아들아, 만약 빈대를 현미경으로 보면 말이지? 그럼 딱 이런 뭣 같은 게 나오지!"

거실에선 씩씩거리는 낡은 시계가 종을 제대로 치진 않고서 감기라도 걸린 양 정확히 열 번 기침을 해댔다. 하녀인 안나가 식당으로 들어와서는 집 주인의 발치 에 털썩 몸을 낮췄다.

"파벨 바실리이치씨, 제발 저를 용서해주세요!" 그녀는 온통 얼굴이 빨개진 채 몸을 일으키며 말했다.

"부디 너도 나를 용서해주렴." 파벨 바실리이치가 무뚝뚝하게 대답했다.

안나는 그런 식으로 나머지 가족들에게도 다가가서, 발치에 몸을 낮추고 용서 를 빌었다. 하지만 그녀는 단 한 사람, 마르코브나에게 만은 무시했는데, 그녀를 존중할 가치가 없는 천한 사람으로 여기는 것 같았다.

또 30분이 평온 속에서 고요하게 지나갔다……. 잡지 〈니바〉는 이미 소파에 놓 여있고, 파벨 바실리이치는 손가락을 위로 치켜세우고서 그가 어린 시절 언젠가 외웠을 라틴어 시를 낭송했다. 스초파는 결혼반지가 끼워진 그의 손가락을 바라 보며 알 수 없는 말에 귀 기울이다가 금방 졸았다. 그러다가 스초파는 주먹을 쥐 고 눈을 비벼댔지만 그의 눈은 더 자주 감겼다.

"자러 갈래요……." 그가 기지개를 켜고 하품을 하며 말했다.

"뭐? 잔다고?" 펠라게야 이바노브나가 물어봤다. "성금요일 전에 고기는 먹어 둬야지?"

"됐어요."

"애가 진짜로 하는 말이니?" 엄마는 깜짝 놀랐다. "고기를 안 먹어 두면 어떻게 하려고? 성주간*에는 부정한 음식(육류와 유제품류 등은 금식해야 한다)을 못 먹는다는 거 알고 있잖니!"

파벨 바실리이치도 함께 놀랐다.

"그래, 그래, 아들아," 그가 말했다. "칠 주일 동안은 엄마가 부정한 음식을 안 줄텐데. 안 돼, 먹어 둬라."

"아, 난 졸립다니까!" 스초파가 떼를 썼다.

"그럼 식탁을 차리도록 하지. 빨리!" 파벨 바실리이치가 낭패를 본 듯이 외쳤다. "안나, 바보같이 뭘 그렇게 앉아있어요? 어서 식탁을 차리러 가지 않고!"

펠라게야 이바노브나는 두 손을 맞잡고서 부엌으로 뛰어갔는데, 마치 집에 불이라도 난 듯한 모습이었다.

"빨리! 빨리!" 온 집안이 야단법석이었다. "스체포츠카가 자고 싶데! 안나! 맙소사, 이게 대체 무슨 일이람? 빨리!"

5분 뒤엔 벌써 식탁이 차려졌다. 고양이들은 다시 또 꼬리를 쳐들고 등을 구부린 채 발을 쭉 뻗고서 식당으로 모여들었다……. 가족들은 저녁을 먹기 시작했다. 아무도 배가 고프지 않았고 위장 속이 가득 차있었지만, 어떻든 간에 모두들 먹어두어야만 했다.

---

* 부활절 전의 1주일 기간을 말함, 이 동안 성체(聖體)의 수여가 행해지며, 신자는 엄한 단식을 한다. 특히 마지막 이틀간은 완전히 단식을 한다. 성칠일(聖七日)이라고도 한다.

고난 주일에

"가보아라, 벌써 종이 울리잖니. 교회에서 장난치지 않도록 조심하고, 그렇지 않으면 하느님께서 벌을 내리실 게다."

엄마는 내게 동전 몇 푼을 용돈으로 쥐어주고는 금방 나의 존재를 잊은 채 벌써 식어버린 다리미를 들고 부엌으로 뛰어가셨다. 고해성사를 하고 난 후에는 내게 먹을 것이나 마실 것도 주지 않을 것이라는 사실을 잘 알고 있기에 집에서 나가기 전에 커다란 흰 빵 조각을 억지로 입에 우겨 넣고는 물을 두 잔 들이켰다. 밖은 완연한 봄 날씨였다. 벌써 무성해진 오솔길들이 드러나기 시작한 포장도로는 갈색의 진창으로 덮여 있었다. 지붕들과 인도는 말라 있었고, 울타리들 밑에서는 철이 지난 썩은 풀들 사이를 뚫고서 푸릇푸릇한 연약한 새싹들이 얼굴을 내밀고 있었다. 도랑에서는 흙탕물이 거품을 내뿜으며 졸졸졸 흘러내려갔고, 햇살은 흙탕물에 몸을 던져 사정없이 내리쬐는데 전혀 거리낌이 없었다. 나무 조각들이랑 지푸라기, 해바라기 씨앗 껍질들은 세찬 물결을 따라 마구 흘러가다가 빙빙 돌기도 하고 지저분한 거품에 들러붙기도 했다. 어디로 가는 거지, 이 나뭇조각들은 어디로 가는 걸까? 도랑에서 강으로 흘러간 다음에, 다시 강에서 바다로, 바다에서 대양으로 흘러가겠지……. 그럴 가능성이 높아. 나는 이 험난하고 기나긴 여정을 상상해보려고 애썼지만 내 상상력은 바다에까지 이르지 못하고 끊겨버렸다.

마차가 지나가고 있었다. 마부는 혀를 차는 소리를 내며 열심히 고삐를 다루면서도 길거리의 꼬마 두 명이 2인승 무개 마차의 뒤편에 대롱대롱 매달려 있는 것을 정작 발견하지는 못했다. 나도 거기에 끼어들고 싶었지만 고해성사에 대한 생각이 떠오르자, 그 아이들이 큰 죄를 지은 범죄자들처럼 보였다.

'최후 심판의 날에 이렇게 물어보시겠지. 너희는 무엇 때문에 장난을 치며 불쌍한 마부를 괴롭힌 것이냐?'하고 생각했다. '아이들은 자기들이 죄를 짓지 않았다는 것을 증명하려고 하겠지만 마귀는 아이들을 붙잡고 끝없이 타오르는 불 속으로 끌고 가겠지. 만약에 아이들이 부모님 말씀을 잘 듣고 가난한 사람들에게 잔돈이나 가락지 빵을 적선한다면, 하느님은 아이들을 가엾게 여기시고 천국에 보내주실 지도 몰라.'

교회 입구는 습하지 않고 햇빛으로 가득했다. 그곳에는 아무도 없었다. 나는 머뭇거리며 문을 열고 교회 안으로 들어갔다. 내게는 예전에 볼 수 없던 어둡고 깜깜한 생각이 드는 그곳의 땅거미 같은 어둠 속에서, 전에 없이 나 자신이 보잘 것없는 죄 많은 존재라는 상념이 나를 사로잡았다. 무엇보다 먼저 커다란 그리스도의 십자가상이 내 눈에 들어왔고, 벽을 따라 그리스도의 성모님과 세례자 요한의 모습이 눈에 들어왔다. 샹들리에와 커다란 촛대에는 검은색 장례용 덮개가 씌워져 있고, 현수등은 힘없이 어슴푸레하게 빛나고 있었다. 태양은 일부러 그러기라도 한 것처럼 교회의 창문을 비껴가고 있었다. 예수 그리스도께서 사랑하시는 제자들과 성모님은 인물화로 묘사된 채 견디기 힘든 고통에 말없이 시선을 두고 있을 뿐 나의 존재는 알아채지 못했다. 그들에게 나라는 인간은 타인이자 쓸모없는 사람으로 눈에 띄지 않는 존재임을 느꼈으며, 말이나 행동으로 그들을 도울 수 없고, 나는 남을 중상하고 무례한 짓을 하거나, 장난 밖에 칠 줄 모르는 혐오스럽고도 수치스런 꼬마일 뿐이라는 사실을 깨달았다. 나는 내가 알고 있는 사람들을 모두 머리 속에 떠올려봤지만, 그들은 모두 미미한 존재에 불과했고 멍청하고 악의적이며, 지금 내가 바라보고 있는 저 끔찍한 비애를 줄여줄 수 있는 능력이 조금도 없는 사람들이었다. 교회 안에 내려앉은 땅거미는 더욱 어둡고 짙어져서 성모님과 세례자 요한이 고립되어 있는 것만 같았다.

양초가 든 서랍 뒤편에 늙은 퇴역군인이자 교회집사의 조수인 프로코피 이그나트이치가 서있었다. 그는 눈썹을 치켜세운 채 수염을 쓰다듬으며 노부인에게 무언가를 소리 낮춰 설명하고 있었다.

"아침미사는 오늘 저녁에 있을 겁니다. 저녁기도가 끝나고 나서 바로 말이에요. 그리고 내일 8시에 있다는 것도 알려드리지요. 아시겠어요? 8시에요."

대순교자 바르바라의 부제단(副祭壇)이 시작되는 오른쪽 두 개의 굵은 기둥 사이로 세워 둔 칸막이 근처에서 고해자들은 자신의 순번을 기다리며 서 있었다……. 바로 거기에 미치카가 있었다. 말하자면 뾰족하게 솟은 귀에 조그맣고 사악한 눈을 뜨고서 머리모양이 엉망인 꼬질꼬질한 꼬마아이였다. 이 아이는 막노동자인 과부 나스타샤의 아들로 싸움꾼인 데다가 시장 아줌마들의 자판대에서 사과를 슬쩍 훔치기도 하는 악동이었다. 그 꼬마는 내게서 비석치기 돌맹이들을 빼앗아 간 적도 한 두 번이 아니었다. 그는 화난 듯이 나를 노려보고 있다고 느꼈는데, 그게 아니라면 칸막이 너머로 먼저 고해하러 들어가는 차례가 내가 아니라 자기라는 사실을 알고 고소해하고 있는 것 같은 생각도 들었다. 슬며시 심술이 끓어올랐지만, 나는 녀석 쪽으로 눈길을 주지 않으려고 애썼다. 마음 한 켠 깊은 곳에서는 지금 저 꼬마녀석이 저지른 죄를 면죄받게 될지도 모른다는 생각이 들자 화가 났다.

그 애 앞에는 하얀 깃털이 달린 챙모자에 화려하게 옷을 차려 입은 아름다운 부인이 서있었다. 부인은 눈에 띄게 긴장한 나머지 어색해진 모습으로 차례를 기다리고 있었고, 한쪽 뺨은 긴장해서 그런지 금방 달아올라 있었다.

나는 이렇게 관찰하며 기다렸다. 오 분, 십 분……. 그러다가 어느 가늘고 긴

목의 젊은 남자가 칸막이 너머에서 나왔는데, 폼 나게 차려 입은 그 남자는 목이 긴 고무 부츠를 신고 있었다. 나는 또 상상하기 시작했다. 난 커서 어른이 되면 바로 저런 부츠를 살 거야, 꼭 사야지! 부인은 몸을 떨며 칸막이 너머로 들어갔다. 그녀의 차례였던 것이다.

두 짝의 칸막이 사이에 난 틈새로 보니, 부인은 성서낭독대 쪽으로 다가가서 깊숙이 절을 하고, 몸을 일으킨 다음 신부님에게 눈길을 보내지 않은 채 고개를 숙이고 기다리고 있었다. 신부님은 칸막이에 등을 돌린 채로 서 계셔서 나는 신부님의 회색 빛 곱슬머리와 십자가 사슬목걸이의 줄, 넓은 등 밖에는 보지 못했다. 얼굴은 전혀 볼 수 없었다. 그는 한숨을 내쉬더니 부인에게 눈길을 주지 않은 채 빠르게 말하기 시작했다. 고개를 간간히 내저으며 때로는 목소리를 높였고, 때로는 속삭이는 소리로 목소리를 낮추기도 했다. 부인은 죄인처럼 얌전하게 이야기를 들으면서 짧게 대답하며, 시선을 땅에다 고정하고 있었다.

'부인은 무슨 잘못을 한 걸까?' 나는 부인의 작고 예쁜 얼굴을 경건하게 바라보면서 생각했다. '주님, 부인의 죄를 사하여 주시고! 행복이 깃들게 하소서!'

그러나 신부님은 부인의 머리를 영대로 감쌌다.

"그리고 나, 부족한 사제가…… 내게 부여하신 하느님의 권능으로, 나 그대의 모든 죄를 면하고 용서하며……." 라고 말하는 신부님의 목소리가 들려왔다.

부인은 다소곳이 절을 하고 십자가에 입을 맞추었다. 그리고 돌아서서 나왔다. 이미 부인의 양쪽 뺨은 붉게 상기되어 있었지만, 얼굴표정은 안정되어 있었고 행복한 기색이 역력해보였다.

'아줌마는 이제 행복해지셨어.' 난 때론 부인을 바라보며, 때론 그녀의 죄를 사해준 신부님을 바라보며 생각했다. '그런데 용서하는 권능을 부여 받은 자가 행복해지려면 어떻게 해야 하는 걸까?'

이제는 미치카의 차례였지만, 나는 갑자기 이 도둑놈에 대한 증오심이 끓어올

랐다. 녀석보다 내가 먼저 칸막이로 들어가고 싶었다. 내가 먼저 첫 번째가 되고
싶었던 것이다⋯⋯. 녀석은 내 행동을 이미 눈치 채고는 양초로 내 머리를 후려갈
겼다. 나도 녀석한테 그렇게 똑같이 해주었다. 그렇게 삼십 초 동안 씩씩거리는
소리가 나고, 누군가가 양초를 부러뜨리는 듯한 소리가 들렸다⋯⋯. 그러자 사람
들이 우리를 떼어놓았다. 나의 적수는 소심하게 성서낭독대로 다가가더니 무릎을
굽히지도 않고 절을 했다. 하지만 다음에 어떻게 되었는지는 보지 못해서 알 수
없었다. 미치카 다음이 바로 내 차례라는 생각 때문에 눈앞에 온갖 환영들이 끼어
들어 아른거리기 시작했다. 뾰족 솟은 미치카의 귀가 자라서 시커먼 목덜미와 붙
어버리고, 신부님의 모습은 흔들거렸다. 바닥이 일렁거리는 것만 같았다.

신부님의 목소리가 울려 퍼졌다.

"그리고 나, 부족한 사제가⋯⋯."

이제는 내가 칸막이로 발걸음을 떼었다. 다리 아래로는 아무런 감각도 느껴지
지 않았다, 마치 공중으로 부양해서 걷는 것처럼 휘청거렸다⋯⋯. 나는 내 몸집
보다 큰 성서낭독대로 다가갔다. 순간 무심한 표정의 피로에 찌든 신부님의 얼굴
이 보였지만, 그 후로는 신부님의 하늘빛 안감이 대어진 소매와 십자가, 경탁의
모퉁이만 보였다. 나는 신부님이 나와 가까이 계신다는 것과 법의에서 풍기는 향
기를 느낄 수 있었으며, 엄격한 목소리가 들려오자 신부님 쪽으로 향해있는 내 뺨
이 화끈거리기 시작했다⋯⋯. 긴장한 나머지 대부분 목소리는 들리지 않았지만,
질문하시는 것에 대해서는 성실하게 대답했다. 목소리는 내 목소리가 아닌 이상
한 목소리였다. 한결같이 고독하신 성모님과 세례자 요한, 그리스도의 십자가상
이 떠오르고 엄마에 대한 생각이 떠올랐다. 그러자 나는 용서를 구하며 울어버릴
것만 같았다.

"이름이 뭐니?" 신부님께서는 내 머리를 부드러운 영대로 감싸며 물어보셨다.

이제는 정말로 영혼이 가벼워지고 기쁨이 솟았다!

이제 죄악은 사라졌고, 나는 신성해져서 천국에 갈 수 있어! 내게서는 벌써 법의에서 풍기는 향기가 나는 것 같았다. 나는 칸막이에서 나와서 보제님에게 등록하러 가며 내 소매의 냄새를 맡았다. 교회의 땅거미는 이젠 어둡다는 생각이 들지 않았고, 심술부리지 않고 미치카를 무심하게 바라볼 수도 있게 되었다.

"이름이 어떻게 되지?" 보제님이 물었다.

"페쟈예요."

"부칭은?"

"몰라요."

"아빠 이름은 어떻게 되지?"

"이반 피트로비치예요."

"성은?"

나는 말없이 있었다.

"몇 살이지?"

"여덟 살이에요."

난 집에 도착한 다음에 가족들이 저녁을 먹는 걸 보지 않으려고 재빨리 침대에 누워서 눈을 감았다. 그리고는 어떤 것이든, 헤롯*이나 디오스코루스**께서 겪은 고난 같은 것을 참고 견뎌낼 수 있다면 얼마나 좋을까 하고 상상해봤다. 수도사 세라핌처럼 광야에서 살면서 곰에게 먹이를 주고, 독방에서 성찬 하나로 연명하면서 가난한 이들에게 재산을 나누어주고는 키예프로 떠나는 것이다. 주방에서는 식사 준비를 하고 있는 소리가 들렸다. '저녁 먹을 준비를 하고 있군. 샐러드하고 익힌 수닥(농어를 닮은 생선)과 양배추가 들어간 피로그가 식탁에 오를 거야. 배고파 죽겠군! 나는 모든 고통을 견디기로 마음먹고, 엄마 없이 광야에서 살기로,

---

* 고대 유대왕국의 왕.

** 비정통신앙교리인 단성론에 동조했다는 이유로 성직에서 쫓겨나 사문당했으나 나중에 총대주교가 되었다.

내 손으로 직접 곰에게 먹이를 주기로 약속했지만, 그러기 전에 우선 먼저 양배추 피로그 한 조각만이라도 먹고 싶다!'

'주여, 죄 많은 저를 속죄하게 해주세요.' 나는 머리를 감싸고 고개를 숙이며 기도했다. '수호천사님, 저를 마귀로부터 지켜주세요.'

다음 날은 목요일이었다. 나는 맑고 깨끗한 영혼으로 눈을 떴다. 마치 화창한 봄날 같았다. 나는 성찬을 받은 사람이며, 화려하고 값비싼 셔츠(할머니가 남겨주신 견사 원피스로 만든 것이었다)를 입고 있다는 것을 스스로 의식하면서 힘찬 발걸음으로 즐겁게 교회로 갔다. 교회에서는 모든 것이 기쁨과 행복, 그리고 봄기운으로 넘쳤다. 성모님과 세례자 요한의 얼굴은 어제처럼 슬프게 보이지 않았고, 성찬을 받은 사람들의 얼굴은 희망으로 빛났다. 마치 모든 과거는 잊혀지고, 모든 것을 용서 받은 것 같았다. 미치카도 역시 머리를 빗고 곱게 차려 입은 채였다. 나는 녀석과 다툴 의사가 없음을 보여주기 위해 녀석의 뾰쪽하게 솟은 귀에 즐거운 눈길을 보내며 이렇게 말했다.

"오늘 너 멋진데, 그렇게 머리를 까치집으로 만들거나 거지꼴만 하고 있지 않다면, 모두들 네 엄마를 세탁부가 아니라 집안 좋은 아줌마라고 생각할거야. 부활절에 놀러 와, 비석치기나 하게."

미치카는 내게 못미더운 눈길을 보내면서 남몰래 주먹을 들어 위협해 보였다.

어제 봤던 부인은 정말 아름다운 모습이었다. 부인은 굽 모양의 반짝이는 커다란 브로치로 꾸미고 밝은 하늘색 원피스를 입고 있었다. 나는 넋을 놓고 부인을 바라보면서 내가 자라서 어른이 되면 꼭 저런 여자랑 결혼해야겠다고 생각했다. 하지만 결혼한다는 게 왠지 부끄러운 생각이 들었다. 이제 나는 이런 상념들을 떠올리는 걸 멈추고 견습사제가 시간을 알리고 있는 찬양대석으로 향했다.

발로쟈

여름철 어느 날 일요일, 저녁 5시 무렵이었다. 못생기고 병약하며 소심한 성격의 17살 청년인 발로쟈는 슈미힌 집안의 별장 근처에 있는 정자에 앉아 고독을 달래고 있었다. 그에게 떠오르는 그다지 유쾌하지 못한 상념은 세 갈래였다. 하나는, 다음 날인 월요일에 수학시험을 보아야 하는 것이었다. 즉 그는 6학년에서 두 해나 진급하지 못하고 눌러 앉아있는데, 대수학의 평점이 2.75점*이므로, 만일 내일 시험을 통과하지 못한다면 퇴학당한다는 사실을 자신도 잘 알고 있었다. 두 번째는 귀족적인 사고방식을 갖고 있는 부유한 슈미힌 집안에서 얹혀 지내고 있다는 점이 그의 자존심에 지울 수 없는 흠집을 내고 있었다. 슈미히나 부인과 그녀의 조카딸들이 그와 그의 어머니를 마치 가난한 친척이나 식객을 보듯이 대하고 있으며, 또 그녀들이 어머니를 존중하지 않을 뿐만 아니라 비웃기까지 한다는 생각이 들었다. 그가 한 번은 테라스에서 슈미히나 부인이 자신의 종자매인 안나 표도로브나에게 이야기하고 있는 말을 본의 아니게 엿들은 적이 있었다. 그녀가 말하기를, 그의 어머니가 젊어 보이려고 지금도 여전히 자기 몸을 치장하고 있으며, 게임에서 지고도 벌금을 내본 사실이 없을 뿐만 아니라 남의 구두나 담배에 눈독을 들인다고도 했다.

---

* 3점 이하는 낙제점이다.

그래서 발로쟈는 날마다 어머니에게 슈미힌 댁에는 가시지 말라고 애원했다. 그녀가 그 집안사람들 사이에서 얼마나 모욕적인 취급을 받고 있는지 흉내를 내며 설득해보고, 욕설도 해보았다. 하지만 그녀는 자신의 인생을 두 사람 몫의 재산(자기 재산과 남편 재산)으로 생활하면서 속없는 철부지처럼 매사에 깊이 생각하지도 않고 발로쟈의 말귀를 알아듣지도 못한 채 줄곧 상류사회를 꿈꾸어 왔다. 그래서 발로쟈는 매주일 마다 두 차례씩 그녀를 그 혐오스러운 별장까지 마지못해 바래다주어야 했다.

　세 번째로는, 이 청년에겐 기이하고도 달갑지 않은 감정이 문득 생겨났는데, 완전히 낯선 그런 감정을 자신에게서 한시도 떨쳐버리지 못한다는 사실이었다……. 그는 슈미히나 부인의 손님으로 와 있는 종자매인 안나 표도로브나를 자기가 사랑하고 있다고 생각하게 된 것이다. 그녀는 음색이 높은 목소리에 웃음이 많은 활달한 성격의 귀부인으로, 30세쯤 되어 보이는 나이에 건강하고 튼튼한데다 혈색이 좋았다. 그녀는 동그란 어깨에 턱에는 통통하게 살이 올라 있으며, 얇은 입술에는 언제나 미소를 띠고 있었다. 그녀는 예쁘다거나 그다지 젊지도 않았는데, 발로쟈도 그런 사실을 잘 알고 있었다. 하지만 그녀가 크로켓 게임을 하며 자신의 동그란 어깨를 으쓱하거나 평편한 등을 꿈틀거릴 때면, 혹은 오랫동안 웃거나 계단을 분주하게 오르내리다가 안락의자에 털썩 앉아서 꽉 막힌 가슴이 답답한 듯 눈을 감고서 숨을 내몰아 쉴 때면, 왠지 그녀를 생각하거나 바라보지 않을 수 없었다. 그녀는 유부녀였다. 그녀의 남편은 안정된 기반을 다져온 건축가로 일주일에 한 번 꼴로 별장을 찾아왔다가, 푹 쉬고 나서는 도시로 되돌아가곤 했다. 발로쟈에게 이상한 감정이 싹트기 시작한 것은 이 건축가 양반이 가증스럽게 여겨지고, 그가 도시로 떠날 때마다 기쁨을 느끼면서부터였다.

　정자에 앉아서 내일 치르게 될 시험과 사람들이 업신여기는 어머니에 대해 곰곰히 생각하던 발로쟈는 이젠 뉴타(슈미힌 집안사람들은 안나 표도로브나를 그렇게 불렸다)의 모습, 그녀의 웃음소리와 옷자락 스치는 소리가 몹시 듣고 싶어졌다…….
그러나 이러한 갈망은 그가 소설을 읽으면서 느끼던, 그리고 매일 밤 잠자리에 들
며 간절히 이루어지기를 바랬던 순수하고도 시적인 사랑과는 거리가 먼 것이었
다. 말하자면 이 갈망은 이상야릇한데다 도무지 실체를 알 수 없는 것이었고, 그
것은 자기 스스로도 인정하기 어려운 뭔가 몹시 꺼림칙하고 불결한 것처럼 느껴
져서 무섭고 수치스럽기조차 했다.

"이건 사랑이 아냐," 그는 혼잣말 했다. "보통 서른 살의 유부녀와 사랑에 빠지
진 않지……. 이건 단지 추문에 지나지 않아……. 그래, 스캔들이야……."

그는 추문에 대해 생각하면서도 자신의 고칠 수 없는 소심함, 콧수염이 없는
주근깨와 좁은 눈의 자기 얼굴을 떠올리고는, 자신을 뉴타와 나란히 세워보는 상
상을 해보았다. 이런 한 쌍이 잘 어울리기란 불가능해 보였다. 그래서 그는 재빨
리 잘 생기고 용감하며 또 재치 있고 가장 최신의 유행하는 스타일로 옷을 입은 자
신의 모습을 상상해보았다…….

그가 정자의 어두운 구석에 앉아 등을 구부린 채 땅바닥을 내려다보며, 상상력
이 절정의 순간에 이르렀을 때 가벼운 발자욱 소리가 들렸다. 누군가가 서두르지
않은 발걸음으로 천천히 걸어오고 있었다. 곧 발소리가 멈추더니 입구에서 무슨
하얀 물체가 어른거렸다.

"여기 누구 계세요?" 하고 묻는 여자목소리가 들렸다.

발로쟈는 이 목소리를 알아듣고는 놀라서 고개를 들었다.

"거기 누구세요?" 뉴타가 정자로 들어오면서 물어보았던 것이다. "아, 발로쟈,
당신이었군요? 여기서 뭐하고 계세요? 생각에 몰두하고 있었나요? 대체 얼마나 그
렇게 생각하고, 또 줄곧 생각하는 거예요……. 그러다간 미쳐버릴지도 몰라요!"

발로쟈는 몸을 일으키고 긴장한 채 뉴타를 바라보았다. 그녀는 수영장에서 돌
아오는 길이었다. 그녀의 어깨에는 담요와 수건이 걸쳐있었고, 머리에 쓴 견사

수건 밑으로 이마에 달라붙은 젖은 머리카락이 보였다. 그녀에게선 축축하고 서늘한 편도*비누 냄새와 수영장의 향내가 났다. 그녀는 빠른 속도로 걷고 있었던 터라 숨을 몰아쉬고 있었다. 그녀의 블라우스 위쪽 단추가 풀어져 있어서 그녀의 목과 가슴이 청년의 시야에 들어왔다.

"뭘 그렇게 잠자코 있어요?" 뉴타가 발로쟈를 찬찬히 보며 말했다. "부인네와 이야기할 때 침묵을 지키는 건 무례한 짓이에요. 당신도 참, 발로쟈, 곰탱이로군요! 당신은 언제나 말없이 앉아서 생각하니까요. 무슨 철학자나 되는 것처럼 말이죠. 당신에겐 삶과 열정이라곤 찾아볼 수 없어요! 당신은 정말로 문제가 있어요. 정말이에요……. 당신 나이 때는 즐겨야 해요, 뛰어다니며 수다도 떨고 여자 꽁무니도 쫓아다니는 거라구요. 사랑을 해봐야 해요."

발로쟈는 그녀의 희고 포동포동한 팔에 걸쳐진 담요에 눈길을 보내면서 생각했다…….

"말이 없으시군!" 뉴타는 감탄했다.

"뭔가 수상하게 여겨지기까지 하네요……. 이봐요, 남자답게 행동하는 거예요! 뭐, 미소라도 지어 봐요! 휴우, 성가신 철학자님이시네!"

그녀가 웃기 시작했다.

"발로쟈, 왜 당신이 그런 곰탱이인 줄 알아요? 당신은 여자 꽁무니를 안 쫓아다녀봐서 그래요. 왜 여자들이랑 어울리지 않죠? 사실, 여기에 귀족아가씨는 없긴 하지만, 당신이 부인들 꽁무니를 쫓아다닌다고 뭐라고 말할 사람은 아무도 없을 걸요! 이를테면, 왜 나한테는 관심을 두지 않죠?"

발로쟈는 듣고 있다가, 무겁고 긴장된 망설임 끝에 관자놀이를 쓸어 내렸다.

"아무 말도 않고 고독을 즐기는 건 매우 오만한 사람들이나 하는 짓이에요." 그녀는 관자놀이 가에 둔 자기 손을 떼어내며 말을 계속했다. "당신은 오만한 사람

---

* 장미과의 낙엽교목, 아몬드.

이에요. 발로쟈. 당신은 왜 나를 곁눈질로 보나요? 내 얼굴을 똑바로 보세요! 정말 못 말리는 곰탱이로군요!"

발로쟈는 입을 열기로 결심했다. 그는 아랫입술을 떨면서 눈을 껌벅거리고 미소 지으려했지만, 또 다시 손으로 관자놀이를 쓸어 내렸다.

"저…… 전 당신을 사랑합니다!" 그가 말을 내뱉었다.

그러자 뉴타는 깜짝 놀랐다는 듯이 눈썹을 치켜세우더니 웃어대기 시작했다.

"내가 무슨 소리를 들은 건가요?!" 그녀는 마치 오페라 가수들이 무슨 엄청난 사실을 들었을 때 노래하듯이 그렇게 말하기 시작했다. "뭐라구요? 무슨 말씀을 하신 거예요? 다시 말해 봐요, 다시 말해 보세요……."

"저…… 전 당신을 사랑합니다!" 발로쟈가 다시 말했다.

그리고는 자신의 어떤 의지와도 상관없이, 아무것도 이해 못하고 아무것도 분별하지 못한 채 뉴타에게 반 걸음 다가가 그녀의 손목 부근을 잡았다. 그는 눈앞이 아찔해지고 눈물이 쏟아졌으며, 세상은 온통 보풀이 일어나 있는 어떤 큼직한 수건으로 변해버렸다. 그곳에선 수영장 냄새가 났다.

"잘했어요, 멋져요!"

그는 유쾌한 웃음소리를 들었다.

"뭘 그렇게 잠자코 있나요? 난 당신이 말을 했으면 좋겠는데! 어때요?"

발로쟈는 여전히 그녀의 팔을 붙잡고서 뉴타의 웃고 있는 얼굴로 시선을 돌렸다. 그리고 서투른 몸짓으로 불편하게 두 팔로 그녀의 허리를 감쌌다가, 그의 양 손을 그녀의 등 뒤로 얹었다. 그는 두 팔로 그녀의 허리를 감싸고 있었는데, 그녀는 그의 목 너머로 팔을 넘긴 채로 팔꿈치 위에 공간을 내보이며 수건 아래의 머리칼을 매만졌다. 그러고는 차분한 목소리로 말했다

"발로쟈, 친절하고 귀엽고 눈치도 빠른 사람이 되어야 해요. 그런데 그건 사교계 여성의 손길에 의해서만 다듬어질 수 있다구요. 하지만 당신은 정말로 좋지

않은 버릇인데…… 굳은 얼굴표정을 하고 있잖아요. 말을 하면서 웃기도 해야 해요…… 그래요, 발로쟈, 도깨비처럼 무서운 표정을 짓고 있으면 안돼요. 당신은 젊은데다 또 사색도 충분히 즐기고 있잖아요. 이젠 나를 놓아줘요. 갈래요. 놓아주세요!"

그녀는 손쉽게 자신의 몸을 빼냈고 무슨 노래인가를 흥얼거리면서 그의 품에서 빠져나갔다. 발로쟈는 홀로 남았다. 그는 자신의 머리를 정리하고는 미소를 지었으며, 이 끝에서 저 끝까지 세 번 정도 왔다 갔다 하며 서성거렸다. 그리고 긴 의자에 앉아 또 다시 미소를 지었다. 그는 못 견딜 만큼 부끄러웠고, 인간의 부끄러움이 지금 이런 위트와 힘을 얻게 할 수 있다는 사실에 대해 감탄하기도 했다. 그는 부끄러운 나머지 웃어대다가 요령부득의 말들을 중얼거리며 으쓱거리는 몸짓을 하기도 했다.

그는 자신이 어린아이 취급을 받은 것이 부끄러웠고, 자신의 소심함에 대해서도 부끄러웠다. 핵심을 말하자면, 점잖은 유부녀의 허리를 과감하게 끌어안았다는 것이 부끄러웠다. 설혹 나이나 사회적 지위, 자신의 외모를 관두고라도 그가 이런 짓을 해선 안 될 것 같았기 때문이다.

그는 일어나서 정자 밖으로 나갔다. 그리고는 뒤돌아보지도 않고 정원의 깊숙한 곳으로, 집에서 더욱 멀리 떨어진 곳으로 발걸음을 옮겼다.

'아, 빨리 여기서 떠나고 싶군!' 그는 자기의 머리를 감싸 쥐며 생각했다. '주여, 가능한 빨리 좀 벗어나게 해주소서!'

발로쟈와 어머니가 타야 할 열차는 8시 40분 출발이었다. 열차 출발시간까진 3시간가량 남았지만, 그는 어머니를 기다리지 않고 기쁜 마음으로 당장 역으로 떠나버리고 싶어 했다.

8시에 그는 집으로 향하고 있었다. 그의 온 몸에서는 이런 결심을 짜내고 있었다.

'될 대로 되라지!'

그는 어찌되던 간에 자신 있게 집으로 들어가서 똑바로 쳐다본 채, 큰 목소리로 말하기로 결심했다.

그는 테라스를 지나고 커다란 홀과 응접실을 지나 마지막 방에선 숨을 돌리려고 멈춰 섰다. 이곳에선 건너편 식당에서 사람들이 차를 마시는 소리가 들렸다. 슈미히나 부인과 어머니, 그리고 뉴타는 무언가 이야기 하면서 웃고 있었다.

발로쟈는 귀를 기울였다.

"진짜랍니다!" 뉴타가 말했다. "저도 제 눈을 믿지 못했지만요! 그가 내게 사랑을 고백할 때, 그리고 심지어는, 상상해보세요, 내 허리를 끌어안기까지 했을 땐 나도 그를 못 알아봤답니다. 그거 아세요, 그에겐 독특한 점이 있다는 것! 그가 날 사랑하고 있다고 말했을 때, 그의 얼굴엔 무언가 짐승 같은 야수성이 서려 있었어요. 마치 체르케스인처럼 말이죠."

"그럴 리가 있나요!" 어머니가 늘어지는 웃음을 터트리며 놀라워했다.

"그럴 리가 있지요! 어쩜, 그리 자기 아버지를 생각나게 하던지!"

발로쟈는 다시 반대편으로 뛰어가 밖으로 뛰쳐나갔다.

'이젠 저 여자들이 그런 말을 어떻게 퍼뜨릴 것인지!' 그는 양손을 마주 잡고서 두려움에 떨면서 하늘을 바라보며 괴로워했다. '그녀들은 동네방네 지껄이겠지, 피도 눈물도 없이……. 게다가 어머니는 웃고 계셨고……. 어머니! 하느님 맙소사, 어째서 내게 저런 어머니를 주신 겁니까? 왜요?'

하지만 무슨 일이 있어도 집에는 들어가야 했다. 그는 세 번쯤 가로수 길을 걸었고, 마음이 조금 진정되자 집으로 들어갔다.

"대체 왜 제 시간에 차를 마시러 오지 않은 거죠?" 슈미히나 부인이 엄격하게 힐문했다.

"죄송합니다, 저…… 전 가볼 때가 돼서요." 그는 얼굴을 들지 않고 웅얼거리며 말하기 시작했다.

"어머니, 벌써 8시예요!"

"너 먼저 가거라, 우리 아가야." 어머니가 지친 듯이 말했다.

"나는 릴리네 집에서 자겠다. 가보렴, 내 아들아…… 자, 내가 성호를 그어주마……."

그녀는 아들에게 성호를 긋고 나서 뉴타에게 프랑스어로 말했다.

"얘가 레르몬토프*를 좀 닮았죠……. 안 그래요?"

발로쟈는 대충 작별인사를 마치고 아무와도 얼굴을 마주치지 않은 채 식당에서 나왔다. 10분 뒤에 그는 벌써 역으로 발길을 향하고 있었으며, 무사히 빠져 나온 것이 기뻤다. 이제 그는 무서울 것도, 부끄러울 것도 없이 자유로웠고 가볍게 숨을 내쉴 수 있었다.

그는 역에서 500미터 정도 떨어진 길가의 바위 위에 앉아서 둑 너머로 절반 이상 넘어간 태양을 바라보기 시작했다. 벌써 정거장 역 건물의 어딘가에서는 전등불들이 켜졌고, 어떤 흐릿한 녹색 불빛이 아른거리기 시작했다. 하지만 열차는 아직도 보이지 않았다. 발로쟈는 꼼짝도 않고 점점 저물어가는 저녁노을 속에 앉아서 귀를 기울이고 있는 것이 만족스러웠다. 정자의 흐릿한 어둠과 걸음걸이, 수영장의 향내와 웃음소리, 그리고 허리. 이 모든 것이 놀랄 만큼 뚜렷하게 그의 머리 속에 떠올랐으나, 이 모든 것은 이제 예전처럼 무섭다거나 대수로운 일처럼 생각되지는 않았다…….

'별 거 아니야……. 내가 그녀의 허리를 감았을 때, 웃으면서도 내 손을 뿌리치지 않았었지.' 그는 생각했다. '그녀도 내가 마음에 들었다는 거야. 만약에 싫었다면 화를 냈을 테니까…….'

그리고 이제 발로쟈는 그곳 정자에서 더 용기를 내지 못한 것이 후회스러웠다.

---

* 러시아의 낭만주의 시인이자 소설가.

그래서 그는 만약 또다시 그런 기회가 생긴다면, 일어나는 일들을 더 대담하고 더 차분하게 바라볼 수 있을 것이라는 확신이 들었다. 그래서 이렇게 싱겁게 떠나버리는 것이 퍽 아쉬웠다.

기회를 만들기는 쉬울 것이다. 슈미힌 집안사람들은 저녁을 먹고서 오랫동안 산책을 즐기곤 하는데, 만약 발로쟈가 뉴타와 함께 어두컴컴한 정원을 산책하러 간다면, 흐~음, 그 때 기회가 생길 거야!

'아무래도 돌아가야겠어.' 그는 생각했다. '떠나는 건 내일 아침 열차로 가야지…… 열차 시간에 늦어버렸다고 말하면 돼.'

그리고 그는 되돌아갔다……. 슈미히나 부인과 어머니, 뉴타, 그리고 조카딸 중의 한 명이 테라스에 앉아서 빈트게임(카드놀이의 일종)을 하고 있었다. 발로쟈가 열차에 늦어버렸노라고 거짓말을 하자, 그녀들은 그가 내일 시험시간에 늦지 않으면 좋겠다고들 걱정해주었다. 그리고 내일 아침엔 좀더 일찍 일어나라고 충고해주었다. 그들이 카드놀이를 하고 있는 동안 그는 구석에 앉아서 탐욕스럽게 뉴타를 힐끔거리며 기다렸다……. 그의 머리 속엔 모든 계획이 세워져 있었다. 즉 그는 어둠 속에서 뉴타에게 다가가서 그녀의 팔을 붙잡고 그녀를 와락 껴안을 것이다. 두 사람에겐 대화 없이도 모든 일이 일사천리로 진행될 것이기 때문에 아무런 말도 할 필요가 없는 것이다.

하지만 저녁식사 후에 부인들은 정원으로 산책을 나가지 않고 카드놀이를 계속했다. 그들은 새벽 한 시까지 카드놀이를 하고 나서야 잠자리에 들었다.

'모든 게 엉망이 되어버렸어!' 발로쟈는 침대에 드러누우면서 화를 냈다. '상관없어, 내일을 기다리지 뭐……. 내일 또 정자에 있으면 돼, 괜찮아…….〉

그는 잠들려고 애쓰지 않고 침대에 앉아서 양 무릎을 껴안은 채 생각에 잠겼다. 그는 시험에 대해서 생각하면 꺼림칙한 기분이 들었다. 그는 자신이 퇴학당할 것이고, 퇴학을 당한다고 해서 끔찍할 건 없다고 이미 단정을 내리고 있었다.

오히려 모든 것이 아주 좋아질 것이다. 좋은 정도가 아닐 거야. 내일 그는 새처럼 자유로워 질 것이다. 사복을 입고 당당하게 흡연을 할 것이며, 하고 싶을 때면 언제든지 여기에 와서 뉴타의 꽁무니를 쫓아다닐 것이다. 그는 이미 중학교 학생이 아니라, '청년'이니까. 출세와 미래라고 불리는 나머지 것들도 명확했다. 말하자면, 발로쟈는 전보병으로 자원입대 할 것이고, 마침내는 약제사 자격을 얻을 수 있는 약국에 들어가는 것이다……. 직업이 어디 한, 두 가지인가? 한 시간, 또 한 시간이 지나가도, 그는 여전히 앉아서 생각하고 있었다. 벌써 새벽 동틀 무렵인 3시에 문이 조심스럽게 삐걱거렸다. 그리고 어머니가 들어왔다.

"안자고 있었니?" 그녀가 하품을 하며 물었다. "자렴, 자, 금방 나가마……. 난 적제*만 가지고 갈 거야……."

"그건 왜요?"

"불쌍한 릴리가 또 경련을 일으키는구나. 자거라, 내 아들, 내일 시험이 있잖니……."

그녀는 함지에서 무언가가 든 약병을 꺼내서 창문으로 다가갔고, 처방설명서를 읽고 나서는 방을 나갔다.

"마리야 레온티예브나, 이건 그 방울약이 아니에요!" 라고 말하는 여자의 목소리를 발로쟈는 잠시 후에 들었다. "이건 은방울꽃이네요, 릴리는 모르핀을 부탁했다구요. 아드님은 자고 있나요? 아드님에게 찾아달라고 부탁해보세요……."

그건 뉴타의 목소리였다. 발로쟈는 냉정해졌다. 그는 재빨리 바지를 입고 교복 외투를 걸친 채 문 쪽으로 다가갔다.

"아시겠어요? 모르핀이에요!" 뉴타가 속삭이는 목소리로 설명했다. "거기에 라틴어로 쓰여 있을 거예요. 발로쟈를 깨워보세요. 그가 찾아 줄 거예요……."

---

* 滴劑: 지극히 적은 양으로도 효과를 거둘 수 있기 때문에 조제할 때의 용량을 방울 수로 나타내는, 약으로 쓰는 액체. 방울약.

어머니가 문을 열었고, 발로쟈는 뉴타를 보았다. 그녀는 수영장에 갈 때 입었던 바로 그 블라우스를 입고 있었다. 그녀의 머리칼은 정리되지 않은 채 어깨 위로 흩어져 있었으며, 아직 잠에서 덜 깬 얼굴에는 미명 아래 그늘이 드리워져 있었다…….

"발로쟈가 안자고 있군요……." 그녀가 말했다. "발로쟈, 나의 비둘기, 상자에서 모르핀을 좀 찾아줘요! 릴리양에게 좋지 않은 일이 생겼어요……. 그녀에겐 무슨 일이 쉴새없이 생긴다니까."

어머니는 무슨 말인가를 웅얼거린 뒤에 하품을 하고 나갔다.

"찾아봐요." 뉴타가 말했다. "왜 그렇게 서 있기만 해요?"

그러자 발로쟈는 함지 쪽으로 가더니 무릎을 굽히고 앉아서 약병들과 약이 든 상자들을 꺼내 놓기 시작했다. 그의 팔은 떨리고 있었고, 가슴과 배에서는 차가운 물살이 그의 내장육부를 모두 훑고 지나가는 듯한 기분이 들었다.

그 때문에 그가 떨리는 손으로 집어서 죽 늘어놓은 아무런 필요가 없는 에테르, 석탄산(소독약), 그리고 각종 약초에서 풍기는 향내가 그의 가슴을 답답하게 하고 머리를 어지럽게 했다.

'어머니가 가신 것 같은데.' 그는 생각했다. '됐어…… 좋아…….'

"빨리 찾을 수 있죠?" 뉴타가 한 마디 한 마디 천천히 물어보았다.

"금방이요……. 자, 여기, 모르핀인 것 같군요……." 발로쟈가 처방설명서 중에 한 단어 'morph……'를 읽고서는 말했다. "여기 있습니다!"

뉴타는 한 발을 복도 쪽에, 그리고 다른 한 발을 방 안에 들인 채로 문가에 서 있었다. 그녀는 정리하기 힘든 머리칼(그녀의 머리카락은 몹시 길었고 머리숱이 많았다!)을 매만지며 흐트러진 시선으로 발로쟈를 바라보았다. 발로쟈는 헐거운 블라우스에 머리칼을 흩트리고서 빛 속에서, 아직 햇빛에 미처 밝아지지 않은 하얀 구름에서 방으로 흘러 들어온 미약한 빛 속에 선 그녀가 황홀하고도 화려하다는 생각이 들었다……. 그는 정자에서 이 환상적인 육체를 어떻게 안고 있을 수 있었는지 만족스럽게 생각하며 머리에 떠올렸고, 그녀에게 매혹되어 온 몸을 떨면서도 방울약을 건네주었다. 그리곤 이렇게 말했다.

"당신은 정말…….

"뭐에요?"

그녀가 방으로 들어왔다.

"뭔데요?" 그녀가 미소 지으며 물었다.

그는 입을 다물고서 그녀를 바라보았다. 그리고 정자에 있었을 때처럼 손을 잡았다……. 그녀는 그를 바라보면서 웃으며 이제 무슨 일이 일어날까? 하고 기다렸다.

"난 당신을 사랑하고 있어요…….”라고 그가 속삭였다.

그녀는 미소를 거두고 잠시 생각하더니 이렇게 말했다.

"잠깐만요, 누군가 오고 있는 것 같아요. 아, 정말 중학생들은 한결같이 짜증 나게 해!" 그녀는 문 쪽으로 가서 복도를 내다보며 소곤소곤 말했다. "아니, 아무도 없네."

그녀는 돌아왔다…….

처음에 발로쟈는 방과 뉴타, 여명, 그리고 자기 자신. 이 모든 것이 자신의 전 생애를 바쳐 영원히 가시밭길을 걷게 해도 견디어낼 만큼 자극적이고 일탈적이며, 전에 없던 행복한 감정으로 뒤섞인 듯처럼 느껴졌다. 하지만 30초가 지난 후에는 그 모든 것이 순식간에 사라져버렸다. 오직 한 가지, 혐오감으로 일그러진 펑퍼짐하고 못생긴 얼굴만을…… 발로쟈는 보았다. 그러자 발생했던 일들에 대해 혐오감이 솟아올랐다.

"그런데 난 가봐야겠어요." 뉴타가 혐오스러운 듯한 눈길로 발로쟈를 훑어보면서 말했다. "어쩌면 저리도 초라하고 못 생길 수 있는지 몰라……. 흥, 미운 오리 새끼가 따로 없군!"

발로쟈는 이제 그녀의 긴 머리카락, 헐렁한 블라우스, 그녀의 발걸음과 목소리가 형용할 수 없을 만큼 꼴도 보기 싫어졌다!

'미운 오리새끼라고 했지…….' 그는 그녀가 떠난 뒤에 생각에 잠겼다. '사실 내가 추악하긴 하지……. 하지만 모든 게 다 추악해…….'

뜰에는 벌써 해가 떠올랐고 새들이 시끄럽게 지저귀고 있었다. 정원에선 정원사가 걸음을 걸을 때면 그의 손수레에서 삐그덕거리는 소리가 들렸다……. 얼마 후에는 젖소들의 울음소리와 목동이 부는 피리 소리가 울려 퍼졌다. 소리들과 햇살은 이 세상의 어딘가에 깨끗하고 우아한 시적인 인생이 존재할 것이라고 이야기하고 있었다. 하지만 그것이 어디에 있다는 건가? 그런 인생에 대해선 어머니도, 주변에 있던 어느 누구도 그에게 일러준 적이 없었다.

하인이 아침 기차 시간에 맞춰 그를 깨웠을 때, 그는 못 일어난 척 했다…….

'네 놈이고 뭐고 엿이나 먹어라지!'하고 그는 생각했다.

그가 침상에서 일어난 것은 11시였다. 그는 거울 앞에서 머리를 정리하고서는 불면 때문에 창백해진 자신의 못생긴 얼굴을 바라보며 생각했다.

'확실히 맞는 말인 것 같군……. 미운 오리새끼야.'

어머니는 발로쟈를 보자 시험을 보러 가지 않았다는 사실을 알고 몹시 걱정을 했다. 발로쟈는 말했다.

"어머니, 늦잠을 잤어요……. 그래도 걱정 마세요, 의학 관련 자격증도 있으니까요."

슈미히나 부인과 뉴타는 오후 1시에 일어났다. 발로쟈는 잠에서 깬 슈미히나 부인이 뜬소문을 지껄이면서 방 창문을 여는 소리, 뉴타가 그 조잡한 목소리에 홍소로 대답하는 소리도 들었다. 그는 응접실의 문이 열리고 조카딸들과 식객들이 (어머니는 후자의 무리에 끼어있었다) 줄을 지어 아침식사를 하러 가는 광경을 보았고, 깨끗이 세수하고 나서 미소 짓고 있는 뉴타의 얼굴, 그녀의 얼굴과 나란히 방금 도착한 건축가의 검은 눈썹과 턱수염이 가끔 언뜻 눈에 띄기도 했다.

뉴타는 자신에게 전혀 안 어울릴뿐더러 둔해 보이게까지 한 우크라이나식 복장을 하고 있었고, 건축가는 저속하고 진부한 내용의 이야기로 익살을 부리고 있었다. 아침식사에 나온 햄버그스테이크에는 양파가 굉장히 많이 들어 있었다. 발로쟈에게는 그런 생각이 들었다. 또한 그는 뉴타가 일부러 크게 웃고 있으며 그가 있는 쪽을 바라보고 있는 것처럼 느꼈는데, 그렇게 함으로써 간밤에 있었던 일들이 그녀에겐 일말의 동요조차 일으키지 않았으며, 그녀는 식사할 때 미운 오리새끼의 존재를 깨닫지도 못하고 있다는 걸 알려주려는 것 같았다.

4시에 발로쟈와 어머니는 마차를 타고 역으로 갔다. 추악한 기억들과 불면의 밤, 코앞에 닥쳐온 퇴학, 그리고 양심의 가책. 이 모든 것들이 이젠 무겁고도 음산한 나쁜 감정을 불러일으켰다. 그는 어머니의 초췌한 옆모습을 바라보고, 그녀의 작은 코와 뉴타가 어머니에게 선물한 부인용 여름 외투에 시선을 고정한 채 이렇게 중얼거렸다.

"왜 분칠을 하시는 거에요? 그건 어머니 나이에 할 짓이 아니에요! 어머니는 화장을 하고 다니고, 벌칙금을 내지도 않으며, 남에게서 담배를 빌려 피우죠⋯⋯. 역겨워요! 난 당신을 사랑하지 않아요⋯⋯. 난 당신이 싫어요!"

그가 이렇게 어머니를 모욕하자, 그녀는 눈동자를 휘둥그렇게 뜨면서 두 손을 모은 채 겁에 질려 이렇게 속삭였다.

"애야, 무슨 소릴 하는 거냐? 맙소사, 마부가 듣겠다! 조용히 해라. 마부가 다 듣겠구나! 저기까지 모두 들리겠어!"

"당신이 싫어요⋯⋯. 당신이 싫다구요!" 그는 숨을 내몰아 쉬며 말을 계속했다. "당신에겐 도덕도 영혼도 없어요⋯⋯. 이 외투는 입고 다닐 생각 마세요! 알았어요? 아니면 내가 다 찢어서 누더기를 만들어 버릴 테니까⋯⋯."

"진정해라, 애야!" 어머니가 울기 시작했다. "마부가 듣겠구나!"

"아버지의 재산은 다 어디로 갔죠? 어머니의 돈은요? 당신이 다 탕진해버렸잖아요! 난 내가 가난한 건 부끄럽지 않은데, 나에게 이런 어머니가 있다는 게 부끄러워요……. 내 친구들이 어머니에 대해 물어보면 난 항상 얼굴부터 붉어진다고요."

도시까지는 열차로도 두 정거장을 가야 했다. 발로쟈는 계속 승강구에 서서 온몸을 떨고 있었다. 열차 칸에는 그가 혐오하는 어머니가 앉아 있었기에 그 칸에는 타고 싶지 않았다. 그는 자기 자신을 혐오했고, 운전수들과 기관차의 연기, 자기 몸이 떨리는 원인이라고 생각하는 추위를 저주했다……. 그의 영혼이 무거워질수록 더욱 확신했다. 이 세상 어딘가에, 어떤 사람들에겐 사랑과 존중, 기쁨과 자유로 가득 찬 순수하고 고귀하며 온화하고 우아한 인생이 존재한다고……. 그는 그것을 믿었고, 어느 승객이 주의 깊게 그의 얼굴을 바라보고 나서 이렇게 물어볼 정도로 그는 심하게 괴로워했다.

"분명히 이가 아프신거지요?"

발로쟈와 어머니는 도시에 있는 마리야 페트로브나 댁에서 살고 있었다. 그녀는 귀족 부인으로 커다란 셋집을 빌려서 세를 내주며 거주할 하숙인들을 받았다. 어머니는 방 두 개를 빌려 쓰고 있었다. 하나는 창문이 달린 방으로 그녀가 거처하는 곳이었는데, 창가에는 그녀의 침대가 있고 벽에는 금으로 된 액자에 든 그림이 두 점 걸려있었다. 다른 하나는 인접한 방인데 발로쟈가 생활하고 있었으며, 작고 어두웠다. 그 방에는 그가 잠을 자는 소파가 있었고, 그 밖에 다른 가구는 없었다. 방 안은 원피스가 든 바구니와 챙 모자를 담는 상자, 그리고 어머니가 무슨 이유에선지 아끼는 온갖 잡동사니들로 가득 차 있었다. 공부를 할 때는 어머니의 방이나 '공용실'에서 했다. 사람들은 점심시간과 저녁시간이 되면 하숙인들이 모두 모이는 커다란 방을 그렇게 불렀다.

그는 집으로 돌아와서 소파에 누웠고, 오한을 누그러뜨리려고 이불을 뒤집어 썼다. 챙 모자를 담은 상자들과 바구니들, 잡동사니는 그에게 자기 방이 없다는 사실을 상기시켜 주었다. 어머니와 그녀를 찾아오는 손님들, 그리고 이젠 '공용실'에서도 들려오는 목소리로부터 숨을 수 있는 안식처는 그에겐 없었다. 구석에 흩어진 책들과 배낭은 그가 치루지 않은 시험을 생각나게 했다……. 어째서인지 그는 맨토나 마을*이 생각났다. 그가 일곱 살 때, 고인이 된 아빠와 함께 살았던 그곳은 전혀 시절에 어울리지 않았다. 그리고 비아리쯔 마을**과 자기와 함께 모래사장을 뛰어다녔던 두 명의 영국소녀들이 떠올랐다……. 그는 머릿속에서 하늘과 태양의 색체를 떠올리며 파도의 높이와 그 당시 자신의 기분을 회상하고 싶어했지만, 그 회상을 되살려낼 수는 없었다. 상상 속에서 영국 소녀들은 살아 있는 듯이 아른거렸고, 남은 모든 것들은 뒤섞이면서 불규칙하게 흩어져버렸다…….

'아니야, 여기 있으면 추워.' 발로쟈는 생각하고선 몸을 일으켜 교복 외투를 걸친 후 '공용실'로 향했다.

'공용실'에선 사람들이 차를 마시고 있었다. 사모바르를 놓아두고 세 명이 앉아 있었는데, 어머니와 거북이 등껍질 코안경을 낀 노부인 음악 교사, 그리고 향수 공장에 근무하는 대단히 뚱뚱한 중년의 프랑스인 아브구스틴 미하일리치였다.

"난 오늘 점심을 굶었답니다." 어머니가 말했다.

"빵을 사러 하녀를 보내야겠어요."

"두냐쉬!" 프랑스인이 소리쳤다.

하녀는 안주인이 어디론가 심부름을 보냈다고 말했다.

"오, 이거 쓸데없는 짓을 했군." 프랑스인이 씩 웃으며 말했다. "내가 지금 다녀오지요. 아, 이건 별 일 아닙니다!"

그는 독하고 악취 나는 자신의 여송연을 잘 보이는 곳에다 올려놓고, 챙모자를 쓰고 나갔다. 어머니는 그가 자리를 떠난 뒤에 곧 자신이 슈미힌 집안에서 어떻게

---

* 프랑스와 이탈리아에 접경한 해안마을.
** 프랑스와 스페인에 접경한 해안마을.

묵고 있었으며, 그 곳에서 자신이 얼마나 귀한 대접을 받았는지 음악교사에게 이야기하기 시작했다.

"분명 릴리 슈미히나는 제 친척이에요……." 그녀가 말했다. "그녀의 고인이 된 남편인 슈미힌 장군이 제 남편과 종형제 뻘이니까요. 그리고 그녀 자신은 콜브 남작가문의 영애였지요…….."

"어머니, 그건 거짓말이에요!" 발로쟈가 신경질적으로 말했다. "왜 거짓말을 하죠?"

그는 어머니가 말하고 있는 게 사실이라는 걸 잘 알고 있었다. 슈미힌 장군과 전 콜브 남작가문의 영애에 대한 이야기엔 단 한마디의 거짓도 없었다. 하지만 그럼에도 그는 어찌되었든 간에 그녀가 거짓말을 하고 있다고 느꼈다. 그녀가 말하는 태도와 얼굴표정, 시선 그리고 모든 것에서 거짓이 느껴졌던 것이다.

"당신은 거짓말을 하고 계세요!"

발로쟈가 말을 반복하고나서 주먹으로 탁자를 세게 내리쳤다. 그 힘 때문에 모든 식기들이 흔들렸고 어머니의 찻잔은 엎질러졌을 정도였다.

"대체 무엇 때문에 장군과 영애들을 입에 올리는 거죠? 그건 모두 다 거짓말이에요!"

음악교사는 당황해서 사래 들린 모습으로 손수건을 입에 대고 기침을 했고, 어머니는 흐느껴 울기 시작했다.

'어디로 간다?' 발로쟈는 생각했다.

그는 벌써 거리로 나와 있었으나, 친구들을 찾아가기는 부끄러웠다. 또 때에 맞지 않게 두 영국 소녀가 머리에 떠올랐다……. 그는 공용실의 끝자락을 서성이다가 아브구스틴 미하일리치의 방으로 들어갔다. 거기에는 정유들과 글리세린 비누*의 향이 진동하고 있었다. 탁자와 창가 위, 그리고 심지어는 의자들 위에도 수많은 향수병들과 조그만 컵, 그리고 술잔에 여러 색상의 액체들이 담긴 채로 놓여있었

---

* 투명한 고형비누.

다. 발로쟈는 책상에서 신문을 집어 들어서 펼친 채 제목을 읽어내려 갔다. 〈피가로〉(figaro: '이발사라는 의미로서 프랑스의 일간신문명)…….　신문에서는 뭔가 마음에 드는 강한 냄새가 풍겼다. 그는 책상 위에 놓인 회전식 권총을 집어들었다…….

"그만해요, 신경 쓰지 마세요!" 건넛방에서는 음악교사가 어머니를 다독거리고 있었다. "아이는 아직 저렇게 젊잖아요! 저 나이 때의 젊은 애들은 언제나 예민하게 굴지요. 뭐라고 나무랄 수도 없어요."

"아니에요, 예브게니야 안드레예브나, 애가 완전히 버렸어요!" 어머니가 물 흐르듯 말했다. "아이에게 형이 있는 것도 아니고, 저는 약해서 아무것도 해볼 수가 없어요. 아니에요, 난 정말 불행한 사람이에요!"

발로쟈는 권총의 총구를 입 안에 집어넣고 격철(공이치기)이나 방아쇠 비슷한 것을 더듬어 찾아봤다. 그리고 손가락으로 지긋이 눌렀다……. 그리고서 어떤 돌출부를 더듬은 다음 다시 한 번 눌렀다. 그는 총구를 입에서 빼내어 교복의 외투 깃에 문질러 닦았다. 그리고 폐쇄기*를 살펴봤다. 그는 지금껏 살아오면서 손에 무기를 쥐어본 적이 없었다…….

'이걸 올려야 되겠군……'하고 그는 생각해봤다. '응, 그래…….'

이때 아브구스틴 미하일리치가 '공용실'에 들어와서 무슨 이야기인가를 껄껄대고 웃으며 말했다. 발로쟈는 다시 총구를 입에 넣고 이빨로 그것을 물었다. 그리고 무언가를 손가락으로 지긋이 눌렀다. 곧 바로 총성이 울리고……　무언가가 끔찍한 힘으로 발로쟈의 뒤통수를 후려쳤다. 그는 향수병들과 술잔들을 바라보면서 그대로 탁자로 쓰러졌다. 그 다음에는 그의 아버지가 맨톤 지역의 어떤 부인의 장례식장에서 쓰고 있었던 폭넓은 검은 리본이 달린 실크 모자를 쓰고 있는 모습을 보았다. 아버지는 곧장 그를 양팔로 감싸 안자, 그들은 무언가 몹시 컴컴하고 깊은 심연 속으로 날아올랐다. 그리고 모든 것이 뒤섞이다가 사라져버렸다…… .

---

* 탄약장전을 위해 약실 뒤쪽을 여닫는 장치

지노츠카

사냥꾼 일행은 투박한 통나무집에서 신선한 건초를 깔고 밤을 보내고 있었다. 창문으로는 달이 얼굴을 빼꼼히 내밀고 있었고, 밖에서는 아코디언 소리가 구슬 피 울리고 있었다. 건초에선 농후한, 약간 흥분시키는 냄새가 났다. 사냥꾼들은 개들과 여자들, 그리고 첫사랑과 도요새에 대해서 이야기를 나누었다. 알고 있는 모든 귀부인들에 대한 음담패설이 오가고, 일화들을 한 보따리 풀어놓았다. 그러 자 사냥꾼들 중에서 마치 사령부에 근무하는 장교처럼 생긴데다, 밤에 보면 꼭 건 초 낟가리처럼 보이는 몹시 뚱뚱한 사냥꾼이 늘어지게 하품을 하고서 짙고 걸걸 한 목소리로 이렇게 말을 하는 것이었다.

"애인 만드는 거야 별 일도 아니지. 부인들이란 말이야, 우리 남정네들을 사랑 하기 위해 만들어진 것이거든. 그런데 말이지, 이보게들, 자네들 중에 누구 정을 맞아본 사람은 없나? 그러니까 말도 못하게, 돌아버릴 듯이 증오를 한 몸에 받아 본 사람이 없느냐는 말이지. 악의에 받친 그 열기에 데어본 경험이 있냐고. 응?"

대답하는 사람이 아무도 없었다.

"이보게들, 아무도 그런 경험이 없구먼?"

사령부의 장교 같은 굵직한 목소리가 울려 퍼졌다. 그러자 한 사냥꾼이 대답 했다.

"내가 그래 본 적이 있지. 곱상한 아가씨의 증오를 받아본 적이 있어, 그리고 난 비탄에 잠겨서 처음으로 증오심에서 나온 징후들을 배울 수 있었다네. 이보게들, 내가 최초의 증오심이라고 말한 건 말이야, 그것이 첫사랑과 정반대되는 무엇인가였기 때문일세. 그렇다곤 하지만 내가 지금 이야기하고자 하는 일이 일어난 건 내가 사랑에 대해서도, 증오에 대해서도 아직 아무것도 몰랐을 때였네. 난 당시에 일곱 살 정도 되었을 거야, 하지만 그것이 내게 닥쳐온 불행이라는 얘기는 아니야. 여기서 말일세, 자네들이 주목해야 할 것은 남자가 아니야, 바로 여자지. 그럼, 이야기를 들어주길 바라네.

더 이상 아름다울 수 없는 어느 여름날 저녁이었어. 해가 지기 전이었고, 나와 여자가정교사 지노츠카는 어린이 방에 앉아서 공부를 하고 있었어. 그녀는 굉장히 귀엽고 매력적인 여성이었는데, 전문대학 졸업을 눈앞에 두고 있었지, 지노츠카는 초점 없는 시선을 창밖으로 던지며 말했다네.

"자, 우리는 산소를 들이마시며 살지요. 페쟈군, 이번엔 우리가 무얼 내뱉는지 말해볼까요?"

"이산화탄소요." 그녀가 보고 있던 창문을 바라보며 난 대답했지.

"그렇다면." 지노츠카는 내 말에 동의했네. "식물들은 정반대이니, 이산화탄소를 들이마시고 산소를 내뱉는군요. 이산화탄소는 젤테르 광천수와 사모바르를 끓이는 장작불에도 함유되어 있지요. 그건 매우 유독한 기체랍니다. 나폴리 근처엔 강아지 굴이 있는데, 그 굴 안에는 이산화탄소가 차 있다고 하네요. 그 굴 안에다 풀어놓은 강아지는 숨을 헐떡이면서 죽어간답니다."

나폴리 근방에 있는 이 불행한 강아지 굴은 그녀가 알고 있는 화학지식의 대부분을 구성하고 있었지. 가정교사가 거기에서 더 이상 나아가려고 한 경우를 난 한 번도 본 일이 없었으니까. 지노츠카는 언제나 자연과학의 유용성에 대해서는 열성적으로 변론하곤 했지만, 화학에 관해선 이 강아지 굴에 대한 지식을 빼면 뭐든 더 이상 알고 있는 게 별로 없었을 거야.

이야길 계속하겠네, 그녀가 따라 하라고 하더군. 그래서 따라 했네. 그녀가 묻기를, 지평선이 무엇이냐고 하더군. 난 대답했지. 우리가 강아지 굴과 지평선에 대해서 곱씹고 있는 동안 아버지는 사냥 나갈 준비를 하고 있었어. 개들이 짖어대고, 곁에 매인 말들은 이 다리 저 다리를 조급하게 굴려대며 마부들에게 얼굴을 들이대고 있었네. 하인들은 여행마차에 가마니들이며 잡동사니들을 실어 넣었지. 여행마차 옆에는 어머니와 자매들이 타고 있는 대형마차가 나란히 서있었어. 그날은 이나니츠키 집안의 명명일이었거든. 집에 남은 사람이라곤 나와 지노츠카, 그리고 치아가 아프다고 집에 남은 대학생인 내 형뿐이었지. 내가 얼마나 의기소침해져서 입술이 부풀어 있었을 지 상상이 될 걸세!

"그럼 우리가 들이마시고 있는 건 뭐죠?" 지노츠카는 창밖에 시선을 던지며 물었어.

"산소요……."

"그래요, 그리고 지평선이란 건 하늘과 땅이 맞닿는 것처럼 보이는 장소를 말하는 거예요……."

그러자 이때 여행마차가 움직이고, 곧 대형마차가 그 뒤를 따라가기 시작했지……. 난 지노츠카가 주머니에서 무슨 종이쪽지를 꺼내는 것을 보았어. 그녀는 발작적인 동작으로 종이쪽지를 구겨서는 관자놀이 가에 가져다 댔어. 그 다음엔 얼굴을 붉히며 시계를 바라보더군.

"이제 기억해 두도록 하세요." 그녀가 말했지. "나폴리 근처에는 강아지 굴이라고 부르는 곳이 있으며……." 그녀는 다시 시계 쪽으로 시선을 고정한 채, 말을 계속했다네. "하늘과 땅이 만나는 것처럼 보이는 장소를……."

그녀는 긴장을 잔뜩 했는지 애처로운 모습으로 방안을 서성거리더니, 또 다시 시계로 시선을 돌리는 거야. 우리의 수업이 끝나려면 아직도 30분이나 더 남았었지.

"이제 산수를 하도록 하죠."

그녀는 말을 하면서도 숨이 거칠었고, 문제집을 넘기는 손은 떨리고 있었어.

"여기 325번 문제를 풀고 있어요, 난…… 금방 돌아올테니까……."

그녀는 나가버렸어. 계단을 따라 사뿐하게 내려 밟는 소리가 들렸고, 그 다음엔 창 너머로 그녀의 하늘빛 원피스가 마당을 스치고 지나가 정원의 쪽문으로 사라지는 것이 보였어. 그녀가 걸음을 재촉하는 모습과 뺨에 물들어 있는 홍조, 그리고 긴장하는 모습에 난 호기심이 발동했지.

'지노츠카는 어디에 갈까, 또 무슨 일이 있기에 달려간 걸까?'

나이에 비해 똑똑했던 나는 금방 상황을 파악하고 모든 걸 이해할 수 있었네.

'그녀가 정원으로 달려간 것은, 그 이유인 즉, 엄격하신 우리 부모님이 안 계시는 기회를 틈 타 산딸기 정원을 턴다던지, 아니면 버찌 열매를 따기 위해서야! 그렇다면, 이 나도 말이야, 공부고 나발이고 필요없이, 버찌를 따러 가겠어!'

난 문제집을 내팽개쳐버리고 정원으로 달려갔다네. 버찌가 열린 곳에 다다랐지만, 이미 그녀는 거기에 없었어. 산딸기 정원을 지나 구즈베리 나무와 정원지기의 오막살이를 지나갔지. 그 때 그녀가 야채 밭을 가로 질러서 연못 쪽으로 가고 있었는데, 조그만 소리에도 새하얗게 질려서는 몸을 흠칫 떨곤 하더군. 나는 그녀의 뒤를 밟았고, 그리고 말일세, 다음 광경을 본거야.

연못가, 두 그루 늙은 갯버들 나무의 굵직한 줄기들 사이로 우리 형인 사샤가 서있는 게 보이더군, 표정으로 봐서는 치통을 앓고 있는 티가 나질 않았어. 그는 지노츠카를 맞이하듯이 바라보고 있었는데, 그의 모든 행동거지를 보니 꼭 태양처럼 환하게 행복을 드러내더군. 한편 지노츠카는 꼭 강아지 굴로 내몰린 채 이산화탄소를 들이마시고 있는 강아지 같았다네. 그녀는 별일 아닌 듯 고개를 돌리고서 그에게로 향하는데 숨은 거칠었고 다리는 겨우 움직이고 있는 것 같았어……. 어딜 봐도 그건 그녀의 생애에서 첫 밀회라는 게 여실하게 드러나 보였지. 그렇지만, 거기에선 그녀가 다가갔어……. 그들은 서로 제 눈이 믿기지 않는다는 듯 보였네, 수십 초 동안 그들은 말없이 서로를 바라보고 있더군. 그러다가 그녀의 등이 무언가에 떠밀렸는지, 지노츠카는 팔을 사샤의 어깨에 대고선 형의 조끼에다 자신의 아담한 머리를 기대었지. 사샤는 웃으면서 뭔가 앞뒤가 맞지 않는 말을 웅얼거렸고, 콩깍지에 쓰인 사람이 하는 꼴사나운 모습 그대로 제 양손을 지노츠카의 얼굴에 가져다 대더군. 날씨는 말일세, 환상적이었지……. 야트막한 언덕 너머로 가라앉아가는 태양과 두 그루의 갯버들 나무, 연못가의 초록빛, 그리고 하늘……. 사샤와 지노츠카는 이 모든 것과 함께 연못의 수면 위에 떠있었지. 그리고 그 고요함이란……. 상상할 수 있을 걸세. 강아지풀들 위로는 길쭉한 더듬이를 가진 나비 수백 만 마리가 샛노랗게 빛을 내며, 정원 너머에서 무리를 쫓고 있었다네. 한 마디로, 그림으로 표현한다 해도 도저히 흉내를 내지 못할 만큼 멋진 날이었지.

난 그들이 하는 행위를 모두 목격하고서야 사샤가 지노츠카와 입을 맞췄다는 걸 이해할 수 있었네. 나쁜 짓을 하고 있던 거였지. 만약 마망*이 알기라도 하는 날엔 그 두 사람은 혼 줄이 날 테지. 난 무언가 부끄럽다는 생각이 들었고, 밀회를 끝까지 지켜보지 않은 채 어린이 방으로 돌아갔다네. 그리고서 난 문제집을 펴놓고 앉아서 생각했어, 따져보았지. 그리곤 내 얼굴엔 득의만만한 미소가 피어올랐어. 한편으론 타인의 비밀을 간직하고 있는 자의 기쁨이었고, 또 다른 한편으론 사샤와 지노츠카 같은 성인이 매 분 매 초 어느 때라도 나쁜 짓을 저지르는 사람이 될 수 있다는 점이었네. 이건 세상의 관습을 몰랐던 내가 입만 뻥긋하면 그렇게 되는 일이었기에 역시 기쁨은 매우 컸지. 이제 그들은 내 손아귀에 들어있었고, 전적으로 내 아량에 따라 그들의 마음은 흔들리게 될 것이었네.

'내가 본때를 보여줄 때가 온 거야!'

내가 잠자리에 들 때가 되자 지노츠카는 항상 그래왔듯이 어린이 방에 들렀다

---

* maman- 역주: 프랑스어로 '엄마'라는 의미.

네. 내가 옷도 안 갈아입고 잠든 건 아닌지, 하느님께 기도는 했는지를 알아보려고 말이지. 나는 그녀의 곱상하고 행복에 찬 얼굴을 쳐다보고서 득의에 찬 미소를 지었어. 내 안의 비밀이 가슴을 찢고서 마구 밖으로 튀쳐나오려고 하는 거야. 미끼를 던질 필요가 있었어, 반응을 즐길 필요가 있었지.

"난 알아요!" 난 득의양양해서 말했네. "히-히!"

"뭘 알고 있다는 건가요?"

"히히, 난 선생님이 갯버들 나무 근처에서 사샤랑 입 맞추는 걸 봤어요. 내가 선생님을 따라가서는, 모두 다 봐 버렸다구요."

지노츠카는 부르르 몸을 떨더니 얼굴이 온통 새빨개졌다네, 그리고 내가 던진 미끼에 와르르 무너져버린 그녀는 물이 담긴 컵과 촛대가 놓인 탁자 위에 그만 털석 주저 앉아버렸지.

"봐버렸어요, 선생님이…… 입 맞추는걸……."

난 다시 말했지, 그녀의 당혹스러워하는 모습을 즐기며 웃음을 흘렸어.

"흐음! 난 엄마한테 말해버릴 테야!"

소심한 지노츠카는 나를 뚫어져라 바라보았고, 진짜로 내가 모든 걸 알고 있다고 단정 짓고선 내 팔을 붙잡더군. 그리고 기어들어가는 듯한 떨리는 목소리로 이렇게 웅얼거리기 시작했어.

"페쟈군, 이건 좋지 않은 행동이에요……. 제발, 부탁할 게요……. 남자는 그러지 않는 답니다……. 누구에게도 말하면 안 돼요……. 훌륭한 사람들은 훔쳐보거나 하지 않으니까요……. 그건 좋지 않은 행동이에요……. 부탁이에요……."

첫 째로, 우리 어머닌 선량하셨지만, 한편 엄하기도 한 부인이었기에 이 불쌍한 아가씨 마망을 불처럼 무서워했다네. 두 번째로는, 그녀의 매혹적이고 순수한 첫사랑 이야기를 내 근질거리는 주둥이가 가만히 놔둔다는 건 있을 수 없는 일이었지. 이로 보아 그녀의 애타는 심정이 어땠을 지 상상이 갈 걸세. 나 때문에 그녀는 뜬 눈으로 밤을 지새웠고, 이튿날 아침 차를 마시러 내려왔을 땐 눈가에 다크 서클이 시커멓게 그늘이 져 있더군……. 차를 마시고서 사샤를 만났을 때 난 웃음을 참지 않고 이렇게 내뱉어버렸다네.

"난 알아! 난 어제 형이 지나 선생님이랑 입 맞추는걸 봤어!"

사샤는 날 쳐다보더니 이렇게 말했지.

"바보."

형은 지노츠카처럼 소심하진 않았어, 그래서 효과는 별 볼일 없더군. 나는 더더욱 화가 났지. 만약 사샤가 놀라지 않았다면, 그건 분명히 내가 모든 걸 봤다는 걸, 알고 있다는 걸 믿지 않고 있기 때문이라고.

'그대로 조금만 기다려보라지, 내가 혼내주고 말 테야!'

오전 수업시간에 지노츠카는 나를 쳐다보지 않고 말을 더듬거리기도 했다네. 그녀는 나를 혼내는 대신에 만점을 주었고, 내가 장난친 사실을 아버지에게 일러바치지 않았으며, 내게 온갖 아첨을 늘어놓았지. 또래보다 똑똑했던 나는 그녀의 비밀을 이용해서 하고 싶은 걸 다 했어. 수업은 듣지 않고 교실을 물구나무서서 다녔으며 막말을 해댔다네. 한마디로, 내가 그런 상태로 오늘날까지 계속했다면, 난 천하의 공갈범이 될 수도 있었겠지. 이야길 계속하겠네, 한 주일이 지났어. 타인의 비밀이란 흥분과 괴로움을 수반하는 법이지. 꼭 양심에 털이 난 것 같았어. 난 어떻게 해서든 비밀을 까발리고, 그 효과를 알아보고 싶은 마음이었다네. 그렇게 손님이 가득 모였던 어느 날의 식사시간이었어. 난 최대한 바보같이 웃으며 교활한 시선으로 지노츠카를 바라보았네, 그리고 말했어.

"난 알아요…… 히히! 난 봐버렸어요……."

"뭘 알고 있다는 거야?" 어머니가 묻더군.

난 더욱 악랄하게 지노츠카와 사샤를 바라보았지. 이 아가씨가 얼마나 얼굴이 새빨개졌나, 사샤가 얼마나 악의에 찬 눈초리를 하고 있는지 봐둬야 했거든! 난 입을 다물고는 더 이상 말을 하지 않았어. 지노츠카는 점차 창백해졌고, 이를 악물더니 수저를 아예 놓아버리더군. 바로 그날 저녁 수업시간, 지노츠카의 얼굴이 서늘하게 변해있다는 걸 알았지. 더 딱딱해지고 냉랭해진 얼굴은 꼭 대리석으로 만들어진 것 같았어. 한편 그 눈길은 곧장, 그리고 기이하게 내 안면을 관통하고 있었지. 그건 말일세, 내가 자네들에게 토씨 하나 안 보태고 말하네만, 늑대를 쫓는 사냥개에게서도 그런 눈은 본 일이 없네. 난 그토록 확고하고 위험한, 뭔가 저지르겠다는 듯한 눈빛을 본 일이 없어! 내가 그 눈빛의 의미를 완벽하게 이해한 건, 수업 도중에 돌연 그녀가 이빨을 꽉 다문 채 이런 말을 내뱉었을 때였네.

"가만 두지 않겠어! 아, 자신이 얼마나 징그럽고 혐오스럽기까지 한 지를 이 학생이 안다면, 내가 얼마나 학생을 증오하고 있는지를, 그리고 학생의 대갈통과 툭 튀어나온 저 허접스런 귀가 내 눈에 얼마나 거슬리는지를 안다면!"

하지만 곧장 그녀는 깜짝 놀라며 이렇게 말했지.

"이건 학생에게 한 말이 아니라, 대본 연습을 한 거에요……."

그 다음엔, 이 보게들, 밤이었다네. 난 그녀가 내 침상으로 다가와서는 오랫동안 내 얼굴을 쳐다보고 있는 모습을 봐버렸지. 그녀는 열의와 성의를 다해 나를 증오했어. 이미 난 그녀의 삶에서 그 목표가 되어버린 거야. 증오스러운 내 얼굴을 들여다보는 것이 그녀의 삶이 되었어. 아니, 이런 일도 기억나는 군, 황홀한 여름날의 저녁이었지……. 건초 냄새가 풍기고 고요했던, 그렇고 그런 날이었지. 달이 두둥실 떠있었어. 난 가로수 길을 걸으며 버찌 잼에 대해 생각하고 있었지. 돌연 미인이었던 지노츠카가 창백한 모습으로 내게 다가와서 내 팔을 잡았다네. 그리고 숨을 거칠게 내쉬며 분명하게 말하기 시작했어.

"내, 내가 널 얼마나 증오하는지 모르지! 나에게 이렇게까지 악의를 품게 한 건 네가 처음이야! 넌 이걸 알아야 해! 난 네가 이걸 알았으면 한다고!"

이해할지 모르겠네만, 달, 공포에 떠는 창백한 얼굴, 그리고 정적…… 이런 것들이 내 마음에 들게 되었어. 그녀의 말을 듣고 그 눈을 쳐다보는 것이 처음엔 내게 유쾌하고 새로웠지, 하지만 그 다음엔 갑자기 무서워졌어, 난 비명을 지르고서 냅다 집으로 달려갔다네.

난 최선책이란, 바로 마망에게 말해버리는 것이라는 결론을 내렸어. 그래서 난 마망에게 일러바쳤는데, 고자질하는 김에 사샤가 지노츠카랑 입을 맞췄던 정황에 대해서도 이야기를 해버렸다네. 난 어리석었고, 결과가 어떻게 될 것인지 몰랐어. 알았더라면 비밀을 가슴 속에 묻어놓았을 텐데……. 엄마도 내 이야기를 다 듣고 나선 화를 내며 이렇게 말씀 하셨다네.

"그런 이야기는 네가 신경 쓸 일이 아니다, 넌 아직 어리잖니……. 그건 그렇다고 해도, 애 앞에서 할 짓이 따로 있지!"

우리 엄마는 성격이 너그럽기도 하셨지만, 또 똑부러지기도 하셨지. 마망은 구설수가 생기지 않도록 지노츠카를 한동안은 쫓아내지 않았네. 대신 점잖지만 같이 일할 수 없는 사람들을 쫓아 내보내듯이 차츰, 그리고 절차에 맞춰서 내보냈지. 지노츠카가 우리 집에서 떠날 때, 내가 서있던 창문가로 쏘아 보던 그녀의 마지막 눈길을 기억하네. 단언하건데, 난 아직도 그 시선을 기억하고 있다네.

지노츠카는 곧 형수가 되었지. 바로 자네들이 아는 그 지나이다 니콜라예브나라네. 그 이후로 형수를 만난 건 내가 육군 사관생도가 되었을 때였어. 콧수염이 난 사관생도였으니 그녀는 아무리 노력해도 증오스러운 그 페쟈를 알아볼 수 없었다네, 하지만 그럼에도 나를 대할 때면 꼭 친절하게 대해주지는 않았어……. 심지어 이젠 내가 후덕한 탈모 자국과 부드러운 배불뚝이에 고분고분한 태도를 보이는데도 말이지, 그녀는 어찌되었든 내가 형네 집에 들리기만 하면 의심쩍은 눈길로 날 바라보고, 가시방석에 앉은 듯이 안절부절하며 행동하는 걸세. 보아하니, 증오란 것도, 꼭 사랑처럼 잊혀 지지 않는 건가 봐……. 이런! 닭이 우는 소리가 들리는군. 이젠 눈 좀 붙이세! 선생도, 이제 자리에 드시게!"

카쉬탄카

1. 나쁜 행동

여우를 닮은 갈색 사냥개가 보도블록을 따라 불안한 듯 이리저리 뛰어다니고 있었다. 개는 짖어대면서 꽁꽁 언 한 쪽 발과 다른 쪽 발을 가끔씩 번갈아 들어 올리며 멈춰 섰다가 스스로에게 무언가를 해명하려고 애쓰고 있었다.

'어떻게 이런 일이 일어날 수 있지? 길을 잃은 것인가?'

카쉬탄카는 자신이 하루를 어떻게 보냈는지 잘 기억하고 있었다. 아침에 카쉬탄카의 주인인 소목장이 루카 알렉산드르이치는 모자를 쓰고 겨드랑이에 뭔가 빨간 보자기에 싼 것을 낀 채 소리쳤다.

"카쉬탄카야, 가자!"

카쉬탄카는 자신의 이름을 듣자 단꿈에 빠져있었던 작업대 밑의 얇은 판자 위에서 기지개를 켜고 나서 주인을 향해 뛰쳐나왔다. 먼 곳에서 주문을 했기 때문에 주인은 주문자를 찾아가기 전에 수차례 선술집에 들러서 원기를 북돋워야만 했다. 카쉬탄카는 길을 가는 동안 자신이 매우 버릇없이 행동했다는 것을 기억했다. 카쉬탄카는 주인이 길을 떠나는데 자기를 데리고 간다는 사실에 기뻐서 껑충 껑충 뛰어올랐고 큰 소리로 짖어대며 철도마차를 향해 돌진하거나, 다른 개들을 뒤쫓아 마냥 여기저기를 뛰어다녔다. 그래서 소목장이는 카쉬탄카가 눈에 띄지 않을 때마다 멈춰 서서 성난 목소리로 소리치곤 했다. 심지어 한 번은 몹시 화가 난 그가 여우 귀를 닮은 카쉬탄카의 귀때기를 잡아당기며 성난 목소리로 으름장을 놓기도 했다.

"너…… 죽을 래, 이 나쁜 놈아!"

주문자들을 찾아다니던 루카 알렉산드르이치는 여동생에게 들려 목을 축이고 요기를 했다. 그리고 여동생 집에서 떠나온 그는 안면이 있는 재봉공에게 들렀으며 재봉공에게서 선술집으로, 선술집에서 오랜 친구한테로, 그러다보니 카쉬탄카가 지금의 낯선 길로 들어섰을 때는 이미 어둑어둑해질 무렵이었고, 소목장이는 만취가 된 상태였다. 소목장이는 사방으로 손사래를 치면서 깊은 한숨을 내쉬며 이렇게 중얼거렸다.

"난 계율을 어긴 사람이야!*오, 잘못이야, 잘못한 거야! 이제 우리는 길을 따라가면서, 마치 지옥에서 타오르게 될 화마 같은 가로등을 바라보자구나!"

갑자기 그는 아주 부드러운 목소리로 카쉬탄카를 가까이 불러 말했다.

"카쉬탄카, 넌 벌레만도 못한 존재야. 인간에 비유하자면 너는 소목장이에 대한 목수의 관계와 똑같단 말이야."

그가 이렇게 잔소리를 늘어놓고 있을 때, 갑자기 음악소리가 크게 들려왔다. 카쉬탄카는 고개를 돌려보니 길을 따라 이쪽으로 병사들이 다가오는 것이 보였다. 카쉬탄카는 신경을 거슬리게 하는 음악소리에 요동치며 짖었는데, 놀랍게도 주인 소목장이는 놀라거나 날카롭게 소리를 지르기는커녕 미소를 띠면서 병사들을 향해 거수경례를 했다.

주인이 낯선 병사들에게 대항하지 않는 것을 보고 카쉬탄카는 더욱더 크게 짖어댔으며 자신이 어떤 행동을 하고 있는지 알지 못한 채, 길을 건너 다른 쪽 인도

---

* 〈구약성서〉 시편에서 인용

로 돌진해갔다.

얼마 후, 카쉬탄카가 문득 정신을 차렸을 때는 음악소리도 들리지 않고, 병사들도 보이지 않았다.

카쉬탄카는 재빨리 길을 건너 주인이 있던 곳으로 달려갔다. 하지만 소목장이 주인은 그곳에 없었다! 카쉬탄카는 이리저리 뛰어다니며 다시 한 번 길을 건너갔지만 소목장이 주인은 땅으로 꺼져 버렸는지 보이지 않았다.

카쉬탄카는 주인의 냄새로 그의 발자국을 찾기 위해 길바닥에서 냄새를 맡기 시작했다. 그러나 어떤 불한당이 새 고무신을 신고 지나갔는지 주인의 미세한 냄새는 강한 고무성분의 악취에 섞여 사라지고 말았다.

카쉬탄카는 사방으로 뛰어다녔지만 끝내 주인을 찾지 못했고, 그 사이에 날은 이미 어두워져버렸다. 길 양쪽의 가로등에 불이 들어오고 건물의 창문마다 불빛이 흘러나왔다. 게다가 함박눈까지 내려 말 잔등과 마차 덮개는 점점 하얗게 변했으며 날이 어두워질수록 사람들은 종종걸음으로 재빨리 지나쳐갔다. 낯선 주문객들이 카쉬탄카의 시야를 가리면서 카쉬탄카를 툭툭 치며 지나가기도했다.

카쉬탄카는 모든 인간이 두 부류로 나누어진다고 생각한다. 그것은 바로 주인과 주문자 집단이다. 그 두 부류 사이에는 큰 차이가 존재하는데 주인은 카쉬탄카를 때릴 수 있는 권리를 지녔고, 주문자들에 대해서는 카쉬탄카가 그들의 장딴지를 깨물 수 있는 권리를 갖고 있었다.

주위가 완전히 어둠에 휩싸이자 절망과 공포가 카쉬탄카에게 한꺼번에 몰려왔다. 카쉬탄카는 어느 낯선 집의 문가에 앉아서 슬프게 울기 시작했다. 주인인 루카 알렉산드르이치와 하루 동안의 여행이 카쉬탄카를 피곤하게 했고, 그의 귀와 다리는 꽁꽁 얼어터진 데다가 허기져서 배도 고팠던 것이다. 카쉬탄카는 하루 종일 두 번 밖에 먹을 기회가 없었다. 재단사의 집에서 밀가루 죽을 조금 얻어먹었고, 어느 선술집의 판매대 근처에서 소시지 껍질을 발견해 주워 먹었을 뿐이었다. 그것이

전부였다. 만일 카쉬탄카가 사람이었다면 이렇게 생각했을 지도 모른다.

'이렇게 살 수는 없어! 차라리 권총자살이라도 하는 편이 낫지!'

2. 정체불명의 낯선 사람

카쉬탄카는 아무 생각도 없이 그저 울고만 있었다. 그러다가 부드러운 함박눈이 그의 등과 머리를 완전히 뒤덮었을 때, 카쉬탄카는 기진맥진해져서 무거운 졸음 속으로 빠져 들었다.

그때 현관문이 활짝 열리면서 누군가가 누워있는 카쉬탄카의 옆구리를 걷어찼다. 카쉬탄카는 껑충 뛰어올랐는데 열린 문으로 주문자의 부류에 속하는 어떤 사람이 나왔다.

카쉬탄카는 "깨갱" 소리를 지르며 그의 발밑으로 떨어졌다. 그는 깜짝 놀라서 카쉬탄카 쪽으로 몸을 숙이며 물었다.

"멍멍아, 너는 어디서 왔느냐? 내가 너를 다치게 했구나? 어유, 가엾어라. 화내지마라, 응? 내가 잘못했다."

카쉬탄카는 속눈썹에 내려앉아 있는 눈 사이로 낯선 사람을 바라보았고, 작고 뚱뚱한 그는 깨끗하게 면도한 얼굴로 모피외투를 걸친 채 서 있었다.

"너는 왜 그리 구슬프게 울고 있지?"

그는 손가락으로 카쉬탄카의 등에서 눈을 털어내며 계속 말했다.

"네 주인은 어디 있어? 길을 잃은 거로군. 아휴, 불쌍해라. 어떻게 한다?"

낯선 사람의 따뜻하고 정감어린 목소리에 카쉬탄카는 그의 손을 핥으며 더욱 처량하게 울었다.

"아유, 착하다. 그런데 넌 참 우습게 생겼구나!"

낯선 사람이 말했다.

"여우같이 생겼잖아! 그런데 어떻게 할까? 음, 나와 함께 가자구나! 어딘가에 네가 쓸모가 있을지도 모르겠어. 자, 가자!"

그가 따라오라는 손짓을 하자 카쉬탄카는 그의 뒤를 따라갔다. 30분이 채 못되어 카쉬탄카는 크고 환한 방의 마룻바닥에 앉아 있었다. 그리고 머리를 옆구리 쪽에 대고 감동과 호기심이 어린 눈빛으로 식탁에 앉아 식사를 하는 낯선 사람을 주시하고 있었다. 그는 음식을 먹으면서 연신 카쉬탄카에게 음식 부스러기들을 던져주었다. 처음에는 빵 조각과 치즈껍질을 주었고 다음으로 고깃덩어리와 케이크 반 조각, 그리고 닭 뼈를 주었다. 카쉬탄카는 그것을 최대한 빨리 삼켜버렸기 때문에 미처 그 맛을 느낄 수도 없었다. 카쉬탄카는 먹으면 먹을수록 더욱더 배고픔을 느꼈다.

"네 주인은 너를 몹시 굶긴 게로구나!"

낯선 사람은 카쉬탄카가 제대로 음식을 씹지도 않고 삼키는 것을 보고 이렇게 말했다.

"어쩌면 저렇게 삐쩍 마를 수가 있담. 아주 뼈와 가죽만 남았어."

카쉬탄카는 많이 먹었으나 배는 부르지 않았다. 단지 음식에 취했을 뿐이었다.

식사 후에 카쉬탄카는 방 한가운데에 길게 누워 몸 전체로 퍼지는 상쾌한 피로를 느끼며 다리를 쭉 뻗고 천천히 꼬리를 흔들기 시작했다. 그리고 카쉬탄카의 새 주인이 안락의자에 몸을 쭉 펴고 앉아 담배를 피우는 동안 심각한 고민에 빠졌다.

'어느 곳이 더 좋은 곳일까? 소목장이의 집일까, 아니면 이 낯선 사람의 집일까?'

먼저 낯선 사람의 주변상황은 보잘 것이 없었고 보기 좋지도 않았다. 안락의자와 소파, 그리고 양탄자 이외에 장식품이라곤 아무것도 없었다. 그래서 방은 텅 빈 것처럼 보였다. 그러나 소목장이의 집에는 집안 전체가 입추의 여지없이 물건들로 가득차 있었다. 소목장이에게는 책상과 작업대에서 나온 대팻밥더미와 대패들, 조각용 칼, 끌, 정, 먼지, 풀, 대야 등 온갖 물건들이 있었던 것이다.

낯선 사람의 집에는 아무런 냄새도 나지 않지만 소목장이의 집은 언제나 안개가 뿌옇게 끼어 있고, 늘 기분 좋은 풀과 니스, 그리고 대팻밥 냄새가 난다. 하지만 낯선 사람은 무엇보다도 먹을 것을 많이 준다. 그렇기 때문에 그에게 받은 만큼 착실하게 은혜를 갚아야 할 거야.

카쉬탄카가 식탁 앞에 앉아 열심히 그를 쳐다볼 때에도 그는 카쉬탄카를 때리지도 발길질도 하지 않았으며 이렇게 소리를 지르지도 않았다.

"꺼져, 이 멍청한 놈아!"

새 주인은 담배를 피운 후, 잠깐 나가더니 작은 방석을 하나 들고 돌아왔다.

"어이, 멍멍아, 이리 오너라!"

그는 방석을 소파 근처의 구석에 놓으며 말했다.

"누워, 여기서 자거라."

그리고 그는 전등불을 끄고는 밖으로 나갔다.

카쉬탄카는 방석 위에 누운 채 눈을 감았다. 거리에서 개짖는 소리가 들려와서 카쉬탄카는 그 소리에 응답해주고 싶었지만 갑자기 예기치 않은 우울한 기분이 카쉬탄카를 휘감았다. 카쉬탄카는 주인 루카 알렉산드로비치와 그의 아들 체두쉬카, 그리고 작업대 밑의 안락한 보금자리가 눈앞에 떠올랐다.

카쉬탄카는 회상했다.

긴 겨울 밤, 소목장이 주인이 대패질을 하거나 큰 소리로 신문을 읽을 때, 페두쉬카는 보통 카쉬탄카와 함께 놀았다. 그는 카쉬탄카의 뒷다리를 잡아 작업대로부터 끌어내는 장난을 했다. 그럴 때마다 카쉬탄카는 눈앞이 노래지고 온몸의 관절 마디마디가 쑤시고 아팠다. 그리고 그는 카쉬탄카에게 담배 냄새도 맡도록 했다. 그러나 무엇보다 괴로웠던 장난질은 페두쉬카가 작은 고깃덩이를 실로 묶어 카쉬탄카에게 주었다가 카쉬탄카가 고깃덩이를 삼키면 크게 웃으면서 실을 잡아당겨 카쉬탄카의 위에서 고깃덩이를 다시 끄집어내는 것이었다. 그런 기억들이 또렷해질수록 카쉬탄카는 더 큰 소리로 쓸쓸하게 훌쩍거렸다.

하지만 얼마 지나지 않아 피로와 온기가 카쉬탄카를 우울한 기분에서 빠져나오게 해주었다. 카쉬탄카는 잠들었다. 꿈속에서 개들과 함께 뛰어다녔다. 그 중에는 오늘 길에서 보았던 늙은 푸들도 있었는데, 그의 눈에는 백내장이 끼어 있고 코 주변에 털 뭉치를 달고 있는 털이 덥수룩한 개였다. 그때 갑자기 체두쉬카가 덥수룩한 털로 덮이면서 유쾌하게 짖으며 카쉬탄카 옆에 섰다. 카쉬탄카와 그는 사이좋게 서로 코로 냄새를 맡으며 거리를 뛰어다녔다.

3. 새롭고 매우 반가운 친분

카쉬탄카가 잠에서 깨었을 때는 이미 날이 환해졌고, 거리에서는 한낮의 소음이 들려왔다. 카쉬탄카는 기지개를 켜고 하품을 한 다음 밝지만 우울한 기분에 젖은 채 방안을 서성거렸다.

그는 방안과 가구의 냄새를 맡고나서 현관 쪽을 향해 나 있는 문 이외에 다른 문이 보이자 두 다리로 문을 긁어서 열고 들어가 보았다. 그곳에서는 융단 이불을 뒤집어 쓴 주문자가 자고 있었다. 그가 어제의 그 낯선 사람임을 알아본 카쉬탄카는 으르렁거리며 냄새를 맡기 시작했다.

카쉬탄카는 낯선 사람의 옷과 장화를 냄새 맡으며 그것에서 말(馬) 냄새가 난다는 것을 알아냈다. 그리고 침실에서부터 어딘가로 또 하나의 문이 나있었으나 그 문도 닫혀 있었다. 카쉬탄카는 그 문을 발로 긁고 가슴으로 밀어 열자마자 동시에 몹시 이상한 냄새를 맡았다. 카쉬탄카는 불쾌한 만남을 예감하면서 으르렁거렸고 여기저기 살피며 더러운 벽지가 발라져 있는 작은 방으로 들어섰다. 카쉬탄카는 두려움이 밀려들어오는 것을 느끼며 앞을 바라보았는데, 거기에서 예기치 않았던 무서운 것을 보았다.

회색거위 한 마리가 목과 머리를 바닥으로 향하고 날개를 펼친 채 카쉬탄카를 향해 똑바로 돌진해 왔던 것이다. 그리고 카쉬탄카에게서 얼마 떨어지지 않은 곳에는 흰 고양이 한 마리가 누워 있었다. 카쉬탄카를 본 고양이는 홀쩍 뛰어오르더니 등을 구부리고 꼬리를 떨며 털을 곤두세운 채 카쉬탄카를 위협하기 시작했다.

카쉬탄카는 소스라치게 놀랐지만 자신의 공포심을 드러내지 않으려고 큰 소리로 짖으며 고양이를 향해 달려들었다. 고양이는 더욱더 힘차게 등을 세우고 카악 하는 소리를 내며 앞발바닥으로 카쉬탄카의 머리를 후려쳤다.

카쉬탄카는 껑충 뛰어올랐다가 고양이의 얼굴을 향해 네 다리로 곧게 버려 섰다. 그리고 찢어질 듯한 요란한 목소리로 짖어대기 시작했다. 바로 이때, 거위가 뒤쪽으로 다가와 부리로 카쉬탄카의 등을 아프게 찍었다. 카쉬탄카는 다시 뛰어오르면서 거위를 향해 돌진했다.

"무슨 일이야!"

성난 목소리를 내지르며 가운을 입은 낯선 사람이 방으로 들어왔다. 그는 담배를 물고 있었다.

"뭣들 하는 거야 지금, 제자리로 가!"

그는 고양이에게 다가가 그의 굽은 등을 손가락으로 퉁기며 말했다.

"표도르 티모페이치! 뭐하는 거야? 싸우는 거야? 이 늙은 악당 같으니라고, 누워!"

그리고 거위를 바라보며 소리쳤다.

"이반 이바느이치, 제자리로!"

고양이는 고분고분하게 자기 방석으로 돌아가 누웠다. 고양이의 얼굴 표정과 수염의 움직임으로 보아 순간적으로 흥분해서 이 싸움에 말려든 것을 불만스럽게 여기고 있는 것 같았다.

카쉬탄카는 서러워서 훌쩍거렸고, 거위는 목을 길게 빼고서 뭔가를 열정적이고 빠른 말투로 지껄여대기 시작했지만 아무도 알아 들을 수 없었다.

"아, 이제 그만 됐어, 됐다고!"

주인은 하품을 하며 말했다.

"조용히 사이좋게 지내야지."

그는 카쉬탄카를 쓰다듬으며 말했다.

"무서워할 것 없어, 좋은 애들이야. 너를 놀려대지 않을 거야, 그런데 참 너를 뭐라고 부르지? 이름이 없으면 곤란한데."

낯선 사람은 잠시 생각한 후에 이렇게 말했다.

"자, 그러면 네 이름은 아줌마다, 알겠어? 아줌마!"

그리고 몇 번 아줌마라는 단어를 반복하고 나서 낯선 사람은 방을 나섰다.

카쉬탄카는 가만히 앉아 고양이와 거위를 관찰하기 시작했다. 고양이는 미동도 없이 자는 척 했고, 거위는 한 장소에서 목을 길게 빼고는 빠르고도 열띤 목소리로 무슨 말인가를 계속 해댔다. 거위가 하는 행동으로 보아 매우 영리한 거위인 것 같았다. 카쉬탄카는 방 구석구석을 다니며 냄새를 맡기 시작했다. 한 쪽 구석에는 작은 그릇이 놓여 있었는데, 그 그릇에서 카쉬탄카는 젖은 완두콩과 부풀어 오른 호밀 껍질을 발견했다.

카쉬탄카는 완두콩을 조금 맛보았으나 맛이 없었고, 호밀 껍질을 맛보고 나서는 먹기 시작했다.

거위는 처음 보는 개에게 자기 먹이를 내주게 된 것에 더욱더 열이 받쳐 말을 내뱉기 시작했다. 그리고 자신의 불만에 대한 확신을 보여주기 위해 몸소 밥그릇 쪽으로 다가가더니 완두콩을 몇 개 쪼아 먹었다.

4. 어리석은 것

얼마동안 시간이 지나자 다시 낯선 사람이 들어왔다. 그는 러시아어 알파벳 '페'(П)자와 문짝을 닮은 물건을 들고 있었는데, 거칠게 두들겨 만든 '페' 모양의 나무 횡목 위에는 종이 걸려 있고, 그것은 권총과 함께 묶여 있었다. 그리고 종 안에 매달린 방울과 권총의 방아쇠로부터 줄이 길게 늘어져 있었다. 낯선 사람은 '페' 모양의 횡목을 방 한가운데에 놓고 오랫동안 뭔가를 묶었다 풀었다 하더니 거위를 쳐다보며 이렇게 말했다.

"자, 이반 이바느이치!"

거위는 그에게로 다가가 준비 자세를 취하며 멈추어 섰다.

"자!"

낯선 사람이 말했다.

"처음부터 시작한다. 먼저, 고개 숙여 인사를 해야지, 실시!"

거위는 목을 길게 빼고 사방으로 고개를 끄덕거리며 발을 가볍게 부딪쳤다.

"아주 잘 했어. 이제 죽는다."

거위는 등으로 누워 두 다리를 공중으로 향한 채 몸을 부르르 떨기 시작했다. 계속 여러 차례 이와 비슷한 놀이를 반복한 다음 낯선 사람은 갑자기 머리를 움켜쥐고 공포에 찬 얼굴로 소리치기 시작했다.

"으악! 불이다! 불!"

거위는 '페' 모양의 횡목 쪽으로 달려가서 부리로 밧줄을 물어 당기며 종을 치기 시작했다. 낯선 사람은 매우 만족스런 얼굴로 거위의 목을 쓰다듬으며 말했다.

"잘했어, 이반 이바느이치! 이제 네가 금과 은을 파는 보석상이라 상상해보는 거야. 네가 지금 너의 가게로 가보았는데 가게 안에서 도둑놈을 발견했어. 그런 경우에 너는 어떻게 해야 하지?"

거위는 부리로 다른 밧줄을 잡아 당겼다. 그러자 귀를 멍멍하게 할 만큼 커다란 총소리가 울려퍼졌다. 카쉬탄카는 그 총소리가 몹시 마음에 들었고 너무 기쁜 나머지 '페' 모양의 횡목 주위를 뛰어다니며 짖기 시작했다.

"아줌마, 제자리로!"

카쉬탄카에게 낯선 사람이 소리쳤다.

"조용히 해!"

거위의 훈련은 사격으로도 끝나지 않았다. 낯선 사람은 밧줄 위로 거위를 걷게 했고, 채찍을 치면 거위는 장애물을 뛰어넘고 둥근 테를 지나 뒷발로 똑바로 서야 했다. 다시 말해 거위는 꼬리로 앉아 두 발을 흔들어야 했던 것이다. 카쉬탄카는 거위에게 지나치게 정신을 집중한 나머지 자신에게 내려진 경고도 잊고 몇 번이나 크게 짖으며 거위 꽁무니를 뛰어다녔다.

한참 후, 거위와 자기 자신을 지치게 한 낯선 사람은 이마에 흐르는 땀을 닦으며 소리쳤다.

"마리야! 하브로니야 이바노브나를 데려와."

잠시 후에 돼지의 꿀꿀거리는 소리가 들렸다. 카쉬탄카는 겁먹은 표정으로 으르렁거리며 만일의 경우에 대비하여 낯선 사람의 곁으로 다가갔다.

방문이 열리고 무언가를 중얼거리던 낯선 노파가 들어오더니 못생긴 검정 돼지 한 마리를 풀어 놓았다. 돼지는 카쉬탄카가 으르렁거려도 아무런 반응을 보이지 않고, 주둥이를 위로 쳐든 채 매우 유쾌한 듯 꿀꿀거리기 시작했다. 그런 돼지의 표정으로 보아 돼지는 주인과 고양이와 거위를 보게 되어서 몹시 기뻐하는 것 같았다.

돼지는 고양이에게 다가가 고양이의 배를 콧등으로 살짝 건드리고, 거위와는 무언가에 대해 말하기 시작했다. 돼지의 행동과 목소리, 그리고 꼬리의 움직임으로 보아 착한 녀석이라는 걸 알 수 있었다.

카쉬탄카는 이런 상대에게 으르렁거리며 짖어보아야 아무런 소용이 없다는 걸

곧 깨달았다. 주인은 '페' 모양의 횡목을 치우고 소리쳤다.

"자, 표도르 티모페이치!"

고양이가 일어나 게으르게 기지개를 켜더니 은혜를 베풀어주기라도 하는 양 거만한 자세로 돼지에게 다가갔다.

"자, 이집트 피라미드를 시작하자!"

주인이 말했다. 그는 오랫동안 뭔가를 열심히 설명하더니 이렇게 명령했다.

"하나, 둘, 셋!"

거위는 셋이라는 말에 날개를 흔들며 돼지의 등 위로 껑충 뛰어올랐다. 거위가 날개로 균형을 잡으며 뻣뻣한 등 위에서 자세를 잡았을 때, 고양이는 기력도 없이 게으르게 마치 자신의 예술을 대수롭지 않게 여기고 경멸한다는 듯 돼지의 등 위로 기어올랐다. 이어서 거위 등 위로 기어 올라가서는 두 다리로 섰다. 낯선 사람의 명령대로 이집트 피라미드가 만들어진 셈이었다.

카쉬탄카 역시 기쁨에 넘쳐 뛰어올랐지만 바로 그때 고양이가 하품을 하는 통에 균형을 잃고 거위 쪽으로 쓰러졌다. 거위도 균형을 잃기 시작하자 다시 무슨 말인가를 떠벌이기 시작했다.

피라미드를 만드느라 한 시간 가량을 보내고도 지치지 않은 낯선 사람은 거위에게 고양이를 타고 다니는 법을 가르쳤고, 다음으로 고양이에게 담배 피우는 법을 가르쳤다.

그들의 훈련은 낯선 사람이 이마의 땀을 닦아 내면서야 끝이 났다.

낯선 사람이 방을 나가자 고양이는 신경질적으로 "야옹" 소리를 내며 방석 위에 누워 눈을 감았다. 그러자 거위는 밥그릇 쪽으로 향했고, 돼지는 노파가 데리고 나갔다.

카쉬탄카의 하루는 오늘 느낀 이 엄청난 새 기분 덕분에 금방 지나가버렸다. 저녁에 카쉬탄카는 자기 방석과 함께 더러운 벽지가 발라져 있는 방으로 옮겨져서, 이제 고양이와 거위와 함께 생활하게 되었다.

5. 재간둥이야! 재간둥이!

그렇게 한 달이 지났다.

카쉬탄카는 이제 저녁마다 맛있는 음식을 먹는 생활과 사람들이 아줌마라고 부르는 소리에 익숙해졌다. 그리고 낯선 사람과 새로 동거하게 된 친구들과도 친해졌다. 생활은 버터 위를 미끄러지듯 흘러갔다.

똑같은 나날들이 시작되었다. 가장 일찍 잠을 깨는 것은 거위 이반 이반느이치였다. 거위는 일어나자마자 아줌마와 고양이에게로 다가가 목을 구부리고 무언가에 대해 열정적이고도 확신에 찬, 그러나 항상 그랬듯이 전혀 알아들을 수 없는 무슨 말인가를 시작했다.

카쉬탄카가 거위를 처음 만났던 날, 카쉬탄카는 거위가 매우 영리하기 때문에 말이 많다고 생각했다. 그러나 얼마 지나지 않아 거위에 대한 카쉬탄카의 존경심은 사라지고 말았다. 이젠 거위가 카쉬탄카에게 긴 연설을 해도 그는 꼬리를 흔들지도 않았고 마치 지겨운 수다쟁이를 대하듯 콧방귀를 뀌었다. 거위는 누구에게도 단잠을 못 자게 했고, 그때마다 카쉬탄카는 참지 못하고 한숨을 내쉬었다.

"르르르르!"

고양이 표도르 티모페이치는 대단한 신사였다. 그는 잠을 깨고 나서도 아무런 소리도 내지 않고 움직이지도 않았으며 눈도 뜨지 않았다. 그가 활기찬 모습으로 잠에서 깨어나지 않는 이유는 그의 행동을 보면 알 수 있듯이, 이런 생활을 그다지 좋아하지 않기 때문이었다. 그는 어느 것에도 관심이 없었으며 만사를 내키지 않는다는 듯한 표정으로 시큰둥하게 대했다. 그는 모든 것을 경멸했으며 음식을 먹을 때조차 신경질적으로 '크으으!' 소리를 냈다.

　잠에서 깨어난 카쉬탄카는 방안을 이리저리 서성거리면서 방 구석구석을 냄새 맡기 시작했다. 단지 카쉬탄카와 고양이에게만 집안 전체를 돌아다니는 것이 허용되었다. 거위에게는 그 더러운 벽지가 발라진 방을 넘어설 권리가 없었고, 돼지는 마당 한 편에 있는 마구간에서 지내며 훈련 시간에만 모습을 드러냈다. 주인은 아침 늦게 일어나 차를 마시고나서 언제나 정해진 시간에 놀이를 시작했다.

　매일 방 안으로 '폐' 모양의 횡목과 채찍, 둥근 테를 가지고 들어와서는 매일 거의 같은 일들을 반복했다. 훈련은 서너 시간이나 계속되었는데 한 번은 고양이가 너무 지친 나머지 술 취한 사람처럼 비틀거렸고, 거위는 부리를 열고 거칠게 숨을 내쉬었으며 주인은 얼굴이 빨갛게 상기되어 이마에서 흐르는 땀을 씻어낼 수조차 없었다.

　훈련과 식사시간에는 매우 재미있었으나 주인은 저녁마다 거위와 고양이를 어디론가 데리고 가버렸다. 그러면 혼자 남은 카쉬탄카는 방석 위에 누워 우울한 기분에 빠져들기 시작했다. 우울감은 자신도 모르게 카쉬탄카를 에워싸고 방안의 어둠처럼 서서히 카쉬탄카를 사로잡았다. 기분이 우울해지기 시작하면 카쉬탄카는 짖거나 먹이를 먹거나 방 안을 뛰어다니고 싶은 생각이 모두 다 없어졌으며 심지어 뭔가를 쳐다보려는 마음조차 사라져버렸다. 그 다음에는 카쉬탄카의 공상 속에 어떤 분명하지 않은 두 개의 모습이 나타났는데, 그것은 개도 아니고 사람도 아닌 형태로 비록 알아볼 수는 없지만 친근하며 귀여운 모습이었다. 그 모습이 나타나면 카쉬탄카는 꼬리를 흔들었으며 마치 어디에선가 보았던 것 같고 좋아했던 것처럼 느껴졌다.

　카쉬탄카는 이제 완전히 새로운 생활에 익숙해져서 옛날의 비쩍 마르고 뼈가 앙상한 집 지키는 개에서 포동포동하게 살이 오른 응석받이 개의 모습으로 변해가는 동안, 어느 날 훈련을 시작하기 전에 주인이 카쉬탄카를 쓰다듬으며 이렇게 말했다.

"아줌마! 이제 우리가 일을 시작할 때가 됐어. 너는 오랫동안 빈둥거렸어. 난 너를 배우로 만들고 싶어. 아줌마도 배우가 되고 싶지?"

그러더니 그는 카쉬탄카에게 갖가지 훈련을 시키기 시작했다. 첫 번째 수업에서 카쉬탄카는 뒷다리로 서서 걷는 법을 배웠다. 그것은 카쉬탄카를 매우 기쁘게 했다.

두 번째 수업시간에 카쉬탄카는 뒷다리로 높이 뛰어올라 주인이 카쉬탄카 머리 위에서 높이 들고 있는 각설탕을 잡아야만 했다. 그 다음 수업으로 러시아 민속춤을 추고 밧줄 위를 걸어 다니고 음악에 맞추어 짖고 종을 치고 총을 쏘았다. 그리고 성공적으로 훈련을 마친 덕택에 한 달 후에는 고양이를 대신하여 '이집트 피라미드'를 하게 되었다. 카쉬탄카는 열심히 배웠고 자신의 성공에 대해 매우 만족스러워 했다. 혀를 빼물고 밧줄 위를 걸어 다닐 수 있게 된 것, 둥근 테를 뛰어넘는 것, 늙은 거위의 등을 타고 다니게 된 것은 카쉬탄카에게 엄청난 쾌락을 가져다주었다.

매번 그러한 놀이를 성공적으로 끝낼 때마다 카쉬탄카는 기쁨에 찬 커다란 목소리로 짖었고, 주인은 깜짝 놀라면서도 매우 기뻐하며 손바닥을 비벼댔다.

"잘한다! 잘해!" 주인이 말했다. "뛰어난 재능이야! 너는 분명히 크게 성공할 거야."

그러면 아줌마도 그 재능이란 말에 익숙해져 매번 주인이 그 말을 할 때마다 마치 그것이 자신의 별명인 양 높이 뛰어오르며 주위를 둘러보곤 했다.

6. 불안한 밤

어느 날 아줌마는 개꿈을 꾸었다. 문지기가 빗자루를 들고 아줌마를 쫓아왔고 아줌마는 공포에 떨며 잠을 깼던 것이다.

방안은 조용하고 어두운데다 몹시 답답했다. 벼룩들이 물어댔다. 아줌마는 한 번도 어둠을 무서워한 적이 없었으나 지금은 왠지 불안감이 느껴져서 마구 짖어대고 싶었다.

　옆방에서는 주인이 거친 숨을 내쉬고 있었고, 마구간에서는 돼지가 꿀꿀거렸는데 그리고 난 후에는 다시 사방이 잠잠해졌다. 먹는 것을 생각할 때면 만사가 순조로워지는 법이어서 아줌마는 오늘 고양이 표도르 티모페이치에게서 훔쳐내어 장롱과 벽 사이에 숨겨 놓은 닭발에 대해 생각하기 시작했다. 거미집과 먼지가 많은 그곳을 지금 가본다 해도 누구에게 방해받을 일은 전혀 없었다.

　"닭발이 그대로 있을까? 어쩌면 주인이 그걸 찾아내 이미 먹어버렸을 수도 있어. 하지만 아침이 밝아올 때까지 절대 방안을 벗어나선 안 돼. 이것은 규칙이니까."

　아줌마는 빨리 잠들려고 눈을 감았다. 아줌마는 경험을 통해 일찍 잠들수록 아침이 일찍 찾아온다는 사실을 알고 있었다. 그런데 별안간 멀지 않은 곳에서 이상한 소리가 들리자 아줌마는 깜짝 놀라서 네 다리로 벌떡 일어났다. 그것은 거위 이반 이바느이치가 내는 소리였는데, 여느 때처럼 수다스럽거나 확신에 차 있는 것이 아니라 무언가 야만적이고 날카로우며, 부자연스러워서 마치 대문을 열 때 나는 삐걱거리는 소리 같았다.

　아줌마는 어둠 속에서 아무것도 볼 수 없고 아무것도 이해할 수 없는 상태에서 무서운 공포를 느끼며 중얼거렸다.

　"르르르르르……."

　맛있는 뼈를 몇 개 삼켰을 만한 시간이 흘렀지만 더 이상 외침소리는 되풀이되지 않았다. 아줌마는 조금씩 안정을 되찾고 꾸벅꾸벅 졸기 시작했다. 아줌마의 꿈속에서는 작년에 보았던 넓적다리와 옆구리에 털 뭉치가 남아 있는 두 마리의 커다란 검정개가 보였다. 그 검정개들은 큰 대야에 담긴 김이 무럭무럭 피어오르는 구정물을 아주 게걸스럽게 먹고 있었는데 그 구정물에서는 몹시 맛있는 냄새가 풍겼다. 검정개들은 가끔씩 아줌마를 힐끔거리고 보면서 이를 드러낸 채 으르렁거렸다. "너 따위에게 우리가 줄 리 만무하지!" 그때 갑자기 모피 외투를 입은 한 남자가 뛰어 나오더니 채찍을 휘두르며 검정개들을 내쫓았고 그 틈에 아줌마는 대야로 다가가 구정물을 먹기 시작했다. 그런데 그 남자가 집안으로 들어가 자마자 곧 검정개 두 마리는 사납게 짖어대며 아줌마에게 달려들었다. 바로 이때, 또 한 번의 날카로운 비명소리가 들렸다.

"꽤액! 꽤—애—액!"

거위 이반 이바느이치가 소리친 것이었다.

아줌마는 잠에서 깨자 풀쩍 뛰어올라 방석에 선 채 작은 소리로 짖었다.

아줌마에게는 거위가 소리를 지르는 게 아니라 지나가는 행인이 괴성을 지른 것처럼 느껴졌다. 그리고 무엇 때문인지 밖에서 돼지가 또 다시 꿀꿀거렸다. 그 때 실내화를 끄는 발소리가 들리면서 가운을 걸친 채 손에 촛불을 든 주인이 들어 왔다. 작은 불빛이 더러운 벽지와 천장을 따라 흘러들어와 어둠을 내쫓았다.

아줌마는 방안에 낯선 사람이 아무도 없음을 확인했다.

거위는 바닥에 앉아서 잠을 자지 못하고 있었다. 거위는 보통 피곤하거나 목이 마를 때면 취하는 자세로 두 날개를 쭉 편 채로 주둥이를 벌리고 있었다. 고양이도 잠을 자지 않고 있었다. 비명소리에 잠을 깬 것이 분명했다.

"이반 이바느이치, 왜 그래?"

주인이 거위에게 물었다.

"왜 소리치는 거야, 너 아프니?"

거위가 아무런 대꾸를 하지 않자, 주인은 그의 목을 어루만져주고 등을 쓰다듬으며 말했다.

"너는 괴짜야. 잠도 안자고, 왜 남들을 못 자게 구는 거야."

주인이 촛불을 들고 방 안을 나가자 다시 어둠이 밀려왔다. 아줌마는 무서웠다. 거위는 소리를 지르지 않았지만, 다시 어둠 속에 누군가 낯선 형체가 서 있는 것처럼 아줌마는 느꼈다. 아줌마에게 더욱더 무섭고 불안했던 것은 그것이 보이지도 않고 형체도 없었기에 콱 물어버릴 수도 없다는 사실이었다.

아줌마는 그날 밤에 왠지 꼭 뭔가 좋지 않은 일이 일어날 것 같다는 생각이 들었다. 고양이도 역시 불안해하고 있었다. 아줌마는 고양이가 방석 위에서 움직이거나 하품을 하고 머리를 흔드는 소리를 들었다.

어딘가에서 문을 두드리는 소리가 들려왔고 마구간에서는 돼지가 꿀꿀 거렸다. 아줌마는 구슬프게 울다가 앞다리를 들어 얼굴을 감쌌다. 문을 두드리는 소리나 무슨 일인지 잠들지 못하고 있는 돼지의 꿀꿀거리는 소리에서, 그리고 어둠과 정적 속에서 아줌마는 왠지 공포심을 느꼈던 것이다. 모든 것이 불안하고 불편했다.

"보이지 않는 이 낯선 존재는 누구일까?"

그때, 아줌마가 있는 근처에서 순간적으로 두 개의 흐릿한 녹색불꽃이 빛났다. 이것은 그들의 첫 만남 이후, 고양이가 처음으로 아줌마에게 다가온 것이었다. 고양이는 무슨 일이 있어서 그러지? 아줌마는 고양이에게 아무런 말도 물어보지 않은 채 고양이의 다리를 핥아주고는 조용히 짖었다.

"꽤-액"

거위가 또 다시 비명을 질렀다.

"꽤-에-액"

다시 문이 열리고 주인이 촛불을 들고 들어왔다. 거위는 여전히 똑같은 자세로 날개를 쭉 펴고 입을 벌린 채 앉아 있었다. 거위의 눈은 감겨 있었다.

"이반 이바느이치?"

주인이 불렀다. 하지만 거위는 꼼짝도 하지 않았다. 주인은 거위 앞에 앉아 말 없이 거위를 쳐다보다가 말을 이었다.

"이반 이바느이치! 이게 어찌된 일이야! 너 죽어가는 거야? 어, 그러고 보니, 이제야 생각이 나는군, 생각이 나!"

그는 소리치며 자신의 머리를 감싸 쥐었다.

"왜 이러는지 알겠어! 너 오늘 말에 치였던 게 그 이유야! 아이고, 맙소사!"

아줌마는 주인이 무슨 말을 하는지 알아듣지 못했지만, 그의 얼굴 표정으로 보아 뭔가 무서운 걸 기다리고 있다는 것을 알았다. 아줌마는 누군가 낯선 사람이 들여다보고 있는 듯한 느낌이 드는 어두운 창문을 향해 고개를 쭉 빼더니 짖기 시작했다.

"그는 죽어가고 있어. 아줌마!"라고 주인은 말하며 두 손을 꼭 쥐었다. "그래, 그래, 죽어가고 있어! 너희들 방으로 죽음이 찾아온 거야, 이제 우린 어떻게 하지?"

창백한 얼굴로 불안감에 싸인 주인은 한숨을 내쉬고 머리를 흔들면서 자기 침실로 돌아갔다. 아줌마는 어둠 속에 남아 있는 게 편치 않아 그의 뒤를 따라갔다. 주인은 침대 위에 앉아 여러 차례 되풀이해 말했다.

"세상에! 도대체 어떻게 해야지?"

아줌마는 무엇 때문에 자신이 이렇게 우울한지, 무엇 때문에 이렇게 불안한지를 알지도 못한 채 주인의 발 주위를 서성거렸다. 그리고 이 모든 상황을 이해하려고 애쓰며 주인의 움직임을 계속 지켜보았다.

언제나 자신의 방석을 떠나지 않던 고양이도 주인의 방에 들어와서는 그의 다리에다 몸을 비비기 시작했다. 고양이는 마치 자신의 머리에서 괴로운 상념들을 떨쳐 버리려는 듯 머리를 흔들었고 의심스런 눈길로 침대 아래를 한동안 바라보았다. 주인은 작은 접시를 꺼내더니 그의 세면대에서 물을 받아 다시 거위에게로 향했다.

"마셔라, 이반 이바느이치!"

그는 거위 앞에 접시를 내밀며 부드럽게 말했다.

"마셔봐, 귀여운 친구."

그러나 거위는 꼼짝도 하지 않았다. 주인이 거위의 머리에다 접시를 갖다 대어도 부리에 물을 부어도 거위는 마시지 않았고, 날개를 더 넓게 펼치더니 접시 앞에 머리를 기댄 채 꼼짝도 하지 않았다.

"안 돼, 이제 아무것도 할 수 없군!"

주인은 한숨을 내쉬었다.

"모든 것이 끝났어! 이반 이바느이치가 죽어버렸어!"

비가 올 때면 창문에서 볼 수 있는 그런 반짝거리는 물방울이 주인의 두 뺨을 타고 흘러내렸다. 무슨 일인지 영문을 모른 채 아줌마와 고양이는 안타까워하며 공포에 가득 찬 눈으로 거위를 바라보았다.

"불쌍한 이반 이바느이치!"

주인은 울먹이는 목소리로 한숨을 쉬며 말했다.

"봄에는 널 별장으로 데리고 가서 너와 함께 파란 풀밭을 산책하려고 했는데……, 나의 좋은 친구, 그런 네가 벌써 세상에 없다니! 너 없이 이제 모든 걸 어떻게 해나가지?"

아줌마는 자신에게도 이와 똑같은 일이 일어날 것이라는 생각이 들었다. 이렇게 이유를 모른 채 눈을 감고 다리를 쭉 뻗고 이를 드러내게 된다면, 사람들이 모두 자신을 공포에 서린 눈으로 쳐다볼 지도 몰라. 고양이의 모습으로 보아 고양이도 자기와 똑같은 생각을 하고 있는 것 같았다. 전에는 한 번도 늙은 고양이가 지금처럼 우울하고 쓸쓸해한 적이 없었다.

새벽이 되었다.

방안에는 그토록 아줌마를 놀라게 했던 낯선 모습은 더 이상 없었다. 완전히 날이 밝을 무렵이 되자, 수위가 방으로 들어와 거위의 다리를 붙잡아 올리더니 어디론가 가져가버렸다. 그리고 얼마 후엔 노파가 나타나더니 거위의 밥그릇도 치워버렸다.

아줌마는 거실로 들어가 장롱 뒤를 살펴보았다. 주인은 닭발을 먹지 않았고, 그것은 원래대로 먼지와 거미줄이 쳐진 장소에 놓여 있었다. 그러나 아줌마는 기분이 울적해져서 울고 싶었다. 아줌마는 심지어 닭발 냄새조차 맡아보지도 않은 채 소파 밑에 쪼그리고 앉아서 낮은 목소리로 구슬프게 울기 시작했다.

"우, 우, 우!"

7. 실패로 끝난 출연

어느 날씨 좋은 저녁에, 주인은 더러운 벽지가 발라진 방으로 들어와 손을 문지르면서 말했다.

"자. 그럼……."

주인은 뭔가 더 말하고 싶어 하는 것 같았으나 말을 그만두고 나갔다.

훈련시간에 경험한 바에 의하면, 주인의 얼굴 표정과 말투를 짐작해볼 때, 그가 매우 흥분해 있거나 걱정하고 있거나 어쩌면 화가 나있을 지도 모른다는 생각이 들었다.

얼마 후에 주인이 다시 돌아왔다.

"오늘은 아줌마와 표도르 티모페이치를 데려가겠어. 이집트 피라미드 연기에서 아줌마는 죽은 이반 이바느이치를 대신해서 묘기를 보여주는 거야. 제기랄, 준비가 전혀 안 되어 있고 제대로 가르치지도 못한데다가 총연습도 거의 못했어. 그래서 자칫 우리의 명예를 더럽힐 수도 있어!"

그리고 주인은 다시 나갔다가 모피 외투를 입고 돌아왔다. 그는 고양이에게 다가가 앞다리를 잡고 들어 올리더니 외투의 가슴팍에 집어넣었다. 고양이는 아무런 반항도 하지 않았고 심지어 눈을 뜨려고 조차 하지 않았다. 고양이의 그런 모습을 보니 고양이에게는 모든 일이 어찌되든 상관이 없는 것 같았다. 누워 있건, 다리를 붙잡혀 들어 올려지건, 주인의 가슴팍으로 옮겨지건, 방석 위에서 빈둥거리건 별 반응을 보이지 않았던 것이다.

"아줌마, 가자!" 주인이 말했다.

아줌마는 아무 것도 알지 못한 채 꼬리를 흔들면서 주인의 뒤를 따라 갔다. 잠시후, 아줌마는 썰매 위로 올라가 주인의 발 옆에 앉았다. 그러자 주인이 추위와 흥분 때문에 몸을 웅크리며 무슨 말인가를 중얼거렸는데 이렇게 하는 말을 들었다.

"명예를 더럽힐 거야! 실패하게 될 거야!"

썰매는 수프 그릇을 뒤엎어놓은 것처럼 이상하게 생긴 대형건물 근처에서 멈춰 섰다. 3면이 유리로 되어 있는 그 건물의 기다란 입구는 불빛 때문에 대낮처럼 훤했다. 출입문이 소리를 내며 열렸고 사람들이 계속해서 몰려들었다. 관객의 수는 매우 많았고 입구 쪽으로 말들이 자주 달려왔다. 하지만 개의 모습은 보이지 않았다.

주인은 아줌마를 붙잡아 고양이가 있는 그의 외투 가슴팍으로 집어넣었다. 그곳은 어둡고 답답했지만 따뜻했다. 순간적으로 두 개의 흐릿한 녹색 불꽃이 반짝였다. 아줌마의 차갑고 거친 발에 눌린 고양이가 눈을 뜬 것이다. 아줌마는 가능한 한 편하게 앉을 수 있기를 바라며 고양이의 귀를 핥아주었다. 바쁘게 몸을 움직이다보니 자신의 차가운 발로 고양이를 눌러 밟았던 것이다. 그러다가 외투로부터 얼굴이 빠져나오자 아줌마는 놀라 중얼거리며 다시 외투 속으로 급히 얼굴을 감췄다. 아줌마는 화려한 조명 아래서 괴물들로 가득 들어찬 커다란 홀 안을 보았기 때문이다.

홀에는 두 방향으로 줄지어 선 울타리와 칸막이 뒤로 무시무시한 낯짝들이 두

리번거리고 있었다. 말의 얼굴, 뿔이 난 것들, 귀가 긴 것들, 그리고 매우 뚱뚱하고 엄청난 상판대기, 코 대신 꼬리가 달린 낯짝, 튀어나온 입 근처에 뿔이 달린 낯짝들이 보였다.

고양이는 아줌마의 발밑에서 식식거리며 야옹거리기 시작했다. 그러자 외투가 부풀어 오르더니 주인이 외투를 열고 말했다.

"뛰어 내려!"

고양이와 아줌마는 바닥으로 뛰어 내렸다. 그들은 회색널판지로 짜 맞춘 작은 방 안에 있었는데, 그곳에는 거울이 달린 작은 책상과 등받이가 없는 걸상, 구석마다 여기저기 걸려 있는 넝마조각 외에 다른 가구는 없었다. 그리고 전등과 촛불 대신 벽에 관을 박아 만든 부채모양의 밝은 불꽃이 타고 있었다.

고양이는 자신의 털을 핥다가 어리둥절해 하는 아줌마를 핥아주고 나서 걸상 밑으로 들어가 누웠다.

주인은 아직도 흥분한 채 옷을 벗기 시작했다. 그는 항상 집에서 융단 이불에 눕기 전에 옷을 벗듯이 속옷만 남겨두고 모두 벗었다. 그리고 의자에 앉아 거울을 바라보며 자기 몸에다 아주 요란한 장난질을 하기 시작했다. 그는 뿔처럼 꼬불꼬불 감긴 가발을 쓰고 뭔가 하얀 것을 얼굴에 두껍게 칠했다. 그리고 얼굴과 목을 완전히 더럽히고 난 후엔, 어떤 옷과도 비교할 수 없는 이상한 옷을 입기 시작했다. 아줌마는 예전에 이런 모습을 집에서든 거리에서든 한 번도 본 적이 없었다.

커다란 꽃무늬가 수놓아진 엄청나게 넓은 바지를, 어느 집에서 커튼이나 가구 씌우개로 쓰일 법한 그런 것을 주인은 자신의 몸에 걸치고 있었던 것이다. 바지 한쪽은 갈색 그림이 수놓아져 있었고, 다른 쪽은 밝은 노란색으로 수놓아져 있었다. 그리고 마지막으로 주인은 커다란 톱니 모양의 옷깃이 달리고 등에 금빛별이 박힌 점퍼를 입었다. 여기에 다양한 빛깔의 스타킹과 녹색의 반장화도…….

아줌마의 눈과 마음은 알록달록해졌다. 하얀 얼굴을 한 자루 같은 모습에서 주

214

인의 냄새가 풍겼고 그의 목소리 또한 주인의 것이었으나 아줌마는 그것이 주인
이라는 것을 믿을 수 없었다. 아줌마는 벌써 이 알록달록한 형체를 향해 짖어대고
도망칠 준비가 되어 있었다.

낯선 장소, 부채 모양의 불꽃, 냄새, 엄청나게 변신해 버린 주인의 모습, 이 모
든 것들이 아줌마에게 알 수 없는 공포와 뭔가 무시무시한 일을 당할 것이라는 예
감이 들게 했다.

더군다나 어딘 가에서 아줌마가 아주 싫어하는 음악소리가 들려 왔다. 그것은
이해할 수 없는 환호성 같았다. 하지만 고양이는 의자 밑에서 여전히 졸고 있었고
의자가 움직일 때조차도 눈을 뜨지 않았다.

그때, 연미복과 흰 조끼를 입은 낯선 사람이 방안을 들여다보고 말했다.

"지금, 미스 아라벨라의 순서예요. 그녀 다음이 당신 차례입니다."

주인은 아무런 대답도 하지 않았다. 그는 책상 밑에서 그리 크지 않은 가방을
꺼내 놓고 앉아 자신의 차례를 기다리고 있었다. 그의 숨결과 손가락의 떨림으로
보아 아줌마는 그가 흥분하고 있다는 것을 알 수 있었다.

"조르쥐씨, 나오세요!" 누군가가 문 앞에서 소리쳤다.

주인은 일어나 세 번 성호를 그은 다음 의자 밑에서 고양이를 꺼내 가방 안에
넣었다.

"가자, 아줌마." 주인은 조용히 말했다.

아줌마는 영문을 모른 채 그의 손 쪽으로 다가갔다. 그는 아줌마의 머리에 입
을 맞추고 고양이 표도르 옆에 아줌마를 집어넣었다. 그 후에 깜깜해졌다…….
아줌마는 고양이 옆으로 다가가 가방의 벽을 할퀴었으나 무서웠기 때문에 아무
소리도 낼 수 없었다. 가방이 마치 파도처럼 출렁거리며 흔들렸다.

"자, 여기 제가 왔어요!" 주인이 큰 소리로 소리쳤다. "제가 왔습니다!"

이렇게 외치는 소리가 들리더니 가방이 뭔가 단단한 것에 부딪쳤다는 것을 느

끼자 흔들리는 것이 멈췄고, 우렁찬 환호성이 들렸다. 누군가에게 박수갈채를 보내는 것 같았다. 누군가란 어쩌면 코 대신 꼬리 달린 동물의 낯짝이 이렇게 소리치며 크게 웃는 것인지도 몰라. 이때 가방의 자물쇠가 흔들렸다. 함성 소리에 대한 답례로 주인의 날카롭고 목이 찢어질 듯한 웃음소리가 들렸다. 집에서 주인은 한 번도 이렇게 웃어본 적이 없었다.

"하!"

주인은 함성 소리를 제지하려고 애쓰며 소리쳤다.

"여러분들! 저는 지금 막 역에서 왔습니다! 우리 할머니가 돌아가셨는데 나에게 많은 유산을 물려주셨답니다. 이 가방 속에 아주 무거운 것이……. 아마도 금이겠죠. '하—하' 갑자기 여기서 많은 돈다발이 쏟아진다면! 지금 우리가 열어봅시다!"

가방의 자물쇠가 움직였다. 강한 빛이 아줌마의 눈을 때렸다. 아줌마는 가방 속으로부터 뛰어나와 사람들의 귀를 멍멍 하게 할 만큼 목청껏 탄성을 내짖으며 주인의 주변을 뛰어다니기 시작했다.

"하!" 주인이 소리치기 시작했다. "표도르 티모페이치 아저씨! 친애하는 아줌마! 사랑스런 친척들! 제기랄!"

주인은 모래 위에 엎드려 고양이와 아줌마를 움켜쥐고 들어올렸다. 그가 아줌마를 꽉 껴안고 있는 사이에 아줌마는 운명이 자신을 인도한 이 세계를 바라보았다. 아줌마는 이곳의 거대한 기세에 순간적으로 놀라움과 기쁨으로 기가 죽어 몸이 굳어지는 것을 느꼈다. 그리고 주인의 품에서 뛰쳐나와 촉각을 예민하게 곤두세우며 팽이처럼 한 장소를 뱅뱅 돌기 시작했다. 새 세상은 거대했고 환한 빛으로 가득했다. 땅바닥에서 천장까지 둘러보니 모두가 얼굴, 얼굴뿐이었다.

"아줌마, 앉아주세요!" 주인이 소리쳤다.

아줌마는 그 말이 무엇을 의미하는지 기억해 내고는 걸상으로 뛰어올라 앉았다. 아줌마는 주인을 주의 깊게 쳐다보았다. 주인은 언제나처럼 신중하고 부드러운 눈을 하고 있었으나 그의 얼굴, 특히 입과 이빨은 움직이지 않는 커다란 미소로 인해 추하게 일그러져 있었다. 주인은 크게 웃고 어깨를 크게 움직이며 자신이 많은 사람 앞에 선 것이 유쾌하다는 듯 행동했다. 아줌마는 주인의 유쾌함을 믿었다. 그리고 갑자기 자신의 여우같이 생긴 얼굴을 수천의 얼굴들이 응시하고 있다는 걸 깨닫고 기쁨에 찬 목소리로 짖어대기 시작했다.

"아줌마는 잠깐 앉아 계세요!" 주인이 말했다. "제 아저씨가 잠깐 민속무용을 추어 보겠어요!"

고양이는 기다렸다는 듯 냉정하게 주위를 돌아본 후 일어섰다. 하지만 내키지 않는다는 듯 마지못해 힘없이 춤을 추었다. 고양이의 꼬리와 수염의 움직임으로 보아 고양이는 관객과 강렬한 빛, 주인과 자기 자신을 몹시 경멸하고 있음이 틀림없었다. 춤을 추고 나서 고양이는 하품을 하더니 자리에 앉았다.

"자, 그럼. 아줌마!" 주인은 아줌마를 불렀다. "우리는 먼저 노래를 부르고 그 다음에 춤을 추도록 해요. 좋지요?"

주인은 주머니에서 피리를 꺼내 불기 시작했다. 아줌마는 피리 소리를 듣지도 않고 불안하게 걸상 위를 걸어 다니며 짖기 시작했다. 여기저기서 환성과 박수갈채 소리가 들려왔다. 주인은 크게 절을 하고 다시 조용해졌을 때, 피리 불기를 계속했다.

노래를 부르는 동안 군중의 위쪽에서 누군가가 큰소리로 외쳤다.

"아버지!" 아이의 목소리가 소리쳤다. "저기, 카쉬탄카 같아요!"

"그래, 카쉬탄카잖아!" 떨리는 음성의 술 취한 목소리가 소리쳤다.

"카쉬탄카야! 페듀쉬카!…… 이것은, 세상에 이럴 수가, 카쉬탄카야! 갑자기 사라져버렸던 녀석이오!"

누군가가 휘파람을 불었고 아이와 어른의 목소리가 합쳐져서 고함을 질렀다.

"카쉬탄카! 카쉬탄카!"

아줌마는 몸을 떨며 그 쪽을 쳐다보았다. 두 개의 얼굴, 머리숱이 많고 술에 취해 생글거리는 얼굴, 통통하고 불그스레한 뺨의 놀란 얼굴이 아줌마의 눈을 강하게 파고들었다. 아줌마는 곧 기억을 되찾았고, 의자 아래에 몸을 숨겼다가 기쁨에 찬 소리를 지르며 뛰어올라 그 얼굴들을 향해 돌진했다. 고막이 터질 듯한 환성과 휘파람 소리가 날카로운 아이의 목소리를 통해 들려왔다.

"카쉬탄카! 카쉬탄카!"

아줌마는 장애물을 뛰어넘었고 누군가의 어깨를 넘어서 누군가의 다리 근처에서 정신을 차렸다. 위층으로 가기 위해서는 높은 벽을 뛰어넘어야만 했다. 아줌마는 높이 뛰었지만 미치지 못했고 벽을 따라 미끄러졌다. 그러자 다음에 아줌마는 군중의 손에서 손으로 옮겨졌다. 누군가의 손과 누군가의 얼굴을 핥으며 점점 더 높게 옮겨져 마침내 그곳에 도착했다.

30분 후, 카쉬탄카는 풀과 니스 냄새를 풍기는 주인가족을 따라서 거리를 걷고 있었다. 루카 알렉산드르이치는 시궁창에 여러 번 빠져 본 경험이 있었으므로 될 수 있는 한 시궁창에서 멀리 떨어져 걷고 있었다.

"그때도 시궁창에 빠졌었지." 그는 중얼거렸다. "그런데 너, 카쉬탄카, 의심하지 말고 잘 들어! 인간에 대한 너의 관계는 소목장이에 대한 목수의 관계와 같은 거야!"

그들 옆에서 페듀쉬카가 아빠의 테 없는 모자를 쓴 채 걷고 있었다. 카쉬탄카는 그들의 뒷모습을 바라보았다. 카쉬탄카에게는 이미 자신이 오래 전부터 그들 뒤를 걸어가고 있었던 것처럼 여겨졌고 순간적으로 자신의 삶이 중단되지 않은 것이 기뻤다.

카쉬탄카는 더러운 벽지가 발라진 방과 거위와 고양이, 맛있는 식사와 훈련, 그리고 서커스를 기억했다. 그러나 지금은 그 모든 것들이 카쉬탄카에게 마치 오래 계속되어 헷갈리는 괴로운 꿈처럼 여겨졌다……

도망자

그것은 먼 길이었다. 처음에 파쉬카는 엄마와 빗속에서 마냥 걸었다. 때로 풀들이 베어진 들판을 가로지르거나 노란 나뭇잎들이 파쉬카의 장화에 들어붙어 있는 채로 숲 속의 축축한 오솔길을 새벽녘까지 줄곧 걸었다. 그런 후에 또 그는 두 시간 동안이나 어두컴컴한 현관에 서서 문이 열리기를 기다렸다. 현관 안쪽은 바깥보다는 덜 춥고 건조했지만, 살을 에이는 듯한 차가운 바람이 불 때면 이곳까지도 사정없이 비가 휘몰아쳐 들이쳤다. 현관이 차츰 사람들로 빈틈없이 가득 차게 되자, 파쉬카는 그 사람들 속으로 비집고 들어가서 생선냄새가 몹시 심하게 나는 어떤 사람의 모피외투에 얼굴을 파묻고서 어느새 선잠이 들었다. 얼마 후에 자물쇠의 철커덕거리는 소리가 들리고 문이 활짝 열리자, 파쉬카와 엄마는 대기실로 들어갔다. 하지만 또다시 그곳에서 오랫동안 기다려야만 했다. 환자들은 모두 꼼짝도 하지 않고 긴 의자에 말없이 앉아 있었다. 비록 파쉬카는 이상하고 우스꽝스러운 것을 많이 보긴 했지만, 사람들을 쭉 둘러보고는 그도 같이 잠자코 있었다. 딱 한번, 어떤 녀석이 한 발로 폴짝거리며 대기실로 들어왔을 때, 파쉬카도 폴짝 뛰고 싶은 생각이 들어 엄마 옆구리를 팔꿈치로 쿡쿡 찌르곤 옷소매로 가리키면서 이렇게 말했다.

"엄마, 저것 좀 봐, 참새처럼 폴짝거려!"

"가만히 좀 있어, 얘야, 조용히 해!" 엄마가 말했다.

조그만 접수창구에 졸리는 눈을 하고 있는 조수가 보였다.

"접수하러 오세요!" 그가 가라앉은 목소리로 말했다.

우스꽝스럽게 폴짝거리는 녀석을 포함해 사람들은 모두 창구 앞으로 몰려갔다. 조수는 각자에게 이름과 부칭*, 나이, 주소, 병에 걸린 지가 오래 되었는지, 여러 가지 내용을 질문했다. 파쉬카는 엄마가 대답하는 내용을 듣고서야 자기 이름이 파쉬카가 아니라 파벨 갈락치오노프이며, 나이가 일곱 살이고, 글을 읽고 쓸 줄 모르며, 아프기 시작한 건 부활절 당일이라는 사실을 알았다.

등록한 후에 얼마 지나지 않아서 하얀 수술용 앞치마에 수건으로 허리를 두른 의사가 대기실을 지나갔기 때문에 잠깐 일어서야 했다. 폴짝거리는 녀석의 옆을 지나갈 때에 의사는 어깨를 움츠리더니 경쾌한 테너의 목소리로 말했다.

"이런 바보녀석! 뭐야, 너 진짜 바보 아니야? 내가 월요일에 오라고 했는데 금요일에 오다니. 내가 그렇게 절대 나다니지 말라고 했는데도, 에이 바보 같은 녀석. 결국 다리를 못 쓰게 돼!"

그 녀석은 마치 구걸이라도 하려는 듯 가여운 얼굴 표정을 짓고서 눈을 깜빡이며 말했다.

"제발 잘 부탁드립니다. 이반 미콜라이치!"

"여기선 소용없어. 이반 미콜라이치!" 의사가 비웃듯이 흉내를 냈다. "월요일이라고 얘기를 했으면, 그럼 말을 들어야지, 바보 녀석, 모든 일이 그렇지……."

진찰이 시작되었다. 의사는 자신의 진찰실에 앉아서 순서대로 환자들을 불러들였다. 진찰실에서는 귀청을 찌르는 듯한 통곡소리와 아이들의 울음소리, 혹은 의사의 성난 고함소리들이 들려 왔다.

"그런데, 소리는 왜 지르는 거야? 내가 살을 째고 있기나 하는 거냐고? 가만히

---

* 러시아인들의 성명에는 아버지의 이름이 들어간다.

좀 앉아 있어!"

파쉬카의 차례가 되었다.

"파벨 갈락치오노프!" 의사가 소리쳤다.

엄마는 이런 호출을 예상하지 못한 듯 잠시 멍하니 있다가, 곧 파쉬카의 손을 잡고 진찰실로 데려갔다. 의사는 책상 옆에 앉아서 의료용 망치로 두꺼운 책을 무의식적으로 톡톡 치고 있었다.

"어디가 아파요?" 그는 들어온 사람들을 쳐다보지도 않은 채 물었다.

"아이의 팔꿈치에 종기가 났어요, 선생님." 하고 엄마는 대답하였다. 그녀의 얼굴은 정말로 파쉬카의 종기 때문에 몹시 슬퍼하는 듯한 표정을 짓고 있었다.

"그 애 옷을 벗겨 봐요."

파쉬카는 헐떡거리며 목에서 스카프를 풀었고, 다음에는 소매로 코를 닦아내고서 천천히 가죽옷을 끌어내리기 시작했다.

"아주머니, 놀러 온 게 아니지 않아요!" 의사가 화를 내며 말했다. "무얼 그렇게 꾸물거려요? 내 환자가 당신 혼자만 있는 게 아니잖아요."

파쉬카는 서둘러 가죽옷을 바닥에 던졌다. 그리고 셔츠는 엄마가 벗겨 주었다⋯⋯. 의사는 느릿느릿 파쉬카에게 눈길을 돌리고서 발가벗은 배를 톡톡 건드렸다.

"중요한 건 말이야. 파쉬카야, 네 배가 불룩 나왔다는 얘기야." 그는 말하고선 한숨을 내쉬었다. "자, 네 팔꿈치를 보여줘 봐."

파쉬카는 핏물이 흥건하게 담긴 대야 쪽으로 몸을 기울였다가 의사의 수술용 앞치마를 쳐다보고서 울음을 터뜨렸다.

"메에—에!" 의사가 흉내를 냈다. "장가갈 때가 다 된 녀석이 울기나 하고! 부끄러운 줄 알아야지."

파쉬카는 눈물을 참으면서 엄마를 바라보았다. 그 눈길에는 이런 부탁이 쓰여 있었다. '병원에서 내가 울었다고 집에 가서 말하지 마!'

의사는 그의 팔꿈치를 자세히 살펴보고 나서 눌러보더니 한숨을 내쉬었으며, 혀를 차면서 다시 한 번 만져 보았다.

"당신은 맞아야 해, 아줌마," 그가 말했다. "왜 아이를 일찍 안 데려왔어요? 팔이 도저히 못쓰게 됐구먼! 잘 보란 말이오, 바보 같은 아줌마야, 이거 관절이 다 망가졌잖아요!"

"선생님이 더 잘 아시겠지요……." 어머니가 한숨을 지었다.

"선생님이라니……. 아이의 팔을 이 지경이 되도록 만들어놓고, 이제 와서는 선생님이라니. 팔이 없으면 어떻게 일꾼이 되겠어요? 보세요, 엄마가 평생을 돌봐줘야 할 지도 몰라. 혹시나 자신의 콧잔등에 뾰루지라도 하나 솟아오르기라도 하면 당장 병원으로 달려오면서, 꼬맹이는 반년을 썩혀두다니. 당신네들은 모두 다 그런 사람들이야."

의사는 담배를 피우기 시작했다. 담배가 타 들어가는 동안에 그는 어머니를 책망하면서 속으로 읊조리는 노래의 박자에 고개를 까닥거리고, 또 뭔가 깊이 생각에 잠기기도 했다. 발가벗은 파쉬카는 그 앞에 서서 이야기를 들으며 담배 연기를 쳐다봤다. 담배의 불씨가 꺼졌을 때에야 의사는 몸을 부르르 떨더니 목소리를 낮춰 말하기 시작했다.

"자, 들어봐요, 아주머니. 연고고 물약이고 여기엔 소용없어요. 그 애를 병원에 두고서 치료를 해야 해요."

"만약 필요하다면, 선생님, 왜 반대하겠어요!"

"아이를 수술할 겁니다. 파쉬카, 넌 남아있어라." 의사가 파쉬카의 어깨를 토닥거리며 말했다. "엄마는 가시도록 하고, 애야, 너랑 나랑 여기 남는 거야. 여긴 말이야, 애야, 좋은 곳이란다, 무릉도원이지! 너랑 나랑, 파쉬카, 어떻게 해야 할까, 되새*를 잡으러 가자, 난 너에게 여우를 보여주마! 함께 놀러도 다니고 말이

---

* 손바닥만한 겨울새.

야! 응? 해보고 싶지? 엄만 내일 널 데리러 오실 거야! 응?"

파쉬카는 물어보듯이 엄마를 쳐다보았다.

"남아 있어라, 애야!" 엄마가 말했다.

"여기 있어야지! 여기 있어!" 의사가 유쾌한 목소리로 소리쳤다. "이야기를 늘어놓을 것도 없어요! 내가 애한테 여우를 보여줄 테니까요! 함께 알사탕을 사러 장터에도 갈 거구. 마리야 데니소브나양, 아이를 위층으로 데려가세요!"

겉보기에 의사는 쾌활하고 온순한 사람으로 늘 즐거워 보였다. 파쉬카는 의사의 말대로 하고 싶었을 뿐만 아니라 태어난 후로 장터에는 가본 일이 없었기에, 살아있는 여우를 보는 것에도 마음이 움직였다. 그렇지만 엄마가 없으면 안될 것 같았다. 파쉬카는 잠깐 생각해 본 후에 엄마도 병원에 남게 해달라고 부탁하기로 결심했다. 하지만 의사는 벌써 여자 조무원을 따라 위층 계단을 올라가고 있었으므로 입을 열 기회가 없었다. 그는 걸어가며 입을 멍하니 벌린 채 이곳저곳으로 눈길을 돌렸다. 계단과 바닥, 기둥들은 모두가 거대하고 반듯했으며 선명했는데, 근사한 노란색 페인트가 칠해져서 고소한 버터 냄새가 났다. 어디에나 전등이 걸려있고 카펫이 펼쳐져 있었으며, 벽에는 구리로 된 밸브들이 튀어나와 있었다. 하지만 파쉬카가 제일 마음에 들었던 건, 그가 앉아있는 침대와 잿빛의 까칠까칠한 모포였다. 파쉬카는 이불과 베개를 만져보고 병실을 둘러보았다. 그리고 의사로 지낸다는 건 매우 편안한 일 일거라고 생각했다.

별실은 시시하게도 침대 세 개가 전부였다. 침대 하나는 빈 채였고 또 하나는 파쉬카가 사용하고, 세 번째 침대에는 언짢은 듯한 눈초리를 한 어떤 노인이 앉아 연방 기침을 해대며 병에다 가래를 뱉어냈다. 파쉬카의 침대에선 문을 통해 두 개의 침대가 있는 병실이 보였는데, 한 침대에는 몹시 창백한 얼굴을 한 여윈 사람이 머리에 찜질팩을 얹은 채 잠들어 있었으며, 다른 침대에는 머리를 동여매서 꼭 아줌마처럼 보이는 사내가 팔을 늘어뜨리고 앉아있었다.

파쉬카를 데려 온 여성조무원은 나갔다가 얼마 안 있어 한아름 옷 뭉치를 들고 돌아왔다.

"이건 네 것이야." 그녀가 말했다. "입어요."

파쉬카는 옷을 벗고 더할 나위 없이 만족해하면서 새 옷으로 갈아입기 시작했다. 셔츠와 바지, 가운을 걸치고서 우쭐거리며 자기 모습을 살펴 본 파쉬카는 이런 복장으로 숲에 놀러 가는 것도 꽤 괜찮을 거라는 생각을 했다. 파쉬카의 상상력은 그림을 그리기 시작했다. 엄마가 새끼 돼지들에게 먹일 양배추 잎을 따러 파쉬카를 강가의 야채 밭으로 보내자, 그가 가는 길에 남자애와 여자애들이 몰려들어서는 질투로 가득 찬 볼멘 시선으로 파쉬카의 가운을 바라본다.

간호사가 두 개의 주석 그릇과 숟가락, 빵 두 덩어리를 들고 병실에 들어왔다. 그릇 하나는 노인 앞에 두었고, 나머지 하나는 파쉬카에게 주었다.

"먹어요!" 간호사가 말했다.

파쉬카가 그릇을 들여다보았을 때, 거기엔 기름진 양배추 국이 담겨있고, 그 양배추 국 안에는 고기가 들어있었다. 그러자 파쉬카는 또 다시 의사로 지낸다는 건 상당히 편안한 일이며, 의사가 처음에 봤던 것만큼 그렇게 화를 내는 경우는 전에 없던 일 일 것이라고 생각했다. 그는 매 숟가락마다 수저를 핥으며 양배추 국을 오랫동안 먹었고, 그 다음 그릇에 고기만 덩그러니 남았을 때엔 노인을 슬쩍 쳐다보고 노인이 양배추 국을 계속 먹고 있는 것을 부러워했다. 파쉬카는 한숨을 짓고 고기를 먹기 시작했다. 그는 고기를 최대한 오랫동안 먹으려고 노력했지만 그 노력은 아무런 소용도 없었다. 고기는 금방 자취도 없이 사라졌다. 이젠 빵덩어리만 달랑 남았다. 곁들일 것 없이 먹는 맨 빵은 맛이 없지만 별 수가 없었다. 파쉬카는 잠시 생각해보고 나서 빵마저 먹어 치웠다. 이 때 간호사가 새로운 그릇을 가지고 들어왔다. 이번 그릇 안엔 감자가 들어있는 구운 고기가 놓여 있었다.

"빵은 어떻게 했니?" 간호사가 물었다.

파쉬카는 대답 대신 볼에 바람을 불어넣었다가 숨을 내뱉었다.

"빵은 왜 다 먹어버렸어?" 간호사가 책망하듯이 말했다. "그럼 구운 고기는 뭐랑 같이 먹을래?"

그녀는 나가더니 다시 빵을 가져왔다. 파쉬카는 태어나서 한 번도 구운 고기를 먹어본 적이 없었으므로, 시식을 해보고 나서야 구운 고기라는 음식이 굉장히 맛있다는 것을 알았다. 구운 고기는 금방 자취를 감췄으며 양배추 국을 먹을 때보다 더 많은 맨 빵만 남았다. 식사를 마친 노인은 자기 몫의 남긴 빵을 탁자 속에 숨겨두었다. 파쉬카도 똑같이 그러고 싶었지만 잠시 생각을 해보고는 빵을 먹어 치워버렸다.

배가 부른 파쉬카는 조금 돌아다니기로 했다. 이웃 병실에는 문 너머로 보인 사람 외에도 네 사람이 더 있었다. 그 중에서 단 한 사람만 파쉬카의 눈길을 끌었는데, 그는 키다리에 깡말랐으며 털이 많은 우울한 얼굴을 한 사내였다. 그는 침대에 앉아 계속해서 시계추처럼 고개를 까닥거리며 오른 팔을 흔들고 있었다. 파쉬카는 오랫동안 그에게서 눈을 떼지 않았다. 파쉬카는 처음에는 사내가 하고 있는 시계추 같은 규칙적인 까딱거림이 그저 심심풀이로 하는 우스개로 보였으나 사내의 얼굴을 유심히 바라보고 나자 무서워졌다. 그리고 파쉬카는 사내가 견딜 수 없이 괴로워하고 있다는 것을 알았다. 세 번째 병실을 지나갈 때는 꼭 점토를 발라놓은 모양으로 검붉은 얼굴을 한 두 사내를 봤다. 사내들은 침대 위에 미동도 없이 앉아있었는데, 각자 윤곽을 구분하기 어려운 이상한 얼굴을 한 모습이 마치 이교도의 신상(神像) 같았다.

"아줌마, 저 사람들은 왜 저래요?" 파쉬카가 물었다.

"그들은, 얘야, 천연두에 걸린 거란다."

파쉬카는 자기 병실로 돌아와 침대에 앉아서, 의사가 와서 자기랑 같이 되새를 잡으러 가거나 장터에 데려가 주기를 기다렸다. 하지만 의사는 오지 않았다. 이웃 병실의 문 안쪽에서는 조무원이 잠깐 왔다 갔다 했다. 그는 머리에 얼음주머니를 얹은 채 누워있던 환자에게 몸을 기울이더니 소리쳤다.

"미하일로!"

자고 있는 미하일로는 미동도 하지 않았다. 조무원은 손사래를 치고는 자리를 떴다. 파쉬카는 의사를 기다리는 동안에 자기 이웃 노인을 관찰했다. 노인은 쉬지 않고 기침을 해댔고 병에다 가래침을 뱉었다. 노인은 기침을 늘어지게 했으며 뭔가 긁히는 듯한 소리를 냈다. 파쉬카는 노인의 한 가지 특이한 점이 마음에 들었는데, 노인이 기침을 하고서 숨을 들이킬 때면 노인의 가슴속에서 무언가가 여러 가지 소리로 바람소리와 멜로디를 내는 것이었다.

"할아버지, 이 휘파람 소리는 어디서 나는 거야?" 파쉬카가 물었다.

노인은 아무 대답도 하지 않았다. 파쉬카는 조금 더 기다렸다가 물어봤다.

"할아버지, 여우는 어디 있어?"

"무슨 여우 말이냐?"

"진짜 여우."

"여우가 어디 있겠니? 숲에 있겠지!"

시간이 많이 지났어도 의사는 아직도 나타나지 않았다. 간호사는 차를 가져왔고 파쉬카가 차랑 같이 먹을 빵을 안 남겨 두었다고 잔소리를 해댔다. 또 다시 조무원이 와서는 미하일로를 깨우기 시작했다. 창밖이 파란색으로 변하자 병실에는 전등불이 들어왔다. 그리고도 의사는 나타나지 않았다. 이미 장터에 가거나 되새를 잡으러 가기엔 늦어버렸다. 파쉬카는 침대에 몸을 뻗고 누워서 생각하기 시작했다. 파쉬카는 의사가 약속했던 알사탕이, 엄마의 얼굴과 목소리, 자기 오두막집의 어둠과 벽난로, 그리고 중얼거리기를 좋아하시는 이고로브나 할머니가 생각났다……. 그리고 파쉬카는 쓸쓸하고 슬퍼졌다. 하지만 그는 엄마가 내일 데리러 올 거라는 생각을 하자 미소가 번지고 잠이 들었다.

파쉬카는 사각거리는 소리에 잠을 깼다. 건너편 병실에서 누군가가 움직이면서 소리 죽여 말하고 있었다. 취침용 등불과 현관등의 어슴푸레한 불빛아래서, 미하일로의 침대 옆에 세 사람의 그림자가 움직이고 있었다.

"이렇게 침대 채로 들고 갈까요?" 그들 중 한 명이 물었다.

"보라구, 침대를 통째로 들곤 못 지나가지. 에이, 제 명에 죽지를 못하고서. 부디 고인의 명복을 빕니다!"

한 명이 미하일로의 어깨를 잡고, 또 한 명은 다리를 잡고서 들어올렸다. 미하일로의 팔과 가운의 옷깃이 힘없이 허공에서 흔들렸다. 세 번째 사람은 아줌마처럼 보이는 그 사내였다. 성호를 긋기 시작했다. 그렇게 세 사람은 제멋대로 발소리를 내고, 미하일로의 옷깃을 팔랑거리며 병실을 나섰다.

자고 있는 노인의 가슴에서는 휘파람 소리와 여러 가지 소리의 멜로디가 울리고 있었다. 파쉬카는 귀를 기울이면서 어두운 창문을 바라보았다. 그리고는 무서움증이 몰려오자 침대에서 몸을 일으켰다.

"엄-마-아!" 그는 낮은 소리로 불러보며 어찌할 줄 몰랐다.

그러고는 대답을 기다리지 않은 채 이웃 병실로 뛰어갔다. 그 곳에서는 침실용 등불과 촛불의 불빛이 겨우겨우 주변의 윤곽을 알아보게 해주고 있었다. 미하일로의 죽음에 불안해진 환자들은 각자 침대 위에 앉아있었다. 그림자에 섞여져 흐트러진 그들은 더욱 넓고 큰 모습으로 변했으며, 더욱더 커져만 가는 것 같았다. 한쪽 구석의 침대에서는 사내가 어두운 끄트머리에 앉아서 고개와 팔을 까닥거리고 있었다.

파쉬카는 출입문들을 확인해 보지도 않고서 천연두 환자의 병실로 들어갔으며, 거기에서 복도로, 다시 복도에서 큰 방으로 뛰어 들어갔다. 그 방에는 쭈글쭈글한 얼굴에 긴 머리카락을 늘어뜨린 괴물들이 침대에 누워있거나 앉아있었다. 그 부인 병동을 뛰어 지나가자 다시 복도가 나왔다. 그는 낯익은 계단의 난간을 발견하고 아래로 뛰어 내려갔다. 거기에서 아침에 앉아있었던 대기실인 걸 알고 출구를 찾기 시작했다.

　자물쇠가 철거덕하는 소리를 냈고 찬바람이 불어왔다. 파쉬카는 넘어지듯 뜰로 달려 나갔다. 그에게는 오직 달리고 또 달려야 한다는 한 가지 생각뿐이었다! 그가 길을 알고 있는 것은 아니었지만, 이렇게 달린다면 분명히 집에, 엄마 곁에 닿을 거라고 굳게 믿었다. 음산한 밤이었으나 구름 너머로 달이 빛나고 있었다. 파쉬카는 현관 계단에서 곧장 앞을 보고 달렸고, 헛간을 끼고 돌자 황량한 관목들이 나타났다. 그는 잠깐 멈춰 서서 생각을 해보고는 돌아서서 병원 쪽으로 향했고, 그러다가 병원 주위를 돌고는 주저하면서 다시 멈춰 섰다. 병동의 뒤편에서는 십자가형의 묘비들이 하얗게 번뜩거렸다.

　"엄-마-아!" 파쉬카는 울부짖고 다시 왔던 길로 뛰어갔다.

　그는 어둡고 차가운 건물들을 지나쳐 달려가면서 불이 켜져 있는 어느 한 창문을 발견했다. 파쉬카는 어둠 속의 선홍색 빛이 무섭게 느껴졌다. 하지만 발길을 어디로 향해 달려가야 할지 모르는 채 공포 때문에 아무런 생각 없이 그곳으로 되돌아갔다. 창문 옆에는 계단이 딸린 현관계단이 있었고 하얀 널판지를 댄 정문이 있었다. 파쉬카는 계단을 뛰어 올라가 창문을 들여다보았다. 그러자 별안간 격렬하게 솟아오르는 기쁨이 파쉬카를 휘감았다. 그는 창문 너머로 테이블에 앉아서 책을 읽고 있는 유쾌하고 온순한 의사의 모습을 본 것이다. 파쉬카는 행복한 웃음을 지으며 친숙한 얼굴을 향해 손을 뻗었다. 그는 소리를 지르고 싶었으나 무언가가 파쉬카의 숨을 꽉 막히게 하고 다리에 맥을 풀리게 했다. 그러자 그의 몸은 기울어지더니 의식을 잃은 채 계단 위로 쓰러졌다.

　파쉬카가 정신을 차렸을 때는 이미 날이 밝아있었고, 매우 귀에 익은 소리가, 어제 되새와 여우, 장터를 보러 가자고 약속했던 그 목소리가 이렇게 말하고 있었다.

　"그래, 이 바보 녀석아, 파쉬카! 정말로 바보 아니냐? 널 혼내주고 싶지만, 그럴 수도 없고."

집에서

"그리고리예프 씨댁에서 무슨 책을 보내왔는데 집에 계시지 않는다고 말씀드렸습니다. 그리고 우편배달부가 신문과 편지 두 통을 가져왔습니다. 저기, 예브게니 페트로비치! 세료쟈에게 관심을 좀 가져주시면 좋겠습니다. 오늘을 포함해 벌써 세 번씩이나 그 애가 담배 피우는 것을 목격했으니까요. 제가 훈계하면 세료쟈는 제 말을 듣지 않으려고 항상 귀를 틀어막고 큰 소리로 노래를 부릅니다."

지방 재판소 검사인 예브게니 페트로비치 브이코프스키는 회의를 마치고 방금 집에 돌아와서 서재에서 장갑을 벗으면서 여자 가정교사의 보고를 들으며 미소를 지었다.

"세료쟈가 담배를 피운다……."

그는 어깨를 으쓱거렸다.

"그 애가 담배를 들고 있는 모습이 상상이 가는 군! 참, 올해 몇 살이지요?"

"일곱 살이에요. 당신은 별로 심각하지 않은 일로 여기시는 모양인데, 그 나이에 담배를 피우는 것은 정말로 몸에 해롭고 바보 같은 짓입니다. 바보 같은 습관은 애초에 바로 고쳐야 합니다."

"전적으로 동감해요. 그런데 그 녀석은 담배를 어디서 구했지요?"

"아버님의 책상에서요."

"그래요? 그렇다면 그 녀석을 불러야겠군."

가정교사가 나가자 브이코프스키는 책상 앞의 안락의자에 앉아 눈을 감고 생각에 잠겼다. 그는 아들 세료자가 커다랗고 기다란 궐련을 입에 물고 담배 연기를 내뿜는 장면을 그려보았다. 그 우스꽝스러운 그림은 그를 웃게 만들었다. 그와 동시에 가정교사의 진지하고 걱정스런 얼굴은 오래전에 거의 잊어버리고 있었던 지난 일을, 즉 유치원이나 중학교에 다닐 때 아이들이 담배를 피워 선생님과 부모의 얼굴을 파랗게 질리게 만든 일을 떠올리게 했다. 그리고 그것은 또 다른 공포감을 불러일으켰다. 부모와 교사 중 누구 하나도 담배에 어떤 해독이 있는지, 담배 피우는 게 무슨 죄가 되는지 알지도 못하면서 담배 피운 아이들을 사정없이 매질하고 중학교에서 퇴학시켜버림으로써 그들의 인생을 망가뜨렸던 것이다. 심지어 매우 똑똑한 사람들조차 무엇이 '악한 것인지'를 잘 이해하지도 못하면서도 '악'한 것처럼 보이는 것과 싸우는 일을 주저하지 않는다.

예브게니 페트로비치는 매우 교양 있고 성품이 온화한 중학교 시절의 교장 선생님을 기억해냈다. 나이가 지긋한 교장 선생님은 담배 피우는 학생을 보면 너무 놀라서 얼굴이 창백해졌고, 즉시 비상교사회의를 소집해 범법자에게 퇴학조치를 내렸다. 분명 인간이 사는 사회의 법칙은 그렇게 하고 있다. 즉, 악행이 이해되지 않을수록 그것을 비난하고 처벌하는 정도가 더 잔인해지고 거칠어지기 마련이다.

검사는 퇴학 당한 두 세 명의 학생들과 그들의 최근의 생활이 기억났고, 많은 경우에 벌이 죄 자체보다 더 악랄하다는 생각이 강하게 엄습해왔다. 살아있는 유기체는 재빠르게 환경에 익숙해지거나 적응할 수 있는 능력을 갖추고 있으며, 어떠한 냄새에도 금방 익숙해진다. 만일 그렇지 않다면 인간은 이성적 활동의 이면에 얼마나 많은 비이성적인 것들이 도사리고 있는지를, 그리고 교육이나 법률이나 문학에서와 같이 그 결과에 따른 책임감이 심각한 영향을 주고 있음에도 불구하고 납득할 만한 진실과 확신이 거의 없다는 것을 매 순간 느낄 수 밖에 없을 것이다.

피곤에 지쳐 쉬고 있는 뇌 속으로 막 들어온 이와 같은 가볍고 애매한 상념들이 예브게니 페트로비치의 머릿속에서 돌아다니기 시작했다. 이런 상념들은 어디에서부터 솟아나오고 무슨 이유로 생겨났는지 모르겠지만, 뇌 표피 밖을 떠돌다가 깊숙한 곳으로 각인되지 못한 채 그의 머릿속에서 오래 머물지 못하고 떠나버렸다. 매 시간마다, 심지어 매일 똑같은 틀에 박혀 사무적인 생각만 해야 하는 사람에겐 이런 가정사를 생각하는 일은 자유로움과 편안함과 함께 기분 좋은 안락함을 제공하기도 한다.

저녁 8시 무렵이었다. 천장 위 이층에서 누군가가 이 구석 저 구석을 왔다 갔다 했고, 그 위의 3층에서는 피아노 교습을 받는 듯한 소리가 들렸다. 초조하게 왔다 갔다 하는 듯한 발걸음 소리로 미루어보건대, 그 주인공은 무언가 괴로운 생각을 하고 있거나 치통으로 고통을 받고 있다는 생각이 들었다. 그런데 단조롭게 울려 퍼지는 피아노 소리 때문에 나태한 생각이 온몸에 퍼져 고요한 저녁 시간을 졸리게 만들었다. 방 두 개를 지나야 있는 아이의 방에서 여자 가정교사와 세료쟈의 대화 소리가 들려왔다.

"아빠가 오셨네요!"

아이가 소리쳤다.

"아빠가 오셨어! 아빠! 아빠!"

"아빠가 부르시니 빨리 가보렴."

가정교사는 마치 놀란 새가 크악거리듯이 큰 소리로 말했다.

"너에게 하실 말씀이 있으시단다!"

'그런데 대체 이 녀석에게 어떻게 말해야 하나?'

예브게니 페트로비치는 잠시 생각에 잠겼다.

그러나 그가 미처 생각을 정리하기도 전에 일곱 살 난 아들 세료쟈가 서재로 들어왔다. 입고 있는 옷을 보기만 해도 이 아이가 남자인지 여자인지 쉽게 알 수 있었다. 창백한 얼굴과 바짝 마르고 쇠약해 보이는 몸매에 입을 만한 옷은……. 아이는 온실 채소처럼 온몸이 축 늘어져 있었고, 그의 모든 행동이나 곱슬머리, 눈빛과 심지어 부드러운 빌로드 재킷마저 비정상적으로 연약하고 허약해 보였다.

"안녕, 아빠!"

아이는 아빠의 무릎 위로 재빠르게 기어올라 입을 맞추려고 하면서 가느다란 목소리로 말했다.

"저를 부르셨어요?"

"잠깐만, 잠깐만, 세르게이 예브게느이치*"

검사는 아들을 무릎에서 내리려고 하면서 말했다.

"뽀뽀를 하기 전에 잠시 이야기 할 것이 있다. 진지하게 말해야겠구나. 나는 지금 네게 화가 나 있고 이제 너를 더 이상 사랑하지 않는단다. 다시 말하지만, 나는 너를 사랑하지 않고 이제 너는 내 아들도 아니다. 알겠니?"

세료쟈는 아빠를 뚫어지게 쳐다보고 나서 시선을 책상으로 돌리더니 어깨를 들썩였다.

"제가 무슨 잘못을 했나요?"

그는 눈을 껌뻑거리면서 주저하듯 물었다.

"저는 오늘 아빠 서재에 한 번도 들어오지 않았고 아무것도 만진 것도 없어요."

"좀 전에 나탈리야 세묘노브나가 내게 하소연을 하더구나. 네가 담배를 피운다고 말이야. 사실이냐? 너 담배 피우니?"

"네, 한 번 피워보았어요……. 정말이에요!"

"이것 봐라! 게다가 거짓말까지 하는구나."

---

* 세료쟈는 세르게이의 애칭이고, 예브게느이치는 부칭, 즉 예브게니의 아들이라는 뜻이다. 이런 식으로 이름을 부르는 것은 공식적인 자리나 존칭을 하는 경우이다.

웃음을 감추기 위해 인상을 찌푸리면서 검사가 말했다.

"나탈리야 세묘노브나는 네가 담배 피우는 것을 두 번 봤다고 말하더라. 너의 세 가지 나쁜 행실이 드러났구나. 담배 피우는 것, 책상에 있는 타인의 담배를 훔친 것, 거짓말 한 것, 죄가 세 가지나 되는구나!"

"아, 그렇구나!" 웃음기 가득한 눈으로 세료쟈는 기억해냈다. "맞아요. 맞아! 두 번 담배를 피웠어요. 오늘 하고 전번에요."

"그러니까 한 번이 아니라 두 번이라 이거지. 나는 너에게 몹시 실망했다! 예전에 너는 정말 좋은 아이였는데, 지금 보아하니 행실이 변했고 나쁜 아이가 되어버렸구나."

예브게니 페트로비치는 세료쟈의 옷깃을 바로잡아주면서 생각했다.

'이제는 뭐라고 말해야 하나?'

"그래, 나쁜 짓을 했어. 나는 네게 이런 것을 기대한 게 아니야. 첫째, 너는 네 것이 아닌 담배를 가져갈 권리가 없어. 사람들은 각자 자신만의 소유물을 사용할 권리를 가지고 있어. 만일 그가 남의 것을 빼앗는다면…… 그러니까 그는 나쁜 사람이 되는 거야! ('이런 식으로 말하면 안 되는데!' 예브게니 페트로비치는 마음속으로 생각했다.) 예를 들면, 나탈리야 세묘노브나에게 옷가방이 있다고 치자. 그것은 그녀의 가방이므로, 우리가, 즉 나나, 너나, 누구도 그것에 손대면 안 되는 거야. 왜냐하면 그것은 우리의 것이 아니기 때문이지. 맞는 말이지? 너도 목마와 그림책을 가지고 있지. 하지만 나는 그것들을 빼앗지 않아. 너도 그것들에 손을 대지 않잖아? 물론 나도 그것들을 갖고 싶기는 하지만, 내 것이 아니라 너의 것이기에 건드리지 않는 거야!"

"원하시면 가져가세요!"

눈썹을 치켜뜨며 세료쟈가 말했다.

"아빠, 부끄러워하지 말고, 가져가세요! 아빠 책상에 있는 이 노란 강아지도 내 것이지만 나는 별로 필요가 없어요. 그냥 여기 세워둬요!"

"내 말을 이해하지 못하는구나!"

브이코프스키가 말했다.

"이 강아지는 네가 나에게 선물로 주었잖아. 그래서 이것은 이제 내 것이고 내 마음대로 할 수 있는 거야. 그러나 나는 네게 담배를 선물한 적이 없어! 담배는 내 것이야! ('이렇게 설명하면 안 되는데!' 검사는 생각했다. '아니야! 이건 절대 아니야!') 만일 내가 다른 사람의 담배를 피우고 싶다면 먼저 나도 그 사람의 허락을 얻어야 하는 거야."

한 마디 한 마디를 천천히 이어 붙이고, 아이들의 말투를 흉내 내면서 브이코프스키는 아들에게 개인의 소유물에 대한 개념을 설명해주었다. 세료쟈는 아빠의 가슴을 바라보면서 주의 깊게 애기를 듣고 난 후(세료쟈는 저녁마다 아빠와 이야기하는 것을 좋아했다.) 책상 모서리 부근에 팔꿈치를 괴고 근시인 눈을 가늘게 뜨고 종이와 잉크병을 바라보았다. 그의 시선이 책상 이곳저곳을 살피더니 결국 아라비아 고무풀이 들어 있는 가늘고 긴 병에 고정되었다.

"아빠, 풀은 무엇으로 만드는 거예요?"

긴 병을 눈 가까이에 대고 갑자기 아빠에게 질문했다.

브이코프스키는 아들의 손에서 병을 빼앗아 제 자리에 놓아두고 말을 이어갔다.

"두 번째로, 너는 담배를 피웠지. 이건 매우 좋지 않은 일이야! 내가 담배를 피운다고 해서 네가 담배를 피워도 된다는 건 아니야. 나는 담배를 피우고 있지만, 이것은 어리석은 짓이고 스스로를 욕하는 것이고 자신을 사랑하지 않는다는 것을 알고 있어.('난 정말 교활한 교육자야!' 검사는 마음속으로 말했다.) 담배는 건강에 매우 좋지 않고 담배를 피우는 사람은 예정된 수명보다 일찍 죽게 된단다. 특히 담배는 너 같은 어린아이에게는 아주 해로운 것이야. 너의 심장은 아직 약하고, 너는 아직 다 자라지 못했고, 몸이 약한 사람에게 담배 연기는 폐병과 다른 질병을 불러

일으키지. 아그나치 삼촌도 폐병으로 죽었잖아. 만일 삼촌이 담배를 피우지 않았다면 지금까지 살아 있었을 거야."

세료쟈는 깊은 생각에 잠긴 채로 램프를 바라보더니 손가락으로 건드리고는 한숨을 쉬었다.

"이그나치 삼촌은 바이올린을 멋지게 연주했는데!"

그가 말했다.

"삼촌 바이올린은 지금 그리고리예프 집에 있어요!"

세료쟈는 다시 책상 모서리에 팔꿈치를 괴고 생각에 잠겼다. 세료쟈의 창백한 얼굴은 뭔가를 경청하고 있을 때나 자신의 생각을 발전시킬 때 생기는 심각한 표정으로 굳어 있었다. 슬픔과 놀라움 비슷한 뭔가가 그의 커다란 눈에 나타났다. 아마도 그는 얼마 전에 엄마와 삼촌을 데리고 가버린 죽음에 대해 생각하고 있는 듯했다. 죽음은 이 땅에 아이와 바이올린만 남겨둔 채 엄마와 삼촌을 저 세상으로 데리고 갔던 것이다. 그들은 별이 반짝이는 하늘 어딘가에서 이 땅을 내려다보고 있을 것이다. 그들도 이별의 아픔을 참고 있는 것일까?

'이제 또 무슨 말을 해야 하나?'

예브게니 페트로비치는 생각했다.

'이 녀석은 지금 내 말을 듣고 있지 않아. 분명 이 녀석은 자신의 행동이나 나의 말을 별로 중요하게 생각하고 있지 않은 것 같아. 어떻게 이해를 시킨담?'

검사는 일어나서 서재를 왔다 갔다 했다.

'예전에 내가 학교 다닐 때는 이런 문제는 정말 간단하게 해결되었는데 말이야.'

그는 생각했다.

'담배 피우다 걸린 학생은 모두 두들겨 맞았지. 실제로 소심하고 겁 많은 녀석은 두들겨 맞고 나면 담배를 피우지 않았고, 좀 용감하고 똑똑한 녀석은 맞고 나서 담배를 긴 장화의 목 부분에 숨기거나 아니면 창고 같은 곳에서 피우곤 했지.

창고에서 피우다가 걸리면 또 얻어맞고, 그 다음부터는 강가에 가서 피우고……. 그런 식으로 해서 어른이 되기 전까지 계속 피워댔지. 어머니는 내가 담배를 피우지 못하게 하려고 돈이나 사탕 같은 걸 주시곤 했어. 지금 생각해보니 그런 방법은 별 소용이 없고 부도덕한 것이라는 생각이 드는 군. 아이들이 두려움이나 칭찬, 또는 보상 때문이 아니라 스스로 깨닫고서 선한 동기를 가질 수 있도록 선생님들이 논리적인 토대를 세우면서 설득하려고 노력해야 되는데 말이야.'

그가 생각에 잠겨 서성거리는 동안 세료쟈는 의자에 발을 디디고 올라가 책상 위에서 그림을 그리기 시작했다. 세료쟈는 아빠의 업무에 관련된 서류를 더럽히지 않으려고 잉크를 사용하지 않고 파란색 연필로 그를 위해 일부러 사등분 해놓은 상자에다 그림을 그렸다.

"오늘 요리하는 하녀가 양배추를 썰다가 손가락을 베었어요."

눈썹을 치켜뜨고 집을 그리면서 그가 말했다.

"정말로 큰 소리로 울부짖어서 우리 모두는 놀라서 부엌으로 갔어요. 정말로 바보 같아 보였어요! 나탈리야 세묘노브나는 손가락을 찬물에 담그라고 했는데, 요리사는 손가락을 입으로 빨았어요……. 어떻게 더러운 손가락을 입에 넣을 수가 있어요? 아빠! 정말 더러워요!"

계속해서 그는 점심 무렵에 거리의 악사가 어린 소녀와 함께 집 마당에 와서 악사의 반주에 맞추어 소녀가 노래도 부르고 춤도 추었다는 이야기를 했다.

'이 녀석도 나름대로 자신의 생각이 있군!'

검사는 생각했다.

'이 녀석의 머리에도 자신의 세계가 있어. 자기 나름대로 무엇이 중요하고 중요하지 않은지 알고 있는 거야. 이 녀석의 관심과 생각을 사로잡으려면 말로 꼬드겨서는 안 되고 이 녀석의 방식에 맞추어 생각하고 행동할 필요가 있겠어. 만일 실제로 내가 담배가 없어진 것에 대해 애석해하거나 아니면 막 화를 내거나 울거나 했더라면 내 말을 잘 이해했을 텐데. 그래서 아이를 키울 때 엄마의 역할이 중요한 거로군. 엄마는 아이와 함께 느끼고 울고 웃고 할 수 있으니깐 말이야. 논리나 도덕 같은 것은 아무 쓸모없는 거야. 그나저나 이제 또 무슨 말을 해야 하지? 무슨 말을……'

한편으로 예브게니 페트로비치는 반평생을 시효 중단, 범죄 예방, 형벌 등과 같은 문제에 종사한 노련한 법률가인 자신이 아이에게 무슨 말을 해야 할지 몰라 당혹해하고 있다는 사실이 이상하기도 하고 우습기도 했다.

"자, 이제 앞으로 담배를 피우지 않겠다고 나에게 약속해라." 그가 말했다.

"약—속해요!"

세료쟈는 연필을 꽉 누른 채 그림 그리는 데 더 열중하면서 노래를 부르듯 말했다.

"약—속—해요! 야—악—속!"

'그나저나, 이 녀석이 약속이라는 말의 의미를 알까?'

브이코프스키는 자신에게 물었다.

'아니야. 나는 나쁜 교사야! 만일 교사나 우리 배심원 중 누군가가 지금 내 머릿속에 들어와 본다면, 아마도 나를 쓰레기 같은 놈으로 생각했거나 아니면 내가 정말 많이 배우고 똑똑한 사람인지를 의심했을 거야. 그래도 학교나 재판정에서는 이런 식의 교묘한 문제를 집에서보다 훨씬 쉽게 해결할 수 있는데 말이야. 그런 곳에서의 문제는 주로 광기 어린 사랑 때문에 벌어진 문제가 많단 말이야. 사랑에 관한 문제는 까다롭고 복잡하게 얽혀 있지만 쉽게 해결할 수 있는데 말이야. 만약에 이 녀석이 내 아들이 아니라 내 학생이거나 피고였다면, 이렇게 조심스럽지도 내 생각이 분산되지도 않았을 텐데 말이야!'

예브게니 페트로비치는 책상에 앉아 세료쟈가 그린 그림 중 하나에 몸을 기울였다. 그 그림에는 지붕이 비뚤어진 집이 그려져 있었는데, 지붕 위의 굴뚝에서 나온 연기는 마치 번개처럼 지그재그 모양으로 상자 끝까지 뻗어 있었고 집 주위에는 눈 대신 점이 찍혀 진 군인이 마치 숫자 4자 모양으로 생긴 총검을 들고 서 있었다.

"사람을 집보다 크게 그리면 안 되지."

검사가 말했다.

"여길 한번 보렴. 지붕이 사람 어깨와 나란히 되어 있잖니?"

세료쟈는 아빠의 무릎 위로 기어 올라가 좀 더 편안한 자세로 앉으려고 몸을 이리저리 움직였다.

"아니에요! 아빠!"

세료쟈는 자신의 그림을 쳐다보면서 말했다.

"만약에 군인을 작게 그린다면 눈이 보이지 않게 될 거예요."

이 말을 반박할 필요가 있을까? 매일 아들을 관찰하면서 검사는 아이는 원시인처럼 자신만의 예술적 통찰력과 독특한 욕구가 있기 때문에 어른의 사고로는 접근할 수 없다는 것을 확신하고 있었다. 어른의 관점에서 주의 깊게 세료쟈의 그림을 관찰해보면 비정상적이라는 것을 알 수 있다. 그러나 그는 집보다 사람을 크게 그릴 수 있는 현명한 방법을 알았고, 연필을 가지고 구체적인 물체 외의 것을 자신의 감촉만으로 표현하는 방법을 찾아냈다. 예를 들면, 오케스트라의 음악소리는 구슬 모양이나 연기의 형태로 표현됐고, 휘파람소리는 실을 나선처럼 감아 그리면서 나타냈다. 세료쟈의 인식에는 소리가 형태와 색깔과 매우 밀접한 관련을 맺고 있다는 생각이 들었다. 그래서 글자를 색칠할 때 그는 매번 변하지 않고 알파벳 엘(Л)은 노란색으로 칠했고, 엠(M)은 붉은색, 아(A)는 검정색 등으로 표현했다.

그림 그리는 것을 그만두고 세료쟈는 아빠의 무릎 위에서 다시 몸을 움직여 편안한 자세를 만든 다음 아빠의 턱수염으로 장난을 치기 시작했다. 처음에 그는 턱

수염을 가지런히 모으려고 애쓴 다음, 그것을 다시 두 갈래로 만들어서 마치 볼수염처럼 만들어버렸다.

"아빠, 지금 보니 이반 스체파노비치랑 닮았어요."

세료쟈가 웅얼거렸다.

"그리고 또 보니깐 우리 수위아저씨랑 닮았어요. 아빠. 그런데 수위아저씨는 왜 문 근처에 서 있는 거예요? 도둑이 훔쳐가지 못하게 하려고요?"

아들의 머리카락이 볼에 닿자 검사는 자신의 얼굴에서 아들의 숨소리를 느낄 수 있었다. 그의 마음은 따뜻하고 부드러워졌다. 비록 한쪽 팔에 세료쟈의 빌로드 재킷의 부드러움이 느껴졌지만, 그의 마음이 온통 이 빌로드 재킷 위에 놓여 있는 것처럼 매우 부드러워졌다. 그는 아이의 크고 검은 눈을 보았고, 그 눈망울 속에서 언젠가 자신이 사랑했던 아이의 엄마이자 자신의 아내가 생각났다.

'이런 아이를 때려야 하나?'

그는 생각했다.

'이 아이에게 벌을 줘야 하나? 아니야! 그럼 어떻게 아이를 양육할 수 있겠어! 무엇보다 사람은 단순하고 생각을 적게 해야 문제를 과감하게 해결할 수 있어. 우리는 생각을 너무 많이 해. 그래서 논리가 때로는 우릴 갉아먹는 것 같아. 인간은 발전해갈수록 많은 것을 생각해내고, 사소한 것에까지 몰두하면 할수록 인간은 더 주저하게 되고 소심하게 되어서 어떤 일을 할 때 겁을 많이 먹게 되는 것 같아. 실제로 만약에 생각이 더 깊어지면 깊어질수록 가르치고 재판하고 두꺼운 책을 저술하려면 얼마나 많은 용기와 믿음이 필요할까?'

10시를 알리는 시계종이 울렸다.

"자, 애야, 이제 자야할 시간이구나."

검사가 말했다.

"작별 인사하고 가서 자거라."

"싫어요. 아빠."

세료쟈는 인상을 찌푸렸다.

"좀 더 앉아 있을래요. 이야기 좀 해주세요! 옛날이야기 해 주세요."

"그럼, 이야기해주고 나면 당장 가서 자는 거다."

예브게니 페트로비치는 한가한 저녁 시간마다 세료쟈에게 옛날이야기를 해주곤 했다. 대부분의 사무적인 사람들과 마찬가지로 그 역시 외울 수 있는 시 한 편이 없었고 알고 있는 옛날이야기도 없었다. 그래서 그는 매번 즉흥적으로 이야기를 지어내곤 했었다. 대개 그는 '옛날 어떤 곳의 어떤 궁궐에'와 같은 틀에 박힌 형식으로 이야기를 시작해서, 갖가지 말도 안 되는 엉터리 같은 이야기를 쌓아 올리곤 했는데, 그 자신도 중간과 결말이 어떻게 될지 모르는 채 이야기를 시작하곤 했다. 장면, 인물, 상황은 느닷없이 즉흥적으로 생겼고, 줄거리와 교훈은 화자의 의지와는 별개로 어떻게든 흘러나왔다. 세료쟈는 이런 즉흥적인 이야기를 매우 좋아했고, 검사는 줄거리가 소박하고 단순할수록 아이에게 더 강한 인상을 준다는 것을 알고 있었다.

"들어보렴."

그는 눈을 천장으로 향하면서 이야기를 시작했다.

"옛날 어떤 왕국에 길고 허연 턱수염과 음……. 아빠와 같은 이런 콧수염을 기른 나이 많고 늙은 왕이 살고 있었단다. 음, 그는 유리로 만든 궁전에서 살았는데, 그 궁전은 거대한 얼음덩어리처럼 해가 비치면 반짝반짝 빛나는 궁전이었어. 궁전에는 거대한 정원이 있었는데, 그 정원에는 너도 알고 있는 오렌지나무도 자라고 있었고 배나무도 있었고 체리 나무도 있었지. 튤립, 장미, 은방울꽃도 피어 있었고, 알록달록한 색깔의 새들이 노래하고, 그리고 나무에는 유리로 만든 종이 매달려 있어서 바람이 불 때 귀를 기울이면 아주 부드러운 종소리를 들을 수 있었지. 유리는 금속보다 더 부드럽고 온화한 소리가 난단다. 그리고 또 뭐가 있더라?

그래, 정원에는 분수가 있었어. 너도 저번에 소냐 아줌마 집에 갔을 때 봤던 분수를 기억하지? 그런 분수들이 왕궁의 정원에 있었어. 그런데 아줌마 집의 분수보다 크기가 엄청나서 물기둥이 키 큰 버드나무 꼭대기까지 올라가지."

예브게니 페트로비치는 생각을 하면서 계속 말을 이어갔다.

"늙은 왕에게는 왕국의 계승자인 하나밖에 없는 아들이 있었는데, 너처럼 어린 아이였고 훌륭한 아이였지. 그 애는 말도 잘 듣고 절대로 변덕을 부리는 일도 없었고, 잠도 일찍 자고 책상의 물건에 손도 대지 않고, 그리고 매우 똑똑한 아이였지. 그런데 그 아이에겐 한 가지 단점이 있었는데, 그건 담배를 피운다는 거였어……."

세료쟈는 눈도 깜빡이지 않고 긴장된 모습으로 아버지를 쳐다보면서 이야기를 들었다. 검사는 이야기를 계속하면서 생각했다.

'이제 무슨 얘기를 하지?'

그는 오랫동안 계속 과장해서 말하기도 했고 꾸물대기도 하다가 다음과 같이 이야기를 마쳤다.

"왕자는 담배를 피워서 폐병에 걸려 스무 살 때 그만 죽고 말았단다. 기력이 약해지고 병에 걸린 늙은 왕은 아무 의지할 데도 없이 혼자 남게 되었어. 나라를 통치할 사람도 궁전을 지킬 사람도 없게 되었지. 결국 나쁜 사람들이 쳐들어와서 늙은 왕을 죽이고 궁전을 파괴시켜서 정원에는 체리나무도 새들도 종들도 이젠 없어져 버렸단다. 그렇게 되었단다. 애야."

이런 결말은 예브게니 페트로비치 자신이 생각하기에도 우스꽝스럽고 순진했지만, 세료쟈에게 이 이야기는 강한 인상을 불러일으켰다. 다시 그의 눈이 슬픔으로 인해 떨리더니 뭔가에 놀란 듯 보였다. 잠시 동안 그는 생각에 잠겨 어두운 창문을 바라보고나서 한숨을 쉬고는 낙담한 목소리로 말했다.

"다시는 담배를 피우지 않을 거예요……."

그가 아빠에게 작별 인사를 하고 잠을 자러 갔을 때, 그의 아빠는 조용히 서재를 왔다 갔다 하면서 미소를 지었다.

'여기에서 아름다움이란 예술 형식이 효력을 발휘한다는 말이 맞는 얘기야.'

그는 생각했다.

'그렇다 치더라도 이건 별로 위로가 되지 않는군. 아무래도 이건 진실한 방법이 아니야. 왜 도덕과 진리는 환약처럼 겉을 반짝이는 금박지로 포장하고 설탕처럼 달콤한 것을 입혀놓은 혼합물이 되어야지 효력이 발생하고, 원래의 모습 그대로 는 높이 날아오르지 못하는 걸까? 정말 이상하군. 위조품과 기만, 속임수를 써야 지만……'

그는 설교나 법률에서가 아니라 우화나 소설, 시에서 얻은 삶의 의미를 담고 있는 옛날이야기나 역사소설을 통해서 터득한 이야기를 재판석에서 '연설'해야 설 득력이 있다고 믿고 있는 배심원을 기억했다.

'그렇다면 약은 반드시 입에 달아야 하고, 진리는 아름다워야 하는 건가? 인간 은 아담의 시대부터 이러한 어리석음을 체험하지 않았는가? 그렇지만 아마도 이 모든 것은 자연스럽고 당연한 일인 것 같군. 자연에는 정당한 기만과 착각은 거의 없으니깐 말이야.'

그는 자신의 일을 시작했지만, 태평스런 가정의 일에 관한 상념은 오랫동안 그 의 머릿속을 맴돌았다. 천장 위에서는 더 이상 피아노 연주소리가 들리지 않았지 만, 이층집 거주자가 방안을 저리저리 서성거리며 내는 소리는 여전히 계속 들려 왔다…….

자고 싶다!

한밤중에 13살 된 소녀인 유모 바리카가 아기가 누워 있는 요람을 흔들면서 들릴 듯 말 듯하게 중얼거린다.

"자장, 자장, 자장, 노래를 불러 줄게……."

성상 앞에는 조그만 초록색 램프가 타오르고 있다. 방 안 전체를 가로 질러 이 구석에서 저 구석으로 줄이 걸려있고, 그 위에는 기저귀들과 검은 색 어른 바지가 널려 있다. 램프의 불빛이 천장에 커다란 초록색 반점으로 아른거리고 있다. 기저귀들과 바지가 기다란 그림자를 벽난로와 요람과 바리카 위로 드리우고 있다. 작은 램프가 흔들리기 시작하면 반점과 그림자가 되살아나 마치 바람이라도 부는 것처럼 움직인다. 무덥다. 양배추 수프와 구두를 만드는 데 사용하는 가죽 냄새가 난다…….

아기가 운다. 오래전부터 울어서 이미 목이 쉬었기 때문에 이제는 지칠 만도 한데, 아기는 여전히 큰 소리로 울어 댄다. 언제 그칠지 알 수가 없다. 바리카는 자고 싶다. 두 눈이 감겨오는 데다 고개는 끄덕거리고 목덜미는 아파온다. 눈꺼풀도 입술도 움직일 수가 없다. 바싹 마른 얼굴은 마비된 것 같고, 머리는 좁쌀만큼 작아진 것 같다.

"자장, 자장, 자장."

바리카가 나지막이 웅얼거린다.

"아가, 너를 위해 까샤*를 끓여줄게……."

귀뚜라미가 벽난로 위에서 울고 있다. 문이 맞닿아 있는 옆방에서는 구두 수선 공인 집 주인 아파나시가 코를 골며 자고 있다. 요람은 애처롭게 삐걱거리고, 바리카는 여전히 웅얼거린다. 그 목소리는 잠자리에 든 사람에게는 매우 달콤하게 들리는 한밤중의 자장가를 대신한다. 지금 이 자장가는, 너무도 졸립긴 하지만 잘 수도 없는 바리카의 신경을 건드리며 괴롭힐 뿐이다. 바리카가 만일 잠이라도 들어버리면 안쓰럽게도 안주인이 매질을 할 것이기 때문이다.

작은 램프가 깜박거리고 있다. 초록색 반점과 그림자가 움직이며 절반쯤 감겨 움직이지 않는 바리카의 눈동자에 기어들어, 반 정도 잠든 뇌수 속에 몽롱한 공상을 만들어낸다. 바리카는 하늘에서 줄지어 흘러가며 아기처럼 울어 대는 먹구름을 바라본다. 그러다 갑자기 바람이 불어 구름이 흩어지자, 바리카는 먼지가 뿌옇게 덮인 넓은 포장도로를 바라본다. 포장도로 위로 짐마차의 대열이 지나가고, 등에 배낭을 짊어진 사람들이 느리게 걸어가고, 앞뒤로는 알 수 없는 그림자들이 날아다닌다. 차갑고 짙은 안개를 뚫고 길 양옆으로 숲이 보인다. 갑자기 등짐을 진 사람들과 그림자들이 먼지가 뿌연 땅바닥으로 쓰러진다.

"왜 그러세요?" 바리카가 묻는다.

"자거라. 괜찮아, 잘 될 거야!" 어디선가 대답이 들린다.

그들은 곤하게 잠을 잔다. 달콤한 잠에 빠져 있다. 전깃줄 위에 앉아 있는 까마귀들과 까치들이 마치 그들을 깨우려고 애쓰는 듯이 아기처럼 울어 댄다.

"자장, 자장, 자장, 노래를 불러 줄게……."

웅얼거리던 바리카는 순간 자신이 어둡고 무더운 농가 안에 있음을 깨닫는다.

돌아가신 아빠 예핌 스체파노프가 바닥에서 몸을 뒤척거리고 있다. 그런데 정

---

* 러시아의 전통음식으로 우리나라의 미음이나 죽 같은 것

작 아빠의 얼굴은 보이지 않고, 통증 때문에 바닥에서 뒹구는 아빠의 신음 소리만 들린다. 그때에 아빠는 '탈장으로 고생이 말이 아니었다'. 통증이 심해서 말을 제대로 할 수 없었던 아빠는 간신히 입으로 숨을 내쉴 때면 입술로 북 두드리는 소리를 내뱉었다.

"부부부부……."

엄마 펠라게야는 남편이 죽어 가고 있다는 걸 주인에게 알리려고 저택으로 뛰어 갔다. 그러나 엄마는 가신 지 한참이 지났는데도 돌아올 기미조차 없다. 바리카는 벽난로 위에 누워 아빠가 "부부부부……." 하며 내는 소리에 귀를 기울인다. 그때 누군가의 발자국 소리가 들린다. 그것은 주인이 부른 의사가 바리카의 집에 막 도착하는 소리다. 의사가 집 안으로 들어선다. 어두워서 그의 모습은 제대로 보이지 않고 그가 기침을 하며 문을 여닫는 소리만 들린다.

"불을 켜세요." 의사가 말한다.

"부부부부……." 아버지가 대답한다.

펠라게야가 벽난로로 뛰어가서 성냥갑을 찾기 시작한다. 잠시 정적이 흐른다. 의사가 호주머니를 뒤져 성냥을 찾아 불을 켠다.

"이를 어쩌. 금방 돌아올게요. 곧바로요."

펠라게야는 이렇게 말하고 농가 밖으로 급하게 뛰어나갔다가 잠시 뒤에 타다 남은 양초를 가지고 돌아온다.

예핌의 뺨은 붉으스레 상기되고 두 눈에서는 광채가 품어져 나왔다. 마치 농가와 의사를 꿰뚫어 보려는 듯이 그의 눈은 왠지 모르게 번득거렸다.

"왜 그러는 거죠? 무슨 생각을 하시는 가요?"

의사가 허리를 숙이고 예핌에게 말한다.

"저런! 이러고 계신 지 오래되었나요?"

"모르겠어요. 의사 선생님, 어때요? 정말 돌아가실 때가 되었나요? 이제 살기는 다 틀린 거예요? 그런가요?"

"쓸데없는 소린 그만 하시고……. 치료를 해봅시다!"

"의사 선생님, 그렇게 말씀해 주시니 무척 고맙습니다만, 제 생각에는……. 남편이 이제 죽게 된다면, 그렇다면……."

의사는 15분 정도 진찰하더니 일어나 말한다.

"여기서 내가 할 수 있는 것은 아무것도 없습니다. 병원에 입원해서 수술을 받으셔야 할 것 같습니다. 병원 문 닫을 시간이 다 되어 가니, 지금 당장……. 지체하지 말고 당장 병원으로 가세요! 조금이라도 늦으면 오늘 더 이상 환자를 받지 않을 수도 있으니까. 내가 메모를 써 드릴 테니, 어서 병원으로 가보십시오. 알겠습니까?"

"네, 그런데……. 어쩌나, 뭘 타고 가지?" 펠라게야가 말한다.

"우린 말이 없는데, 어떻게 하죠?"

"걱정 마세요. 내가 주인내외분께 부탁해 보겠습니다. 그분들이 아마 말을 내줄 겁니다."

의사가 떠나고 촛불이 꺼지고, 다시 '부부부부……'하는 소리가 들린다. 삼 십 분 정도 지났을 무렵 누군가 농가에 도착한다. 병원에 가라고 주인이 보내준 조그만 짐마차가 도착한 것이다. 예핌은 떠날 준비를 하고 마차에 오른다…….

이제 맑고 화창한 아침이 찾아온다. 펠라게야는 집에 없다. 예핌의 상태가 어떻게 되었는지 살펴보려고 병원에 간 것이다.

어딘가에서 아기가 운다. 그러자 바리카는 웅얼거리며 노래를 부르는 자신의 목소리를 듣는다.

"자장, 자장, 자장, 노래를 불러 줄게……."

펠라게야가 집으로 돌아온다. 성호를 긋고 나서 그녀는 소곤거리는 목소리로 이렇게 말한다.

"오늘 아침에 아빠가 하늘나라로 떠나셨단다. 밤새 탈장된 배를 수술했지만, 치료가 너무 늦어서 어쩔 수 없었다고 하더구나. 좀 더 일찍 병원에 갔었더라면……. 살 수도 있었을 텐데……. 아니야, 이제는 편안하실 게다. 천국에서 편안하실 거야. 우리 같이 기도하자. 아빠에게 영원히 평화가 함께 하기를……."

바리카는 숲 속으로 들어가서 울고 있다. 그런데 누군가 갑자기 그녀의 뒤통수를 세게 내리친다. 이마가 자작나무에 부딪힐 만큼 세게 말이다. 고개를 들어 보니 바리카 앞에 구두수선공인 집 주인이 서 있다.

"이런 우라질 년, 도대체 뭘 하는 거냐?" 그가 말한다.

"아기가 우는데도 잠을 자?"

주인은 바리카의 귀를 아프도록 잡아당긴다. 그 와중에도 바리카는 고개를 흔들고 나서 요람을 흔들며 자장가를 웅얼거린다. 초록색 반점과 빨래줄에 걸린 바지와 기저귀 그림자가 흔들거리고 깜박이며 다시 바리카의 머리를 몽롱한 상태에 빠뜨린다. 그녀는 다시 먼지가 뿌옇게 덮인 넓은 포장도로를 바라본다. 등짐을 진 사람들과 그림자들이 쭉 뻗고 누워 곤하게 잠을 자고 있다. 그들을 바라보는 바리카도 너무 자고 싶다. 편안히 눕는가 싶었는데, 엄마 펠라게야가 옆에서 걸으면서 바리카를 재촉한다. 엄마는 바리카와 셋집을 알아보려고 서둘러 도시로 걸어가는 중이었다.

"제발, 자비를 베풀어 주십시오!"

엄마가 지나는 사람들에게 구걸한다.

"하느님의 은총을 빕니다. 제발 자비를 베풀어 주십시오!"

"이리로 아기를 데려와라!"

그때 똑같은 목소리가 반복해서 말한다. 이미 화가 나있는 날카로운 목소리이다.

"듣고 있는 거야? 이런 못된 년!"

바리카는 주위를 둘러보고 나서 벌떡 일어나더니 어떻게 된 일인지 알아본다.

넓은 포장도로도 펠라게야도 지나가는 사람들도 사라지고 바리카 주변에는 아무도 없다. 방 한가운데에는 아기한테 젖을 물려주려고 온 안주인이 서 있을 뿐이다. 어깨가 넓고 풍뚱한 안주인이 젖을 먹이며 아기를 달래는 동안, 바리카는 그대로 서서 그녀를 바라보며 젖을 다 먹이기만 기다리고 있다. 창문 밖에는 벌써 파르스름하게 날이 밝아 오고, 천장의 그림자와 초록색 반점도 눈에 띄게 희미해져 있다. 곧 아침이 온다.

"데려 가렴!"

안주인이 블라우스의 앞단추를 잠그면서 말한다.

"아기가 울기라도 하면 혼날 줄 알아!"

바리카는 아기를 받아 요람에 눕히고 나서 다시 흔들기 시작한다. 초록색 반점과 그림자가 점차 희미해졌지만 더 이상 그녀의 머리로 기어들어가 정신을 몽롱하게 만들지는 않는다. 하지만 여전히 자고 싶다. 자고 싶어 미치겠다! 바리카는 요람의 귀퉁이에 머리를 기대고선 쏟아지는 잠을 이겨 내려고 온몸을 흔들어 본다. 하지만 눈꺼풀은 여전히 감기고 머리는 무겁다.

"바리카! 벽난로에 불을 지펴라!"

문 밖에서 집 주인의 목소리가 들려온다.

벌써 일을 시작할 시간이 된 것이다. 바리카는 요람을 내버려 둔 채 장작을 가지러 헛간으로 달려간다. 바리카는 차라리 기뻤다. 걷거나 뛰어다니면 앉아 있을 때만큼 자고 싶지 않기 때문이다. 바리카는 장작을 가지고 와서 벽난로에 불을 때고 나니, 무감각했던 얼굴이 펴지고 머리가 맑아지는 것을 느낀다.

"바리카! 사모바르에다 물을 좀 끓여 놓아라!" 안주인이 소리친다.

바리카가 나무를 잘게 쪼개어 간신히 사모바르에 불을 붙이자 안주인은 기다렸다는 듯 소리친다.

"바리카! 주인어른 구두를 좀 닦아 놓아라!"

바리카는 바닥에 앉아 집 주인의 구두를 닦으면서도, 커다랗고 깊은 주인의 구두 속에 머리를 박고 잠깐이라도 잠을 잤으면 좋겠다고 생각한다. 그러자 구두가 부풀어 올라 커지더니 방안을 가득 채운다. 구두 솔을 떨어뜨린 바리카는 세차게 머리를 흔들고 눈을 부릅뜨고서, 물체들이 커지지 않고 눈 안에서 움직이지 않도록 노려본다.

"바리카, 계단 위부터 물청소를 해라. 깨끗하게 해! 그렇지 않으면 구두 맞추러 오는 손님들께 부끄럽지 않겠니!"

바리카는 계단을 닦고 방을 치우고 나서 다른 벽난로에 불을 때고 가게로 달려간다. 할 일이 많아 잠시도 쉴 틈이 없다.

싱크대 앞 한구석에 서서 감자를 씻는 것만큼 힘든 일도 없다. 싱크대 쪽으로 고개를 빼어 내밀면, 감자가 눈앞에서 어른거리고 칼이 손에서 미끄러진다. 양소매를 걷어 올린 뚱뚱하고 신경질적인 안주인이 그 옆을 지나다니며 귀가 울리도록 큰 소리로 잔소리를 해댄다. 식사 시중을 드는 것, 빨래하는 것, 바느질하는 것도 고통스러운 일이다. 아무 일에도 상관하지 않고 그저 바닥에 쓰러져 자고 싶은 순간이 잦아진다.

날이 저문다. 창밖이 어두워지는 것을 바라보면서 바리카는 자신의 무감각해진 관자놀이를 꼭 누르며 미소를 짓는다. 무엇 때문에 그래야 하는지 자신도 알지 못한 채. 저녁 안개는 바리카의 감겨오는 눈을 어루만져주며 그녀에게 깊은 잠을 곧 자게 될 거라고 속삭인다. 곧이어 손님들이 집 주인을 찾아오자 안주인은 또 바리카에게 소리친다.

"바리카야, 사모바르를 끓여 와라!"

집주인의 사모바르는 작아서 손님들 모두에게 차를 대접하려면 다섯 번은 끓여야 한다. 차를 다 따른 후에도 바리카는 한 시간은 더 그 자리에 서서 손님들의 시중을 들어야 한다.

"바리카, 얼른 뛰어 가서 맥주를 세 병 사 오너라!"

바리카는 졸음을 쫓으려 될 수 있는 한 더 빨리 달린다.

"바리카, 얼른 뛰어 가서 보드카를 가져 와! 바리카, 병따개는 어디 있니? 바리카, 청어 좀 씻어라!"

그러다 마침내 손님들이 떠난다. 불이 꺼지고 주인들은 잠자리에 든다. 그리고 마지막 명령이 울려 퍼진다.

"바리카야, 요람을 흔들어 주어라!"

벽난로 안에서 귀뚜라미가 운다. 천장에 아롱진 초록색 반점과 기저귀들과 바지의 그림자가 반쯤 감긴 바리카의 눈 속으로 기어들어 깜박이며 머리를 몽롱하게 만든다.

"자장, 자장, 자장." 바리카가 웅얼거린다.

"노래를 불러 줄게……."

아기가 큰 소리로 울어댄다. 지치도록 큰 소리로 울어댄다.

바리카는 다시 먼지 쌓인 포장도로와 등짐을 진 사람들과 엄마 펠라게야와 아빠 예핌이 있다는 것을 감지한다. 바리카는 금방 모든 상황을 파악하고 사람들을 모두 알아본다. 하지만 반쯤 잠든 상태에서 자신의 두 팔과 두 다리를 옴짝달싹 못하게 하고 자신을 짓누르며 못살게 구는 그 힘만큼은 결코 알아낼 수가 없다. 주위를 둘러보며 그 힘이 과연 무엇인지 찾아내어 벗어나 보려고 하지만, 도무지 찾아 낼 도리가 없다. 결국 기진맥진해졌으나 두 눈을 부릅뜨고 자신의 온 힘을 다해 머리 위에서 깜박거리는 초록색 반점을 바라본다. 그렇게 시끄러운 울음소리에 귀를 기울이다가, 마침내 자신을 그토록 못살게 굴었던 적을 발견하게 된다.

그 적은 바로 아기다.

바리카는 웃는다. 이렇게 간단한 것을 왜 좀 더 일찍 알지 못했는지 그녀 자신으로서도 놀랄 지경이다. 초록색 반점, 그림자, 그리고 귀뚜라미도 바리카와 함께 웃으면서 놀라는 것 같다.

그 순간 잘못된 생각이 바리카를 사로잡는다. 바리카는 등받이가 없는 의자에서 일어나 환하게 미소를 지으면서 눈도 깜박이지 않고 방 안을 천천히 걸어 다닌다. 그녀의 두 팔과 두 다리를 그토록 억눌러왔던 아기에게서 이제 벗어나게 된다고 생각하니 그녀는 기분이 유쾌해지고 몸이 간질거린다……. 아기를 죽이고. 그런 다음에는 푹 자는 거야, 그래, 아주 편안하게 잠을 자는 거야…….

웃으면서 눈을 껌벅이며 초록색 반점을 손가락으로 위협하던 바리카는 요람으로 살그머니 다가가 아기 쪽으로 몸을 굽힌다. 아기를 질식시키고 나자 바리카는 서둘러 바닥에 눕는다. 이제는 잘 수 있다는 기쁨에 바리카는 비로소 웃는다. 그리고 일 분도 채 안 되어 바리카는 깊은 잠에 빠져 버린다. 마치 죽은 사람처럼…….

흰 눈 점박이강아지

굶주린 암컷늑대가 사냥을 나가려고 몸을 일으켰다. 암컷늑대에게는 세 마리의 새끼들이 있었는데, 어린 새끼들은 한 덩어리처럼 몸을 서로 꼭 붙인 채 온기를 느끼며 깊이 잠들어 있었다. 어미늑대는 새끼들을 혀로 핥아주고 난 후에 길을 나섰다.

어느덧 3월의 봄날이었다. 하지만 날씨는 아직 풀리지 않아서 밤마다 나무들은 한겨울에 신음하듯 그렇게 삐걱거리는 소리를 냈고, 혀를 입 밖으로 내밀기라도 하면 세게 꼬집힌 것처럼 따가웠다. 어미늑대는 몸이 허약했고 신경이 예민했다. 조그만 소리에도 화들짝 놀랐고, 밖에 나오면 집에 두고 온 새끼들이 변고를 당할까봐 마음이 조마조마했다. 사람이나 말의 발자국에서 나는 냄새, 나무 그루터기, 쌓아놓은 장작더미, 말똥이 까맣게 깔려있는 길을 보고도 깜짝깜짝 놀라곤했다. 수풀 뒤 어둠 속에 사람이 서 있거나 숲 속 어딘가에 개들이 으르렁대고 있을 것 같은 생각이 항상 암컷늑대의 머리속에 맴돌고 있었다.

어미늑대는 이미 나이가 들었고 후각도 무뎌져서 여우 발자국을 개 발자국으로 잘못 알기도 하고, 때로는 냄새를 잘못 맡아 길을 잃고 헤매기도 했는데, 이런 일은 젊었을 때는 상상하지도 못했던 것들이었다. 몸이 약해졌기 때문에 예전처럼 송아지나 몸집 큰 양은 덮치지 않았다. 어미와 함께 있는 망아지는 멀리 피해

다녔고, 짐승 시체를 먹기도 했다. 그래서 봄이 되어 우연히 암토끼를 만나면 그 새끼를 빼앗거나, 아니면 어린양이 있는 농가의 축사를 몰래 습격하지 않고서는 신선한 고기를 맛볼 수가 없었다.

늑대 굴에서 4킬로미터 정도 떨어진 곳에 큰길을 끼고 겨울오두막이 한 채 있었다. 그곳에는 숲을 지키는 이그나트가 살고 있었다. 그는 일흔 살이 된 노인으로 늘 기침을 해대며 혼잣말을 중얼거리고 다녔다. 노인은 밤에는 잠을 자고 낮에는 단발총을 메고 휘파람을 불며 숲 속에서 토끼를 몰았다. 그는 한때 기계 공장에서 일한 적이 있는 것 같았다. 걸음을 멈추기 전에는 언제나 자신에게 '엔진 중지!'라고 외쳤고, 또 앞으로 걸어가기 전에는 '엔진 전속력으로!'라고 외쳤다. 이그나트는 아라프카라는 이름의 커다란 검정개를 키웠다. 아라프카가 너무 멀리 뛰어간다는 생각이 들면 그는 이렇게 소리치곤 했다.

"아라프카, 후진!"

이따금 그는 노래를 부르다가 심하게 비틀거리며 넘어지기도 했다(어미늑대는 바람 때문에 그가 그러는 게 아닌가하고 생각했다). 그러면 그는 이렇게 소리치는 것이었다.

"궤도 이탈!"

어미늑대는 여름과 가을이면 겨울오두막 근처에서 숫양 한 마리와 암양 두 마리가 풀을 뜯는다는 것을 기억하고 있었다. 얼마 전 오두막 옆을 지나 달려갈 때 축사에서 '매에~'하고 양이 우는 소리를 들은 것도 같았다. 그래서 지금 어미늑대는 겨울오두막을 향해 다가가며, 때는 이미 3월이고 시기로 짐작컨대 축사에는 분명히 새끼 양들이 있을 것이라고 생각했다. 배고픔 때문에 몹시도 고통스러웠으므로 어미늑대는 게걸스럽게 어린양들을 잡아먹어야겠다고 상상을 했다. 이런 생각을 하자 이빨에서 뿌드득 소리가 났고, 어둠 속의 두 눈에서는 불빛 두 개가 광채를 뿜어내듯이 번쩍거렸다.

이그나트의 농가와 헛간, 그리고 축사와 우물은 눈 더미로 높다란 울타리가 만들어져 있었다. 사방이 고요했다. 아라프카는 헛간에서 자고 있는 것 같았다.

어미늑대는 눈 더미를 타고 축사 위로 슬그머니 기어 올라가 두 발과 주둥이로 초가지붕을 헤집어 파기 시작했다. 지푸라기가 썩어서 짚더미가 푸석푸석했기 때문에 어미늑대는 하마터면 아래로 떨어질 뻔했다. 갑자기 따뜻한 훈기와 퇴비 냄새, 그리고 양젖 냄새가 얼굴로 솔솔 풍겨왔다. 밑에서는 한기를 느낀 새끼 양이 '매에 매에' 하고 부드러운 목소리로 울어댔다. 구멍을 통해 몸을 날린 어미늑대는 앞발과 가슴에 뭔가 연약하고 따뜻한 것이 닿은 것을 느꼈다. 아마도 어린양의 몸 위로 떨어진 것 같았다. 이때 축사 안에서 갑자기 '깨개갱 깨개갱'하며 귀청을 찢는 날카로운 비명소리가 울리더니 컹컹 짖으며 으르렁대는 짐승 울음소리가 들렸다. 새끼 양들은 몸을 던지다시피 튀쳐가 벽으로 붙었고, 어미늑대는 당황해서 맨 먼저 이빨에 닿는 것을 덥석 잡아 물고는 밖으로 도망쳤다.

어미늑대는 있는 힘을 다해 달렸다. 아라프카는 늑대 냄새를 맡고 미친 듯이 울부짖으며 날뛰었다. 오두막 안에서는 놀란 닭들이 '꼬꼬댁' 거리며 홰를 쳐댔고, 이그나트는 현관으로 뛰어나오며 소리쳤다.

"전속력으로! 기적을 울려라!"

그리고 그는 기관차처럼 기적소리를 내며 외쳤다.

"고-고-고-고!"

이그나트의 기적 소리는 숲 속에 메아리쳤다.

모든 소동이 조금씩 가라앉자 어미늑대는 다소 안정을 되찾았고 입에 물고 눈밭을 질질 끌고 온 노획물이 평소 이 시기에 잡아왔던 새끼 양보다 더 무겁고 단단하다는 것을 느끼기 시작했다. 게다가 냄새도 다른 것 같았고 무슨 이상한 소리도 들렸다. 어미늑대는 잠깐 몸을 쉬면서 새끼 양을 잡아먹기 위해 걸음을 멈추고 노획물을 눈밭에 내려놓았다. 이때 갑자기 어미늑대는 진저리를 치며 옆으로 훌쩍 물러났다. 그것은 새끼 양이 아니라 강아지였던 것이다. 머리가 크고 다리가 길었으며 몸집이 장대한 혈종으로 아라프카처럼 이마에 하얀 반점이 있는 검은색 개였다. 생김새로 보아하니 족보 없는 똥개였다. 강아지는 문드러진 등의 상처를 혀로 핥다가 무슨 일이 있었느냐는 듯 꼬리를 흔들며 어미늑대를 향해 '컹컹' 짖었다. 어미늑대는 개처럼 으르렁 소리를 내어 겁을 주면서 강아지를 떼어놓고 달리기 시작했다. 그런데 강아지는 어미늑대를 따라 달려오는 것이 아닌가. 어미늑대는 뒤를 돌아보며 이빨을 우두둑 갈았다. 강아지는 잠시 멈칫하더니 어미늑대가 자신과 놀아주려는 것으로 생각했는지 겨울오두막을 향해 얼굴을 내밀고 기쁨에 가득 찬 목소리로 짖기 시작했다. 마치 어미인 아라프카를 불러내어 함께 놀자고 부르는 소리 같았다.

어느덧 날이 밝아 울창한 사시나무 덤불 속에 있는 늑대 굴에 도착했을 때 나뭇가지가 하나하나 또렷이 보였고, 강아지의 뜀박질과 짖는 소리에 불안을 느낀 도요새가 잠을 깼으며 수려한 자태의 수컷 새가 푸드득거리며 날아올랐다.

'무엇 때문에 내 뒤를 쫓아오지?'

어미늑대는 짜증이 났다.

'나한테 잡아먹히고 싶은 거야?'

어미늑대는 새끼들과 함께 그리 깊지 않은 굴에서 살고 있었다. 3년 전 태풍이 불어올 때 키 큰 늙은 소나무가 뿌리 채 뽑혔고, 그 때문에 이런 굴이 생겼던 것이다. 이제 그 굴의 바닥에는 낙엽이 쌓이고 이끼가 자랐다. 굴 안에는 동물들의 뿔 조각과 뼈다귀 조각들이 굴러다니고 그것을 새끼늑대들이 가지고 놀았다. 새끼늑대들은 벌써 잠에서 깨어나 있었다. 서로 몹시 닮은 세 마리의 새끼늑대는 굴 입구에 나란히 서서 집으로 돌아오고 있는 엄마를 쳐다보며 꼬리를 흔들었다. 새끼늑대들을 발견하자 강아지는 멀찌감치 멈춰 서서 오랫동안 바라보았다. 새끼늑대들이 자기를 유심히 바라보고 있다는 것을 알아차린 강아지는 낯선 사람을 보면 마구 짖어대듯 화를 내며 소리 높여 짖었다.

이미 날은 밝아지고 해가 떠올랐다. 주위에 눈들이 반짝반짝 빛났지만 강아지는 여전히 멀리 서서 짖고 있었다. 새끼늑대들은 엄마 젖을 물고 앞발로 홀쭉한 엄마 배를 밀어젖히고 있었고, 어미늑대는 바싹 말라서 하얗게 변한 말뼈다구를 핥아댔다. 배고픔이 어미늑대를 고통스럽게 괴롭혔다. 강아지 짖는 소리에 신경이 날카로워질 대로 날카로워진 어미늑대는 저 불청객에게 단숨에 달려들어 갈기갈기 찢어버리고 싶은 마음이 솟아올랐다.

마침내 강아지는 제풀에 지친데다 목이 쉬어버렸다. 자신을 무서워하지도 않고 관심조차 갖지 않는 것을 보고 강아지는 겁먹은 표정으로 땅에 주저앉았다가 또 몇 발짝 걸음을 옮겨 새끼늑대들이 있는 곳으로 다가왔다. 이제 완전히 밝은 대낮이 되자 강아지를 똑똑히 볼 수 있었다. 그 녀석의 하얀 이마는 넓었고 어리석은 개들한테서 흔히 볼 수 있는 작은 혹이 하나 달려 있었다. 파란 색의 조그만 눈빛은 흐릿했고 얼굴 표정은 더더욱 멍청해 보였다. 새끼늑대들에게 다가 온 점박이 강아지는 넓적한 발을 쭉 내밀고 얼굴을 갖다 대며 소리를 냈다.

"므냐, 므냐……. 느가-느가-느가!……."

새끼늑대들은 무슨 소리인지 알아들을 수 없었지만 꼬리를 흔들어 주었다. 그러자 점박이가 한 새끼늑대의 커다란 머리를 발로 쳤다. 새끼늑대도 역시 발로 점박이의 머리를 쳤다. 점박이는 새끼늑대 옆에 서서 곁눈질로 쏘아보며 꼬리를 흔들더니 갑자기 달려 나가 눈밭에 원을 그리며 몇 바퀴 돌았다. 새끼늑대들도 그 뒤를 쫓아갔다. 점박이가 뒤로 넘어져 두 발을 위로 쳐들자 새끼늑대 세 마리가 그를 덮치면서 재미있다는 듯이 끽끽 소리를 지르며 점박이를 물기 시작했다. 그렇지만 그것은 아프지 않은데 장난으로 무는 시늉을 한 것이었다. 까마귀들이 높다란 소나무 위에 앉아 이들이 노는 모습을 불안한 표정으로 내려다보았다. 이들은 더욱 시끄럽고 즐겁게 놀기 시작했다. 봄날이었지만 햇살은 따스했다. 도요

새들이 태풍에 쓰러진 소나무 위를 날아다녔고 눈부신 태양빛을 받아 에메랄드 보석처럼 반짝반짝 빛났다.

평소에 어미늑대는 사냥한 먹이를 새끼늑대들에게 잠시 내주어 놀게 해준다. 새끼들이 사냥하는 법을 깨달을 수 있도록 훈련시키려는 것이다. 그래서 새끼늑대들이 눈밭에서 점박이를 쫓아다니고 몸싸움하는 것을 보며 어미늑대는 이렇게 생각했다.

'사냥하는 법이나 배우라고 그냥 놔두지 뭐.'

한참동안을 뛰고 놀던 새끼늑대들은 굴로 기어들어와 잠이 들었다. 강아지는 배가 고파 잠시 신음하더니 햇볕이 비추는 곳에 몸을 쭉 펴고 누웠다. 잠시 후 늑대새끼들이 잠에서 깨어 일어나자 또다시 함께 뛰어놀았다.

온 종일 그리고 저녁에도 어미늑대는 지난 밤 축사에서 들었던 양들의 울음소리와 양젖 냄새를 떠올리곤 했고, 그럴 때마다 식욕이 솟구쳐서 이빨을 갈았다. 그리고 오래된 짐승 뼈를 새끼양이라 여기며 게걸스럽게 갉아댔다. 새끼늑대들은 어미젖을 빨았지만 배고픈 점박이는 눈 냄새만 맡고 돌아다녔다.

'저 강아지라도 잡아먹어야겠다……'

어미늑대는 마음을 먹었다.

어미늑대가 점박이에게 다가가자 점박이는 그런 어미늑대의 얼굴을 핥으며 컹컹 짖어댔다. 아마도 어미늑대가 자기와 놀아주기를 바라는 것으로 생각한 모양이었다. 과거에 어미늑대는 개를 잡아먹은 적도 있었다. 그런데 점박이에게선 비린내 냄새가 아주 고약하게 풍겼기 때문에 비위가 약한 어미늑대는 도저히 개 냄새를 참을 수 없었다. 역겨운 나머지 어미늑대는 뒤로 물러나버렸다.

밤이 되자 공기가 쌀쌀해졌다. 점박이는 풀이 죽어 집으로 떠나버렸다.

새끼늑대들이 깊이 잠들자 어미늑대는 다시 사냥을 떠났다. 지난밤처럼 작은 소리에도 어미늑대는 화들짝 놀랐다. 나무 그루터기나 장작, 또는 멀리서 보면 사람처럼 서있는 시커먼 노간주나무가 어미늑대를 소스라치게 놀라게 만들었다. 어미늑대는 길을 벗어나 눈 위를 달렸다. 갑자기 저 멀리 길 앞쪽에 뭔가 까만 물체가 움직였다. 어미늑대는 눈을 크게 뜨고 귀를 쫑긋 세웠다. 실제로 뭔가 앞을 지나갔고 발소리도 들렸다. 혹시 너구리가 아닐까? 어미늑대는 조심스럽게 숨을 죽이고 길옆을 따라 까만 물체를 추월하였다. 뒤를 돌아다본 어미늑대는 까만 물체의 정체를 알아보았다. 그것은 느릿느릿 걸어서 집으로 돌아가는 '흰 눈 점박이 강아지'였다.

'저 녀석이 또 나를 방해하지만 말아줬으면 좋겠는데…….'

어미늑대는 마음속으로 중얼거리며 강아지를 따돌리고 나서 빠른 속도로 달렸다.

겨울오두막이 가까워졌다. 어미늑대는 또 다시 눈 더미를 타고 올라가 축사로 잠입했다. 어제 애써 뚫어놓은 구멍은 벌써 짚단으로 메워져있었고 지붕을 가로 질러 새로운 서까래 두 개가 놓여 있었다. 어미늑대는 강아지가 따라오지 않을까 두리번거리며 두 발과 주둥이로 재빠르게 짚단을 풀어헤쳤다. 그러나 더운 증기와 퇴비 냄새가 어미늑대의 코에 닿기도 전에 뒤에서 컹컹거리는 개 짖는 소리가 들렸다. 점박이가 나타난 것이다. 점박이는 어미늑대를 쫓아 지붕으로 올라와서 구멍에 얼굴을 들이밀었다. 점박이는 따뜻한 온기 속에서 양들을 알아보고 자기 집처럼 편안함을 느꼈는지 더욱 큰 소리로 짖기 시작했다. 아라프카는 헛간에서 잠을 자다 늑대 냄새를 맡고나서 울부짖었고, 닭들은 꼬꼬댁거리는 소리를 질러대기 시작했다. 이그나트가 단발총을 들고 현관에 나타나자 혼비백산한 어미늑대는 순식간에 겨울오두막으로부터 아주 멀리 달아나버렸다.

"순식간에 사라졌어!" 이그나트가 휘파람을 불었다. "순식간에 사라졌어! 전속력으로 쫓아가라!"

이그나트는 방아쇠를 당겼지만 총은 발사되지 않았다. 그래서 그는 다시한번

방아쇠를 당겼으나 또 불발이었다. 그는 세 번째로 방아쇠를 당겼다. 그러자 거대한 화염이 총신으로부터 튀어 날아가며 "부! 부!"하는 귀청을 찢는 듯한 우레소리를 냈다. 총의 반동이 그의 어깨를 강하게 때렸다. 그는 한 손에 총을 들고, 다른 손에 도끼를 움켜쥐고서 무슨 소동이 일어났는지 살펴보려고 갔다.

잠시 후에 그는 오두막으로 돌아왔다.

"거기에서 무슨 일이오?"

그의 집에서 하룻밤 묵고 있다가 시끄러운 소음에 잠에서 깨어난 순례자가 쉰목소리로 물었다.

"아무 것도 아니유……."

이그나트가 대답했다.

"별거 아니오. 우리 '점박이강아지'가 양들과 함께 자는 습관이 있답니다. 그곳이 따뜻하니까요. 그런데 이 녀석이 버릇이 없어서 문으로 다니질 않고 맨날 지붕으로 다니려고 엿보거든. 이번에도 지붕을 파헤쳐놓고 기분 좋다고 도망가더니, 그 망할 녀석이, 오늘 또 돌아와서는 지붕을 들쑤셔 놓았구려."

"멍청한 강아지로구먼."

"그렇다니까요. 뇌의 회로가 끊어져 버린 거죠…… 죽음도 멍청한 것들은 싫어하니까!"

이그나트는 벽난로에 기어 올라가며 한숨을 쉬었다.

"자. 순례자 양반, 일찍 일어나려면 어서 서둘러 잡시다."

아침에 그는 점박이를 불러 세워 귀를 잡아당기고 회초리로 때리며 명령했다.

"문으로 다녀라! 문으로 다녀! 엉? 문으로 다니라고…… .".

기숙학교 여학생 나젠카 N양의 방학숙제

국어(러시아어)

a) 〈문장 결합〉의 예제 다섯 가지

  1) 〈최근에 러시야*는 외국과 전쟁을 했는데, 그 때에 많은 터키인(Турков) 들이 주겄다.〉

  2) 〈철도는 철**과 다른 재료들도 만들어 젓는데, 사람들을 실어 나르면서 날카로운 소리를 냈다.〉

  3) 〈소고기는 황소와 젖소로 만들고, 양고기는 어린 산양과 작은 숫양으로 만든다.〉

  4) 〈직장 사람들은 아빠를 피해 다니며 봉급***을 주지 않았으며, 아빠는 화를 내면서도 집안사정 때문에 직장을 그만 두었다.〉

  5) 〈나는 내 친구 두냐 페쉐마례뻬레호댜셴스카야****를 열광적으로 좋아하는데, 그 애는 부지런하고 수업시간에 공부를 열심히 하며 경기병인 니콜라이 스피리도니치와 잘 아는 사이이기 때문이다.〉

---

* Росия – 작가가 나젠카 학생의 철자법 오류를 의미하는 의도적인 오자로 여겨진다.

** зделана – 작가의 의도적인 오자.

*** ордена를 ордера로 오기.

**** Пещемореперехолященская라는 성씨가 실제로 사용되는 지는 러시아인들도 확신하지 못한다.

b) 〈단어의 문법적 일치〉의 예제들

1) 〈대 제계기간에 사제들과 보제들은 신혼부부의 결혼 예식을 진행하기 싫어한다.〉

2) 〈남정네들은 겨울과 여름이면 별장에서 지내고 말을 잡지만 끔찍하게 지저분한데, 그건 신발에 타르를 묻히고 다닐 뿐만 아니라 하녀와 수위를 밑에 두고 부리지 않기 때문이다.〉

3) 〈부모는 자기 집과 재산을 장만해둔 군인들에게 딸들을 시집보낸다.〉

4) 〈얘야, 네 엄마와 아빠를 공경해라, 그러면 그것 때문에 너는 착한 애가 될 거고 세상사람 모두에게 사랑받는 사람이 될 것이다.〉

5) 〈곰이 덮쳐왔을 때, 그는 악 소리조차도 내지 못했다.〉

c) 글짓기

〈내가 방학을 어떻게 보냈느냐고?

나는 시험에 합격한 바로 그 즉시 엄마와 요한 오빠랑 가구를 싣고, 중학교 3학년 애랑 별장에 갔어. 우리 집엔 까짜 쿠제비치 군이 엄마와 아빠, 지나, 그리고 어린 이고르슈카와 같이 왔고, 밖에서 나와 같이 산책하며 자수를 두던 나타샤와 다른 친구들도 여러 명 왔지. 남자애들도 많았지만, 우리 여자애들은 외면한 채 걔네들한테는 손톱만큼의 눈길조차 주지 않았어. 나는 여러 가지 책을 읽었는데 그 중에선 메셰르크키와 마이코프, 뒤마, 리바노프, 투르게네프, 그리고 로모노소프의 책들도 있었어. 웅장한 대 자연이었어, 여린 나무들이 빽빽하게 들어차 있어서, 도끼로는 손길이 닿지 않은 탄탄한 줄기들을 건드려보지도 못했어. 가득 들어차지는 않지만 끊임없는 그늘이 조그만 잎사귀들에서 뻗어 나왔고, 미나리아재비과 꽃들의 금빛 머리와 숲 질경이들이 만든 하얀 점들, 그리고 패랭이꽃 봉오리의 검붉고 작은

기숙여학교 학생 나젠카 N의 방학숙제 261

십자 모양들이 가득 찬 부드럽고 얄팍한 풀잎들을 뒤덮고 있었지.* 때론 해가 떠올랐다가, 때로는 저물었어. 노을이 물든 그곳을 새떼가 무리지어 날아다녔지. 어디선가 목동이 자기 가축들을 몰고 가고 있었고, 어떤 구름들은 하늘보다 조금 낮게 흘러갔지. 난 자연을 끔찍이 사랑해. 우리 아빠는 여름 내내 골머리를 싸매고 있었어. 왜냐하면 형편없는 어느 금융사가 밑도 끝도 없이 우리 집을 경매로 넘겨버리고 싶어 했거든, 엄마는 한 시도 눈을 떼지 않고 아빠를 주시하면서 혹여 자살하지는 않으실까 걱정했었어. 만약에 내가 방학을 알차게 보냈다고 한다면, 그건 내가 공부를 열심히 하고 말을 잘 들어서 일거야.〉

d) 산수

〈문제. 세 명의 상인이 한 가지 사업 구상을 위해 자본을 투자했습니다. 그리고 1년 뒤에는 8,000루블이 불어났습니다. 문제입니다. 만약 첫 번째 상인이 35,000루블, 두 번째 상인이 50,000루블, 세 번째 상인이 70,000루블을 투자했다면 각각 얼마나 받게 될까요?

풀이. 먼저 이 문제를 풀기 위해선 이들 중에 누가 가장 많이 투자를 했는지 알아야 합니다. 그러려면 세 숫자를 모두 가지고 다른 숫자를 한 숫자씩 뺄셈을 해봐야 합니다. 그러면 답을 내 봅시다. 즉, 세 번째 상인이 가장 많이 투자를 했군요. 그는 35,000루블도 아니고 50,000루블도 아닌, 70,000루블을 투자했으니까요. 좋아요. 이제 각각 얼마나 받게 될 지 알아봅시다. 그러기 위해, 또 세 번째 상인에게 가장 큰 몫을 주기 위해 8,000을 세 부분으로 나눕시다.

나눠보죠. 8에는 3이 들어갈 수 있고 그것도 2개나 들어가죠, 3×2 = 6 이

---

* 투르게네프의 〈정적〉에서 인용한 내용.

니까요. 좋아요. 8에서 6을 빼니 2가 남는군요. 뒤에 소수점을 내립시다. 20을 18로 빼니 또 다시 2가 남는군요. 소수점을 내리고 계속해서 끝까지 가봅시다. 검토해봐야 할 숫자이지만, 우리가 얻은 2,666…… 2/3이라는 값이 나올 겁니다. 즉 각 상인에게는 2,666…2/3루블이 돌아가며, 세 번째 상인은, 틀림없이 조금 더 받을 것입니다.〉

원본임을 보증함 – 체혼쩨*

---

* 체혼쩨는 초기 체홉이 사용하던 필명이다.

청소년을 위한 체홉 단편문학선 **연극이 끝난 후**

초판 1쇄 | 2015년 12월28일

지은이 | 안톤 체홉
옮긴이 | 문석우
편 집 | 이재필
디자인 | 임나탈리야
펴낸이 | 강완구
펴낸곳 | 써네스트
출판등록 | 2005년 7월 13일 제313-2005-000149호
주 소 | 서울시 마포구 동교동 165-8 엘지팰리스 빌딩 925호
전 화 | 02-332-9384   **팩 스** | 0303-0006-9384
이메일 | sunestbooks@yahoo.co.kr
ISBN 979-11-86430-12-5 (03890)
값 12,000원

이 도서의 국립중앙도서관 출판시도서목록(CIP)은 서지정보유통지원시스템 홈페이지(http://seoji.
nl.go.kr)와 국가자료공동목록시스템(http://www.nl.go.kr/kolisnet)에서 이용하실 수 있습니다.
(CIP제어번호 : CIP2015035776)